D1351905

CHRISTIAN BOURGOIS ÉDITEUR
8, rue Garancière — Paris VIe

LE CANARD LAQUÉ

PAR

ROGER L. SIMON

traduit de l'anglais
par Liliane SZTAJN

10|**18**

Série « *Grands Détectives* »
dirigée par Jean-Claude Zylberstein

EDITIONS WILLIAMS-ALTA

Titre original :
Peking Duck

© Roger L. Simon 1979
© Éditions Williams-Alta 1979
pour la traduction française
ISBN 2-264-01254-4

Pour Richard Hunter

Des hommes se battent et perdent la bataille, et ce pour quoi ils combattaient advient en dépit de leur défaite, et ne correspond pas à ce qu'ils avaient en tête, alors d'autres hommes doivent se battre pour ce qu'ils avaient en tête et l'appeler d'un autre nom.

William MORRIS.

Membres du groupe d'étude n° 5 :

RUBY CRYSTAL, 32 ans, actrice, Malibu, Californie.

MAX FREED, 31 ans, éditeur, San Francisco, Californie.

STAUGHTON GREY, 66 ans, leader politique, Walnut Creek, Californie.

REED HADLEY, 65 ans, Immobilier et Investissements, Palm Desert, Californie.

NANCY LEMON, 39 ans, assistante sociale, Newport Beach, Californie.

NATALIE LEVINE, 52 ans, politicienne, Oakland, Californie.

LI YU-YING, 49 ans, professeur, Logan, Utah.

SONYA LIBERMAN, 64 ans, « Camarade responsable », Los Angeles, Californie.

FRED LISLE, 46 ans, professeur, Redlands, Californie.

MIKE SANCHEZ, 44 ans, ouvrier de l'industrie alimentaire, Portland, Oregon.

NICHOLAS SPITZLER, 43 ans, avocat de gauche, Los Angeles, Californie.

ANA TZU, 38 ans, sans profession, Downey, Californie.

HARVEY WALSH 34 ans, gestalt-thérapeute, Santa Barbara, Californie.

MOSES WINE, 33 ans, détective, Los Angeles, Californie.

Leurs guides :

YEN SHIH, 42 ans, mâle.

LIU JO-YUN, 29 ans, femelle.

HU JUNG-CHEN, 26 ans, mâle.

CHAPITRE UN

Je reçus l'invitation le jour où j'achetai la Porsche.

Année 73, d'accord, mais Porsche quand même : métallisée, air conditionné, lecteur de cassette stéréo et FM — une 911 T.

Je branchai le signal d'alarme, glissai un 38 dans mon holster et partis tourner toute la matinée dans les collines d'Hollywood en me prenant pour James Bond.

Minable.

L'après-midi, je récupérai les gosses chez Suzanne et les emmenai faire un tour.

— Surtout, pas un mot à la tante Sonya, ordonnai-je quand ils sautèrent sur le siège arrière. Je n'aurais pas fini d'en entendre parler.

Ils gloussèrent, et ce fut le décollage, plein pot sur une bretelle d'autoroute le long de Los Angeles River.

— Super, fit Jacob.

J'enclenchai la cinquième.

— Woweee ! cria Simon. Fonce !

Nous étions passés de quatre-vingt-dix à cent cinquante comme si de rien n'était et je commençais à avoir peur.

— Combien elle a coûté ? demanda Jacob.

— Quoi?

— Combien elle a coûté?

— C'est pas tes oignons.

— Allez, p'pa, tu peux me le dire.

— Qu'est-ce que ça change? En plus, ça ne te regarde pas.

— Plus de cent dollars, intervint Simon.

— Exact, rétorquai-je, pressé de parler d'autre chose.

Une voiture de flic apparut dans mon rétroviseur et je rétrogradai vite fait.

— Je parie qu'elle a coûté plus de dix mille dollars, lança Jacob.

— Sûrement pas. C'est une voiture d'occasion.

— Neuf mille?

— Huit.

Là. J'avais craché le morceau.

— Oh?

Il paraissait déçu. Il y eut un trou momentané dans la conversation tandis que nous remontions Fountain en direction de la maison. Puis:

— Quand je serai grand, je veux une MGB.

— Magnifique, fis-je en me tournant vers Simon. Et toi, qu'est-ce que tu veux?

— Corvette.

— Seigneur Dieu, de mon temps...

Je m'arrêtai. Le cœur n'y était pas. Après tout, j'avais acheté la Porsche.

A vrai dire, je considérais cette voiture comme une compensation. Les accidents de personne sont un truc dont je ne m'occupe pas en temps normal. D'abord, il est illégal pour un avocat de partager ses honoraires avec un détective. Et puis, aller interviewer les témoins d'une triple collision à San Luis Obispo ne correspond pas à l'idée que je me fais d'une partie de plaisir. Mais ça paie bien. Très bien. Al Rothstein m'avait filé 15 % de l'addition à la résolution de l'affaire Leonard, et les additions d'Al Rothstein sont légendaires dans tous les bars où s'alcoolisent les avocats, de Nob Hill à Century City. Au terme d'une série de rationalisations communes à presque tous les mâles américains en route vers l'âge mûr, j'avais fini par penser que s'il était question de goûter au fruit défendu, autant y mordre à belles dents. D'où la Porsche.

Les gosses étaient plantés devant le Betamax et je remâchais cette histoire pour la énième fois quand tante Sonya appela.

— Il paraît que tu as une nouvelle voiture...

Droit au but, la tante, avec cette franchise née de soixante-quatre années de haine pour toute parole inutile.

Qui te l'a dit, allais-je demander, mais un coup d'œil au sourire de Jacob m'épargna cette peine.

— Tu es répugnant, continua-t-elle.

— Voilà. Répugnant.

— Fasciste.

— Absolument. Fasciste.

— Maintenant, c'est sûr, tu ne pars pas.

— Je ne pars pas?

— Non, tu ne pars pas.

— Je ne pars pas où?

— Je ne pars pas où? Qu'est-ce que tu racontes?

— Je te demande de quoi tu parles.

— Aucune importance. De toute façon, tu ne pars pas.

— Et qu'est-ce que tu en sais, nom de Dieu!

— Tu viens d'acheter une Porsche.

— Et alors?

— Tu as déjà vu un type avec une Porsche partir en Chine?

— En Chine?

— Tout juste, *shmendrik*. La République populaire de Chine! Tu te souviens d'eux? Ou est-ce que tu as brûlé ta carte de la SDS en achetant la vignette de l'auto?

— Je n'ai pas mis les pieds à la SDS depuis douze ans, Sonya.

— C'est bien ce que je pensais. (Elle grommela dans le combiné.) Bon, tu pars?... A moins que tu n'aies claqué tout ton fric pour la Gestapomobile!

— Tu es sérieuse?

— Bien sûr que je suis sérieuse. Circuit d'étude n° 5 des Amitiés américano-chinoises.

Circuit d'étude n° 5. Je me laissai tomber sur le sofa pour digérer ça. Depuis quelques années, Sonya appartenait à la Société des Amitiés chinoises, une association qui organisait des visites guidées en Chine pour quelques heureux élus choisis par une mystérieuse commission des voyages. Elle avait même été parmi les premiers à en profiter. Pensant que cela me donnait un avantage, j'avais rempli d'innombrables formulaires, envoyé toutes les photos d'identité requises et payé mes cotisations régulièrement... Mais rien ne s'était jamais produit.

— Ça n'a pas de rapport avec la demande que j'ai déposée il y a quatre ans, par hasard?

— Quelle demande?

— Laisse tomber.

— Je ne sais pas ce que tu attends. Tu pars ou non?

— Si je pars? Eh bien, je...

Je jetai un coup d'œil vers Simon et Jacob. Ils avaient enclenché *Fantasia* sur la vidéo et regardaient la séquence du dinosaure, *le Sacre du Printemps* poussé juste quelques décibels au-dessus du niveau supportable.

— C'est pour quand, le départ?

— Jeudi.

— Dans trois jours?

— Qu'est-ce qu'il y a? Un client plein de fric dans une chambre de motel que tu dois absolument...

— Sonya!

— Moses, si tu savais le mal que je me suis donné pour te faire inscrire. Un détective privé. Tu crois peut-être qu'ils ont entendu parler de détectives privés par là-bas? Ou de quoi que ce soit de privé? Quand ils veulent rendre la justice, c'est le peuple qui décide. Ils...

— Je sais, je sais.

Je commençais à me rendre compte qu'un tour de Chine avec tante Sonya pourrait présenter quelques difficultés. Un peu comme visiter le Vatican avec sainte Bernadette.

Je faisais traîner mais, bien sûr, chaque minute qui passait était une insulte à la vérité. A ce point précis de mon existence, rien ne me faisait plus envie que de partir. Le plus loin serait le mieux. Alpha du Centaure aurait été parfait, mais la Chine ce n'était déjà pas si mal. Et jeudi très bien aussi. Même plus tôt. Même dans cinq minutes.

La Porsche compensait plus de choses que je ne voulais me l'avouer. Le fin mot de l'histoire, c'était que j'en avais ma claque. Si un de ces tordus qui hantent les cocktails m'avait demandé encore une fois quel était mon job pour éructer en entendant ma réponse : « Vous me charriez, ou quoi? » je l'aurais enfoncé dans le plancher à coups de poing. Si une hôtesse de plus avait roucoulé : « Venez que je vous présente Moses Wine, c'est un véritable détective privé, il *gagne sa vie* comme ça! » j'aurais mis le feu à sa baraque et fait bouffer l'extincteur à ses invités.

La vie commençait à ressembler à la quatre-vingt-troisième rediffusion de *Un homme, un métier*. Les symptômes classiques de l'âge mûr montraient leur vilaine tronche. J'étais las et aliéné. J'avais des fantasmes : parfois, c'était ouvrir une librairie à Berkeley. D'autres fois, je rejoignais la classe laborieuse sur une chaîne de montage de la GM. D'autres fois encore, je me voyais retournant à la fac pour finir mon droit. Je ne savais pas ce que je voulais. Tout ce que je savais, c'est que je voulais être ailleurs.

— Moses… tu es toujours là ?

— Ouais.

— J'attends ta réponse.

— Qu'est-ce que tu crois ? Que je suis dingue ? Bien sûr que je pars.

— Bon, dit-elle gravement. Alors je garde un peu d'espoir pour toi.

— Sonya, tu es l'envoyée des dieux.

— Pas de mythologie, s'il te plaît.

— D'accord, d'accord. (Je me mis à faire des bonds dans la pièce, content que le téléphone ne puisse laisser voir mon excitation.) Comment as-tu fait ? Comment m'as-tu obtenu une place à trois jours du départ ?

Il y eut une quinte de toux incontrôlable à l'autre bout de fil.

— Qu'est-ce qui t'arrive ? Ça va ?

— Chut, dit Jacob en se tournant vers moi.

J'interrompais le film.

— Sonya ?

La toux disparut aussi vite qu'elle s'était déclarée.

— Je t'ai posé une question, Sonya.

— Quoi ?

— Comment t'y es-tu prise pour me faire inscrire ?

— Un des délégués de la Bay Area s'est décom-

mandé au dernier moment. Un décès dans la famille…
Et puis, c'était facile. Je suis responsable, cette fois.

— Responsable ?

— Ton chef de groupe, *shmendrik*. Je pars avec toi.

CHAPITRE DEUX

— Qu'est-ce que tu vas me rapporter?

L'interrogatoire durait depuis le début de la matinée. Jacob d'abord, puis Simon, tour à tour inquisiteurs, accusateurs, impérieux. Comment osais-je, moi leur père, disparaître trois semaines à l'autre bout du monde pour me fondre dans une culture étrangère, voir la Grande Muraille, sentir les fleurs de lotus et manger chinois, tout ça sans eux?

Je n'avais pas de réponse à leur fournir. Je me contentai de marmonner quelque chose à propos de la chance de ma vie — ça leur arriverait aussi un jour (et pour eux ce serait peut-être la Lune, ou Mars... qui sait?) — et continuai à préparer mon départ. Je confiai les affaires en cours à un copain qui bossait dans une agence et parvins à caser ma nouvelle voiture dans un garage d'Hollywood.

Mais les gosses ne voulaient pas me lâcher la jambe. Leurs questions se firent de plus en plus précises. Simon voulut savoir s'ils avaient des épées en Chine et si je pouvais lui en apporter une. Jacob, inquiet, pensait qu'il n'y aurait rien à vendre puisque c'était un pays communiste et que tout le monde possédait la même chose. Je tentai de leur expliquer qu'il existait là-bas des boutiques réservées aux étrangers où, d'après ce que je savais, les touristes fortunés avaient le loisir d'admirer et d'acheter de superbes broderies sur soie du XVIIᵉ siècle. Jacob trouva que ce n'était pas juste. J'essayai de défendre le principe, mais tout cela me semblait ridicule.

Ce fut presque un soulagement d'aller chercher Sonya ce soir-là dans sa maison de retraite de Fairfax.

— Alors, voilà le Messerschmitt, s'exclama-t-elle en me collant un plat de *tamales* chauds dans les bras. Quand est-ce qu'on bombarde Varsovie ?

— Arrête, Sonya, ce n'est qu'une machine.

— Tu parles d'une machine !

Ses doigts frêles s'agrippèrent au toit et elle s'aventura à l'intérieur de l'auto comme dans un buisson d'orties.

— Bon. Où a lieu cette party ? lançai-je en m'installant à côté d'elle.

— Malibu. La Colonie.

— La Colonie des stars ?

— Qu'est-ce qui te gêne ?

— Ces gens du cinéma n'ont pas tellement de rapports avec le prolétariat...

— Il s'agit de Ruby Crystal. Elle fait partie du groupe et je lui ai demandé d'organiser une soirée pour que tout le monde fasse connaissance.

— Qui sont les autres ? fis-je, brusquement intéressé.

— Démarre d'abord. (Elle appuya ses paroles d'un geste de la main.) Je veux voir voler la Luftwaffe.

Je lui jetai un drôle de regard et partis en trombe dans Fairfax, en direction de l'autoroute.

— Ce n'est pas un de ces voyages organisés pour gauchistes friqués, j'espère ?

— Oui et non.

— Qu'est-ce que c'est censé signifier?

— Exactement ce que ça dit… Pour les Chinois, de toute façon, ça ne change pas grand-chose.

— De toute façon.

— Bien qu'ils fassent un effort particulier pour offrir à ce groupe-ci le tour d'horizon le plus complet possible de leur société.

Je me tournai vers Sonya. Nous remontions la rampe d'accès à l'autoroute.

— De qui tiens-tu ça?

— De mon correspondant.

— Ton correspondant?

Elle hocha la tête d'un air évasif, mais je savais exactement de quoi elle voulait parler. Sonya m'avait rappelé à plusieurs reprises qu'elle était l'une des rares visiteuses étrangères à être encore en contact avec celui qui lui avait servi de guide au cours de son premier voyage en Chine. Sa manière à elle de se vanter.

— Allez, dis-moi tout. Qui sont les autres?

— Tu verras.

Je grinçai des dents et continuai à rouler. De toute évidence, elle prenait plaisir à faire durer le maigre suspense qu'elle parvenait à créer. Un peu plus tôt dans la soirée, Suzanne avait joué le même jeu. J'avais retardé le plus longtemps possible le moment de lui annoncer mon départ, parce que c'était mon tour de garder les enfants ce mois-ci, pendant qu'elle préparerait les examens de sa dernière année de droit.

— Imagine que je sois recalée.

— Tu ne seras pas recalée. Je te paierai une baby-sitter. Et puis tu n'as eu que des A au premier semestre.

— Tu ne crois pas que je mérite d'en avoir aussi au deuxième?

— Tu as toujours été très méritante, si tu veux mon avis.

— Oh, va te faire foutre !

— Ce voyage est important pour moi, Suzanne. J'ai trente-trois ans. Il faut absolument que je quitte cette ville pour réfléchir à ce que je vais faire de ma vie.

— Et tu choisis la Chine ? Essaie d'abord Palm Springs pour le week-end.

— C'est toi qui disais tout le temps que je gâchais mon existence.

— J'ai seulement dit qu'un type capable de rédiger une critique de l'*Utopie* de More comme celle que tu as présentée à Berkeley ne devrait pas perdre son temps à poursuivre des ménagères en fugue.

— Je ne fais pas que ça !

— Ah oui, c'est vrai. Une ou deux petites affaires croustillantes pour avoir ta photo dans *Rolling Stone*. Tu ferais n'importe quoi pour un peu de publicité. Sans parler de cette image ringarde que tu te trimbales. Un Bogart qui fume des joints. Tu adores ça.

Et ainsi de suite. Jusqu'à ce qu'elle file dans la salle de bains pour se préparer pour un rendez-vous avec son prof de droit commercial.

Elle ne me dit pas que je pouvais partir. Ni le contraire, d'ailleurs. Je quittai sa maison avec ce merveilleux sentiment de flottement qui fait tout le charme du divorce.

— C'est *ça*, la Colonie de Malibu ? fit Sonya, tandis que nous quittions le Coast Highway, nous faufilant entre une station-service et un fast-food mexicain, avant de nous arrêter devant un portail en stuc sans intérêt particulier.

En fait de paysage, il n'y avait pas grand-chose à voir, et les habitations n'étaient guère attrayantes. De simples bicoques en planches façon Cape Cod, ou encore du moderne, années cinquante, aligné sur dix mètres de plage dont le seul mérite était de coûter 62 500 dollars le mètre.

Nous donnâmes nos noms au gardien puis continuâmes jusqu'à la maison de Ruby Crystal, le numéro 37, une construction en forme de A, à la lisière de la Colonie. Sonya avait insisté pour que nous soyons les premiers. Ruby attendait debout sur le seuil, pour nous accueillir. Elle portait un chemisier de dentelle ancienne, un jean et pas de maquillage, ce qui la faisait paraître plus jeune que dans ses films. Dans la pièce, derrière elle, Linda Rondstadt chantait *Love is a rose*. Compte tenu de l'endroit où je me trouvais, je me demandai si c'était en direct ou enregistré. Memorex, probablement.

— Ruby, voici Moses Wine, la dernière recrue de l'expédition.

Je souris.

— Faites comme chez vous, dit-elle, je dois terminer le taboulé.

Sonya la suivit à la cuisine avec les *tamales*, tandis que je déambulais dans la maison. C'était meublé nouveau design, sans ostentation mais avec du fric. Les étagères de pin brut supportaient d'importantes collections d'antiquités. Les murs étaient ornés de lithographies originales — Lichtenstein et Johns — et de posters politiques dont quelques-uns de Tanzanie et du Chili que je n'avais jamais vus. Accrochée au-dessus de la cheminée, une gouache aux couleurs vives représentait des paysans chinois dans un champ de coton. Elle s'intitulait *Critiquer Lin Piao et Confucius encourage la production*. Ruby s'était peut-être mise à la politique plus tard que Fonda ou MacLaine, mais elle faisait tout pour rattraper le temps perdu.

La bonne sud-américaine me proposait de la sangria

quand les autres commencèrent à arriver. Je me dirigeai vers la fenêtre pour voir leurs voitures. La première était une 304 Peugeot bien entretenue et fraîchement repeinte. Un sticker d'université tout neuf était collé sur la vitre arrière. Un homme grand, la quarantaine, avec une barbe poivre et sel et un pull au point natté, descendit de l'auto au moment où apparaissait une Séville violette conduite par une femme maigre, vive, au menton en galoche. Elle portait un blouson de cuir craquelé et une écharpe Cacharel. Elle suivit le barbu vers la maison. J'allais me détourner de la fenêtre lorsqu'une autre voiture pila sec. Une VW déglinguée, modèle 65, immatriculée dans l'Oregon et ornée d'un autocollant abîmé qui clamait : *Ne vous aplatissez pas devant les patrons ! Soutenez la grève sauvage des travailleurs de l'industrie alimentaire de South Portland !* La portière s'ouvrit et un Chicano d'âge mûr mit pied à terre, un sac de papier brun à la main. Il jeta un regard à la maison et ricana légèrement avant de se décider à entrer.

J'étais toujours à la fenêtre quand le barbu me contourna et me tendit la main.

— Fred Lisle. Département des Etudes asiatiques à l'institut luthérien de Californie. Spécialiste des soulèvements de Taiping dans les années 1850.

Nous nous serrâmes la main tandis que j'enregistrais son pedigree.

— Moses Wine.

— Moses Wine… Moses Wine… je ne me rappelle pas votre nom.

— Recrue de dernière minute, expliquai-je.

— Oh ! un remplaçant.

Lisle me détailla soigneusement. Vu de près, il avait l'allure du type qui veut paraître plus jeune que son âge — coupe de cheveux soignée, pantalon serré, pendentif en argent.

— Vous avez manqué votre conférence d'orientation, dit-il. J'espère que vous êtes branché sur la bande des Quatre.

— Uniquement par ce que j'ai lu dans les journaux.

— La bande des Quatre. C'est la clé de tout, en ce moment… Que faites-vous dans la vie, Moses?

— Détective.

Lisle partit d'un rire puissant.

— Oh non! (Il se tourna vers la femme à la Séville qui se tenait près de nous.) Quelqu'un a engagé un détective pour le voyage.

— Personne ne m'a engagé, fis-je, me contenant. Je suis là pour le plaisir, comme vous.

— Mais supposez qu'on vole quelque chose, je ne sais pas, un morceau de la Grande Muraille? ou bien qu'il y ait un meurtre?

Lisle semblait enchanté par cette perspective.

La femme sourit et se présenta. Nancy Lemon, assistante sociale à Newport Beach. A en juger par sa voiture et ses vêtements, elle ne vivait pas uniquement sur son salaire.

— Où dois-je mettre ça? demanda le Chicano.

Il s'approcha de nous, en montrant deux bouteilles de vin rouge ordinaire. Au ton un peu pincé de sa voix, je compris qu'il savait très bien que le douze degrés n'était pas de mise chez Ruby Crystal. Avant que nous ayons pu lui répondre, la bonne rafla les deux bouteilles et fila les planquer sur la table qui servait de buffet, derrière un magnum de Schramsberg blanc de blanc 70.

Le Chicano annonça qu'il s'appelait Mike Sanchez.

— Ne dites rien, laissez-moi deviner, fis-je. Les travailleurs de l'industrie alimentaire de South Portland.

— Vous avez vu l'autocollant.

Je hochai la tête.

— Que se passe-t-il là-bas?

— On pourrait dire que nous avons notre bande des Quatre à nous. Ces *cabrones* ont essayé de s'emparer du syndicat pour leurs petites affaires personnelles.

— Quelqu'un va devoir m'expliquer cette histoire de bande des Quatre, intervint Nancy Lemon.

Quand Sonya et Ruby émergèrent de la cuisine avec le taboulé et les *tamales*, deux autres voitures s'étaient garées devant la maison. Je me servis et allai m'asseoir sur le divan. Nancy s'installa près de moi, sa cuisse frôlant la mienne. Ce n'était pas exactement ce que j'avais en tête.

— Avez-vous vu l'expo?

— Quelle expo?

— L'exposition archéologique chinoise. (Elle désigna un livre d'art sur la table basse.) Elle a eu lieu en mai. Ruby a dû y aller, elle aussi... Des trucs incroyables. Je meurs d'envie de les revoir.

— Vous aimez les antiquités chinoises?

— Elles sont fabuleuses. (Nancy toucha ma manche.) Regardez celle de la page 34.

Je pris le livre — *Trésors exhumés durant la Révolution culturelle chinoise* — et le feuilletai, cherchant la fameuse page. Mais mon attention fut distraite par un mouvement du côté de la porte. Deux autres membres du groupe venaient d'entrer. Une femme d'origine asiatique, quarante ans bien conservés, et un gentleman aux cheveux blancs qui en avait facilement vingt de plus. Son visage me parut familier, sans que je parvienne à mettre un nom dessus.

— Qui est-ce? demandai-je à Nancy.

— Staughton Grey, dit Mike Sanchez.

Staughton Grey. Je n'avais pas pensé à lui depuis

l'âge de quinze ans. Il avait été le principal dirigeant de ce qu'on appelait le Mouvement de la paix à la fin des années cinquante. Je me souvenais encore des photos le représentant allongé sur les sables désertiques de Yucca Flat, dans le Nevada, au cours des premières manifestations antinucléaires. En ce temps-là, il était mon héros.

Sonya me présenta Ana Tzu, de Downey, sans profession, vers laquelle j'avais déjà tourné mon regard. Rien de particulièrement attirant, mais les Chinoises ont toujours possédé à mes yeux un étonnant pouvoir de fascination. Appelez ça sexisme, racisme ou tout simplement attrait de l'inaccessible, je n'ai jamais pu m'empêcher de dévisager ces femmes-là. C'était devenu un gag parmi mes amis de Berkeley lorsque nous allions dîner à Chinatown, San Francisco. Pauvre vieux Moses, prisonnier, tel un soupirant shakespearien, du charme des Asiatiques. Je n'ai jamais eu l'occasion de concrétiser cette attirance.

— Vous avez vu cette exposition, vous aussi ? lança Ana Tzu en se dirigeant vers nous. (Je me rendis compte que je tenais toujours le bouquin d'art.) Dommage qu'ils n'aient pas montré le canard.

— Le canard ? Celui de la soupe ? plaisantai-je.

Mais à leur réaction, il était évident qu'ils n'avaient jamais entendu parler des Marx Brothers.

— Dynastie Han, reprit Ana Tzu en me regardant bizarrement. Les autorités chinoises ont refusé de le laisser sortir du pays. Il s'agit de leur découverte la plus importante.

— Page 34, ajouta Nancy Lemon.

Ana Tzu approuva d'un signe de tête.

Le livre s'ouvrit tout seul au bon endroit. Une facture de la librairie du musée marquait la page.

C'était bien un canard, finement ciselé, en jade et en argent, mais il était difficile de comprendre en regardant la reproduction noir et blanc pourquoi ils en faisaient tout un plat.

— Alors vous préférez une vieille relique féodale aux merveilles de la Chine nouvelle?

Il y avait quelque chose d'extrêmement familier dans le sarcasme que transportait cette voix. Je levai les yeux. Le type qui se tenait debout devant moi m'était tout aussi familier.

— Nick Spitzler!

— Ce sont les meilleurs qui vont à Pékin.

Je me redressai et lui serrai la main. Je n'avais pas vu l'avocat depuis plusieurs années, plus précisément depuis cette enquête sur le procès des Quatre de Californie, mais il semblait en parfaite santé, comme si la justesse de son engagement politique était la clé de la jeunesse éternelle.

A vrai dire, j'aurais cru que Spitzler était déjà allé en Chine. On l'avait vu à Hanoï, après tout, arrangeant les échanges de prisonniers après la guerre. Et on m'avait raconté qu'il était le premier Américain à avoir foulé le sol albanais.

— Tu connais quelqu'un d'autre dans ce groupe, dit-il. Max Freed.

Je ne savais si c'était une bonne ou une mauvaise nouvelle. Le jeune éditeur de *Modern Times* était un petit fumier égocentrique et son magazine, jadis voué à la contre-culture, avait viré *establishment* de la manière la plus sordide qui soit.

— Il ne viendra pas ce soir, bien entendu.

— Bien entendu, répétai-je.

— Monsieur Spitzler, susurra Nancy Lemon, croyez-vous que l'on va nous montrer la vraie Chine? Je veux dire moins superficiellement qu'à Nixon?

— Nous sommes de *vrais* amis de la République populaire, non ?

— Eh bien, j'espère que vous serez en mesure de m'expliquer certaines des questions idéologiques les plus complexes.

Elle fit battre ses longs cils pour lui.

— Qui sait, dit Nick, vous aurez peut-être la chance de visiter le Grand Monde.

— J'ai entendu parler de la Grande Muraille, mais pas du Grand Monde, monsieur Spitzler.

— Oh, c'est au moins aussi intéressant !

Je saisis l'occasion pour m'éclipser et refaire le plein de *tamales*.

— Que penses-tu de Staughton Grey ? me demanda Sonya en remplissant mon assiette.

— Que dois-je en penser ? Je viens juste de le rencontrer... Je suis impressionné.

— Pourquoi ? Ce n'est qu'un être humain.

Elle paraissait ennuyée.

— Ce sont des types comme lui qui font l'histoire.

— Il n'a que deux ans de plus que moi, tu sais.

Elle s'éloigna pour accueillir trois autres membres du groupe.

Je reconnus immédiatement Natalie Levine, d'Oakland, une abonnée des media, l'une des femmes les plus remuantes du Congrès. Elle venait de se faire rétamer aux élections sénatoriales de Californie. J'imaginais qu'elle était contente de s'éloigner un peu pour oublier le gigantesque déficit de sa campagne, dont les journaux du dimanche avaient fait des gorges chaudes.

Le deuxième était sino-américain, comme Ana Tzu. Li Yu-ying, professeur de langue à l'université de l'Utah. Un homme timide, au bégaiement discret, issu d'une famille bourgeoise de Shanghai. Il avait quitté la

Chine à l'âge de neuf ans, dans les années trente. Après avoir vécu en France, en Suisse et en Amérique du Sud, il s'était retrouvé, par l'un de ces étranges caprices propres au vingtième siècle, à enseigner l'italien dans l'Utah. A présent, il s'apprêtait à retourner chez lui.

J'aurais voulu en savoir plus long sur cet homme, mais avant que j'aie pu poser la moindre question, le troisième larron, un type épais genre Rotary en chemise de Banlon bleu et pantalon assorti, commença à faire le tour de la pièce, main tendue, comme un ministre. Il serra la mienne un peu trop fermement, glissant sa carte dans la poche de poitrine de ma veste : *Reed « Le Rouge » Hadley/ Immobilier/ Investissements/ 13 Tamarisk Drive/ Palm Desert, Californie.*

— C'est imprimé en chinois au verso, dit-il. (Je la retournai et constatai qu'il ne mentait pas.) Je suis aussi expert.

— Expert ?

— En objets d'arts.

Il regarda la pièce par-delà mon épaule, comme pour évaluer la collection de Ruby Crystal.

— Qu'est-ce que c'est ? (Il bondit soudain vers le divan où Mike Sanchez étudiait le catalogue de l'exposition archéologique.) Où avez-vous trouvé ça ?

Sans laisser à Mike le temps de répondre, il lui arracha le bouquin des mains et commença à le feuilleter. Ses doigts se figèrent à la page 34.

— Vous ne croyez tout de même pas avoir la moindre chance de vous l'approprier !

— De m'approprier quoi ? demanda Mike. De quoi parlez-vous ?

— Vous le savez très bien. Le canard Han. Je suis sûr que la moitié des gens du groupe ont l'intention de l'acheter.

Il regarda Sanchez avec le sourire hypocrite du promoteur en chasse. Autour de Palm Desert, les types dans son genre prolifèrent comme des lapins de garenne.

— C'est l'occasion ou jamais! continua-t-il.

— Vous pensez que nous allons là-bas pour faire du shopping? intervint Natalie Levine.

— Ce n'est pas un hasard si ce catalogue s'est trouvé sur la table.

— Mon intention est de connaître la République populaire, dit Mike.

— La mienne aussi, fit Nancy Lemon.

Elle s'approcha.

— Hon-hon. Enfin, moi, je prétends qu'aucun Américain qui se respecte ne laisserait filer un pareil objet s'il en obtenait un bon prix. Et je maintiens mon affirmation. La moitié des gens qui sont dans cette pièce ont l'œil dessus.

— Comment allez-vous prouver ça? demanda Fred Lisle.

— Inutile. Les faits sont là.

— Oh, allons! s'écria Natalie Levine. C'est ridicule.

— Comment a-t-il réussi à se faire inscrire? murmura Nick Spitzler.

— Vous parlez de la Société des Amitiés chinoises, s'indigna Mike Sanchez.

— Ah ouais? cracha Hadley. Alors comment se fait-il que j'aie trouvé ça dans l'allée, à moins de cinq mètres de l'entrée de cette maison?

Il tendait une carte postale pliée. Le dos était vierge, mais, même à dix mètres, j'aurais pu voir ce qu'elle représentait. Le canard, en couleurs cette fois.

Ruby fit tinter son verre avec la lame d'un couteau.

— Un peu de silence, je vous prie. Je voudrais vous

présenter le dernier membre de notre groupe — Harvey Walsh, de l'institut d'Epanouissement personnel par la gestalt de Santa Barbara. (Elle désignait un type à la moustache tombante, vêtu d'un pull à col bateau, qui se tenait debout derrière un grand carton.) Harvey a eu la gentillesse de nous préparer un petit truc pour briser la glace.

— Salut tout le monde. (Il souriait.) Quand un groupe comme celui-ci part pour un si long voyage, il peut se produire des tas de tensions. L'hostilité qui monte, les gens mal à l'aise, vous voyez ce que je veux dire. C'est pourquoi je vous ai apporté ça, ce soir, afin que nous puissions nous vider de toute notre agressivité avant le départ.

Il plongea sa main dans la boîte et en sortit une poignée d'objets contondants.

— Ne vous inquiétez pas, dit-il, commençant à les distribuer. Ça ne fait pas mal. C'est de la mousse. On appelle ça des batacas... Allez-y, tapez-vous dessus.

Personne ne bougea.

CHAPITRE TROIS

— Comment se fait-il que tante Sonya ne se soit jamais mariée? demanda Simon.

Il restait quinze minutes avant le départ. Nous étions à la cafétéria du bâtiment des vols internationaux, à l'aéroport de L.A.

— Hein, comment ça se fait? répéta-t-il, le coude dangereusement près de son milk-shake au chocolat.

Je jetai un coup d'œil à Sonya dont le regard était rivé à un numéro récent de *la Revue de Pékin*.

— Je ne me suis jamais mariée parce que le mariage est une institution bourgeoise de valeur discutable.

Elle ne prit pas la peine de lever les yeux. Ce matin, pourtant, elle ne risquait pas d'être contredite par Suzanne, qui se montrait aussi aimable qu'un aquarium de piranhas. Elle venait de m'annoncer qu'elle avait dû laisser tomber certains cours à cause de mon voyage, ce qui l'obligerait à passer ses examens en retard.

— Tu n'as même pas eu de petit ami?

Simon devenait pénible.

— Tu deviens pénible, lui fit savoir son frère aîné.

— Oui, j'ai eu un petit ami, répondit Sonya,

tournant la page sur un article intitulé : « Le vice-président Yeh critique sans relâche la bande des Quatre. »

— Dans les années trente, dis-je. A l'époque des immeubles communautaires du Bronx. Elle couchait avec tous les bolcheviques du quartier.

— Ce n'est pas vrai. (Elle me regarda d'un air offensé.) Sexiste.

J'attendis un commentaire de Suzanne.

— Tu sais que j'ai toujours été essentiellement monogame, reprit Sonya. Il n'y a eu qu'un seul homme dans ma vie. C'est plus que je ne pourrais en dire de certains pervers assis à cette table.

Elle me jeta un regard appuyé.

Simon se pencha, renversant son milk-shake et la salière sur la chaise voisine. Je me ruai vers le comptoir pour lui en commander un autre avant qu'il ne se mette à pleurer. Je ne tenais pas à affronter les sarcasmes de Suzanne.

Tout en faisant la queue, j'essayai de repérer les membres du groupe éparpillés à d'autres tables, quand un homme surgit de derrière une vitrine de pâtisseries. Il m'accosta. Sa veste de cashmere ne devait pas venir de chez le soldeur.

— Excusez-moi, murmura-t-il. Vous êtes bien Wine ?

— Oui.

— Je m'appelle Arthur Lemon. Industriel. (Il me tendit sa carte, tout en jetant des coups d'œil nerveux par-dessus son épaule.) Vous partez en Chine, n'est-ce pas ?

Je hochai la tête.

— Et, heu... j'ai cru comprendre que vous étiez détective privé.

— Ouais.

Il m'arrive de faire preuve de plus d'enthousiasme.

— Eh bien, heu... je ne suis pas du voyage, mais
vous voyez cette femme, là-bas? (Du menton, il
désigna une table au fond de la salle, où Nancy
Lemon sirotait un café.) Mon épouse. Vous l'avez
sans doute rencontrée à la soirée d'hier. Elle part,
elle, et, heu... je me demandais si vous accepteriez
de garder l'œil sur elle.

— Garder l'œil sur elle?

— C'est-à-dire, heu... quand elle est en vacances,
enfin, même quand elle n'est pas en vacances...
Ecoutez, monsieur Wine, combien voulez-vous?

— Pour l'amour du ciel!

— Je vous en supplie, monsieur Wine. C'est très
important pour moi.

— Ecoutez, Lemon. Je n'ai rien contre vous.
Mais je pars faire un voyage d'étude en République
populaire de Chine, et je n'ai pas l'intention
d'emporter des devoirs de vacances. Je ne surveille-
rai pas votre femme, ni qui que ce soit d'autre,
d'ailleurs. Si elle a envie de s'envoyer en l'air, de se
taper le commandant de bord ou même la dépouille
de Chou En-lai, c'est son affaire.

— S'il s'agit d'argent...

— Excusez-moi, Lemon.

Je l'écartai et retournai à ma table. Les haut-
parleurs annonçaient le vol de Hong Kong, notre
porte d'entrée en Chine. Les gosses étaient déjà
debout et regardaient quelques emmerdeurs de la
presse mitrailler Ruby Crystal.

— Elle part vraiment avec toi? demanda Jacob.

— Qu'est-ce que tu veux? Un autographe ou une
mèche de cheveux?

Deux ou trois autres photographes entouraient

Natalie Levine et Max Freed, qui venait juste d'arriver, dictant des lettres de dernière minute à une secrétaire en lunettes d'aviateur.

— Félicitations, Sonya, dis-je tandis que nous nous dirigions vers la porte d'embarquement.

— Pourquoi?

— Pour tous ces gens célèbres. J'espère qu'ils vont trouver la Chine à leur goût. Sinon tu risques de te retrouver de garde à la frontière russe par moins quarante.

— Un peu de respect, veux-tu? Et puis je te signale que c'est ton affaire.

— Oh! une sorte de commissaire, hein? Tu veux que je veille sur eux?

— Quelque chose comme ça.

Il fut à nouveau question de Hong Kong dans les haut-parleurs. Pour la première fois un long frisson me parcourut. C'était parti pour de bon. J'attrapai les garçons par la main et me hâtai vers la porte. Sonya trottait près de nous, excitée, tenant ma manche. Suzanne suivait quelques mètres derrière. Je sentais mon cœur battre au rythme d'un millier d'éventails chinois. Dans la salle d'embarquement, Sonya et moi tendîmes nos cartes vertes au steward. Les gosses semblaient prendre tout cela assez bien, mais à la dernière minute, des larmes apparurent dans les yeux du petit Simon. Je me penchai et l'embrassai.

— Je te rapporterai un panda, dis-je.

Puis je les serrai tous les deux contre moi.

— Amuse-toi bien, dit Suzanne.

Et je crois qu'elle le pensait presque.

— Mes amitiés au président Hua.

Sonya se dirigea vers l'avion. Je traînais encore quelques instants, regardant mes enfants, puis la suivis.

Je me sentais un peu coupable, mais la carlingue était un autre monde et, dès que l'avion commença à rouler sur la piste, j'oubliai les gosses. Une sorte de détermination vertigineuse s'emparait de moi : cette étrange euphorie du voyage, amplifiée par quelque chose d'indéfinissable, d'encore plus puissant. Peu importaient la légèreté apparente avec laquelle je prenais tous ces événements, les plaisanteries fines auxquelles je m'adonnais. Pour moi, aller en Chine, ce n'était pas comme visiter New York, Londres, Tokyo ou même Bombay. C'était une quête. Une chasse à l'ego, une recherche de valeurs qui s'effondraient si vite que je me demandai si j'y avais jamais adhéré. Quinze ans durant, j'avais flirté avec l'engagement politique, fait du pied aux divers mouvements radicaux. Maintenant je voulais savoir si ça valait le coup de résoudre l'ambivalence de ma vie, l'ambivalence qui avait eu la peau du peu d'idéalisme qui me restait.

J'en avais marre de me contenter de prendre des poses dans des cocktails et de remplir les sébiles des organisations libérales. S'il existait quelque part une solution, je pensai qu'elle devait se trouver en Chine, le seul endroit où l'idéal égalitaire ne semblait pas avoir été totalement corrompu par un bureaucratisme combinard et une politique d'expansionnisme distinctement non socialiste. Du moins, pas encore.

Ainsi, profitant des rares temps morts de ces deux derniers jours pour réfléchir, j'en étais venu à considérer ce voyage comme un nouveau départ, une aventure spirituelle d'un genre particulier. Moi, le sceptique, le professionnel du doute qui gardait une étincelle de foi au cœur même de son incertitude, j'allais, tout comme Sonya, faire mon pèlerinage à La Mecque.

Je ressentais d'autant plus amèrement le fait d'être catalogué comme détective. « Moses Wine, trente-trois ans, détective, Los Angeles », c'est ainsi que j'étais décrit sur la liste officielle des « délégués » du groupe d'étude n° 5. Ce métier, qui était devenu le mien par hasard, me tenait à l'écart du monde, me transformait en une espèce de photographe percevant la vie à travers un filtre.

Je regardai Fred Lisle, assis dans la rangée du milieu, et pensai avec irritation qu'il n'avait pas hésité à m'enfermer dans cette position. Sonya, placée à côté de lui, somnolait déjà, un exemplaire du *Manuel du Médecin aux pieds nus* sur les genoux. Derrière eux, Ana Tzu montrait à Harvey Walsh des photos de ses enfants, tandis que Nancy Lemon, un whisky-sour à la main, entreprenait Max Freed. Vaguement, je l'entendis dire qu'elle était ravie de le rencontrer et qu'elle n'avait pas raté un seul numéro de *Modern Times* depuis celui qui relatait le fameux meurtre du concert des Rolling Stones, en 1969.

Un peu plus loin, Nick Spitzler et Mike Sanchez dressaient la liste de leurs relations communes dans le milieu syndical. Reed Hadley, qui avait coincé Ruby Crystal près de la sortie de secours, déplorait la flambée des prix des bronzes chinois. La valeur de ceux qu'il avait vus à l'exposition archéologique avait quadruplé en cinq ans.

Je commençais à m'assoupir quand Li Yu-ying se pencha au-dessus de moi.

— J'ai pensé que vous aimeriez lire ceci, dit-il. Je l'ai envoyé aux autres membres du groupe il y a quelques semaines.

Il me tendait un texte ronéotypé sur un papier à en-tête officiel de l'université de l'Utah.

QU'EST-CE QUE LA « BANDE DES QUATRE » ?

Actuellement, les rapports en provenance de Chine ne parlent que de l'offensive menée contre ce qu'il est convenu d'appeler la « bande des Quatre » — Chang Ching (la veuve de Mao), Wang Hung-wen, Chang Chun-chiao et Yao Wen-yuan. Il s'agit en apparence d'une lutte idéologique opposant, d'un côté, la « Bande » et ses fidèles, qui défendent les acquis idéalistes de la Révolution culturelle, et, de l'autre, un rassemblement de bureaucrates dans le plus pur style soviétique : un combat, si l'on veut, entre les partisans d'un communisme pur, immédiat, et ceux d'un processus graduel de consolidation socialiste menant à l'utopie communiste avec disparition progressive de l'Etat dans un futur indéfini. Toutefois, selon les Chinois, les objectifs de la « Bande » ne relèveraient d'aucun idéalisme. Il s'agirait en fait d'une tentative opportuniste pour s'emparer du pouvoir en exploitant une ferveur révolutionnaire naïve et en créant une anarchie débilitante à tous les niveaux productifs de la société. On accuse aussi la « bande des Quatre » de mettre un frein à la liberté des arts (domaine réservé de Chang Ching) et de tenter de restreindre l'importance objective du rôle de vieux révolutionnaires tels que Chou En-lai. A la suite de certains événements précipités par la mort de Mao, la « Bande » a été arrêtée. Ses membres se trouvent actuellement en détention préventive à Chang An Hai, tout près de la Cité interdite, résidence historique des empereurs chinois.

Nous arrivâmes à Hong Kong aux environs de 22 h, heure locale, au terme de quatorze heures de vol. Nous étions tous passablement crevés, à l'exception de Fred Lisle, qui possédait cette extra-ordinaire capacité de pouvoir s'endormir une heure après le décollage et se réveiller au moment où le commandant de bord annonçait l'atterrissage.

A travers les hublots, nous eûmes notre première vision de l'Extrême-Orient : une ville à flanc de colline qui ressemblait à San Francisco, avec des gratte-ciel poussant sur le front de mer comme de mauvaises herbes. L'avion passa au ras de ces buildings et accomplit sa descente avec la brusquerie d'un hélicoptère.

Puis nous fûmes au sol, marchant avec la même brusquerie vers la zone de livraison des bagages. Il pleuvait. Des Chinois et des Chinoises, chics dans leurs jupes étroites et leurs costumes de jean californiens flambant neufs, nous précédaient. Avant que nous ayons eu le temps de nous sentir perdus, un petit homme à la figure ronde, en chemise blanche et pantalon bleu, vint à notre rencontre. Il portait ce qui semblait être une casquette de chauffeur, et une étoile rouge, toute simple, ornait sa poitrine. Comment put-il nous reconnaître parmi tous les Occidentaux qui se trouvaient sur ce vol, je ne saurais le dire. Ce ne fut que le premier d'une série d'événements troublants qui allaient marquer les jours suivants.

L'homme se présenta. M. Kau. Deux types vêtus comme lui et six autres portant des chemises de grosse toile bleue et des shorts de la même couleur l'accompagnaient. Ils nous adressèrent des sourires chaleureux, comme si nous partagions tous un fabuleux secret, ouvrirent des parapluies et nous escortèrent jusqu'au terminal. Ces hommes semblaient beaucoup plus rudes, plus terriens, que les Chinois de l'avion. Les habitants de Hong Kong ne les regardaient pas, eux ne regardaient pas les habitants de Hong Kong. Comme s'il existait une sorte d'accord tacite entre les deux Chine pour éviter de s'embarrasser mutuellement avec des regards de reconnaissance. Sans doute était-ce un effet du manque de sommeil, mais ces continentaux me parurent nimbés d'une aura primitive, presque sacrée, tels les disciples d'un saint de la première heure chrétienne venus se mêler aux païens. Ils étaient aussi beaucoup plus petits. Peut-être parce qu'ils portaient des sandales et non des chaussures à talons hauts ou à semelles compensées avec des brides en lamé.

M. Kau nous installa dans un bus moderne, climatisé, pendant que les hommes en short bleu chargeaient nos bagages sur un vieux camion branlant. Je me retrouvai assis près de Fred Lisle.

— C'est Victoria Harbour !

Le bus avait démarré et Lisle montrait du doigt la parade des cargos et des ferries.

— Vous êtes déjà venu ?

— Oui, plusieurs fois, répondit-il, comme si c'était la chose la plus évidente du monde.

Le bus tourna dans Nathan Road et nous jeta contre un barrage d'enseignes au néon plus grandes et plus brillantes encore que celles de Times Square : montres, stylos, stéréos, calculatrices, appareils photo. Tous les produits du géant industriel japonais présentés avec le génie du commerce chinois. M. Kau hocha la tête, comme pour s'excuser de devoir nous exposer à un mercantilisme aussi grossier. Un nouveau virage dans une rue transversale et nous fûmes devant l'étonnante *porte cochère*[1] de notre hôtel, le New Kowloon, où deux immenses tigres de céramique ornés de joyaux montaient la garde de part et d'autre d'un panneau coulissant

1. En français dans le texte (*N.d.T.*).

commandé électroniquement. Au-dessus de l'entrée, des avis fleuris annonçaient en lettres orange et roses qu'on dansait toute la nuit au restaurant panoramique, sur le toit de l'hôtel. Le choc des civilisations.

Fred Lisle et moi nous levâmes, suivant Max Freed et Ruby Crystal qui descendaient du bus.

— Je parie qu'elles ne viendront pas, annonça Fred, sombrement.

— Quoi ?

— Les stars. Je parie qu'elles ne viendront pas à la conférence d'orientation, demain matin.

Vingt minutes plus tard, je regardais *Cinderella Liberty* sous-titré en chinois. Le film de minuit à la télé de Hong Kong. Je l'avais déjà vu, mais j'étais allongé sur mon lit et trop épuisé pour changer de chaîne. De toute façon, c'était vaguement rassurant. Une sorte de pont culturel. Mon corps était peut-être en Asie, mais mon esprit roulait toujours à cent à l'heure dans une zone limitée à soixante de Sepulveda Boulevard.

Harvey Walsh, mon compagnon de chambre pour cette première nuit, était vautré dans un fauteuil. Il consultait une liste de restaurants qui lui avait été fournie par un ancien de l'import-export reconverti dans la méditation transcendantale. Mon regard passait de l'écran à Walsh. Le petit noir du film faisait des gags sur Mao Tsé-toung. Je souris.

A ce moment, quelqu'un frappa à la porte. Walsh et moi nous redressâmes.

— Oui ? dis-je.

— Ana Tzu ?

Nous nous regardâmes. Sur le moment, ce nom ne me dit rien.

— Ana Tzu? répéta la voix, de toute évidence celle d'un Chinois.

Brusquement la mémoire me revint. Ana Tzu était cette jeune femme sino-américaine qui faisait partie de notre groupe. Je lui avais à peine adressé la parole au cours du voyage.

— Ana Tzu?

On frappait de plus belle.

Je sortis du lit et précédai Walsh à la porte. L'horloge digitale de la chambre indiquait 2 h 35.

J'entrouvris le battant, laissant prudemment la chaîne de sécurité. Dans le couloir, trois Chinois d'âge mûr — un homme et deux femmes — élégamment vêtus, me dévisageaient avec anxiété.

— Ana Tzu? répéta l'homme, mais, cette fois, sa voix manquait de conviction.

— Elle n'est pas là, fis-je. Vous vous trompez de chambre.

Il murmura trois mots dans sa langue, puis s'éloigna. Les deux femmes continuaient à m'observer.

— Qu'y a-t-il? demandai-je.

Elles ne répondirent pas et allèrent rejoindre l'homme qui avait tourné au bout du couloir et recommençait à frapper à la porte de la chambre suivante.

— Ana Tzu?

La voix était toujours insistante.

Je fermai la porte. Walsh et moi nous regardâmes avant de regagner nos lits.

Le sommeil ne vint pas. Cette intrusion me tracassait et mon horloge intérieure était déjà sérieusement perturbée par le décalage horaire. A six heures, je décidai de ne pas insister. Je descendis prendre un peu d'exercice et jeter un coup d'œil à la ville. Dehors, il bruinait. Le portier m'informa qu'un typhon était en train de passer. Je fis un brin de jogging dans Nathan Road, longeant plusieurs massage-parlors, une boîte appelée Lee Kee Go-Go Club et un stand McDonald's.

CHAPITRE QUATRE

Placée sous le signe de la nervosité et de l'impatience, la conférence d'orientation débuta à dix heures ce matin-là, dans la salle Aberdeen, au second étage de l'hôtel. Nous étions assis autour d'une grande table ronde, plusieurs pots de thé fumant devant nous, et nous nous dévisagions. Des Américains entraient et sortaient de Chine depuis plusieurs années maintenant, depuis la visite de Nixon, mais le nombre de places restait limité et chacun de nous le savait. Nous étions les « élus ».

Pour faire mentir Fred Lisle, tous les membres du groupe étaient présents : Natalie Levine, son chapeau de velours frappé crânement incliné sur le côté, Max Freed, dans ce qui devait être le costume safari de plus cher de chez Abercrombie et Fitch. Staughton Grey, assis de l'autre côté de la table, portait un pull ras du cou élimé. Le même sans doute que celui qu'il arborait à la fin des années cinquante, quand il accompagnait Bertrand Russell lors des marches d'Aldermaston.

A la place d'honneur se trouvait notre « camarade-responsable », ma tante Sonya. Il m'était difficile de la considérer comme telle. A mes yeux, elle avait toujours été un personnage vaguement comique — chaleureux et tendre, oui, un peu comme une mère adoptive après la mort de la mienne — mais tout de même comique, une sorte de don quichotte en jupon, chargeant des moulins à vent sociaux. J'avais sept ans quand elle essaya de m'apprendre les paroles de *l'Internationale* en russe. Ma mère piqua une crise, mais cela ne l'arrêta pas. En fin de compte, je ne retins jamais ces paroles, pas plus en anglais qu'en russe.

— Quelquefois, les Américains ont du mal à se déplacer en groupe, commença Sonya tout en distribuant les feuilles ronéotypées sur lesquelles nous devions noter nos principaux centres d'intérêt. Mais en Chine, c'est le meilleur moyen d'obtenir des résultats. Aussi ne soyez pas déçus si vos requêtes individuelles ne sont pas toutes satisfaites. En revanche, que cinq ou six d'entre vous parviennent à se mettre d'accord sur quelque chose, et ils verront les Chinois faire l'impossible pour les satisfaire.

Sonya avait chaussé ses lunettes et me regardait droit dans les yeux. Je savais qu'elle me considérait comme un loup solitaire, mais je lui en voulus de le faire ainsi remarquer.

— Vous ne serez pas autorisés à visiter certains endroits, continua-t-elle avec une fermeté que je ne lui connaissais pas. Les Chinois nous ont préparé un itinéraire. Ils ont réservé nos chambres d'hôtel. Donc, si vous aviez envie d'aller au Tibet, n'y pensez plus. Les hôpitaux psychiatriques, ainsi que les prisons et les tribunaux sont classés zones interdites. Je sais que certains d'entre vous en seront déçus. (Elle jeta un coup d'œil à Spitzler, l'avocat, et Harvey Walsh, le gestalt-thérapeute.) Vous devrez vous y faire. Maintenant, en ce qui concerne le sexe... (Brusquement, ma vieille tante venait de capter l'attention de toutes les personnes présentes, toutes sauf Ana Tzu qui somnolait depuis le début de la réunion.) Vous avez entendu dire, je pense, que les Chinois ont une attitude différente de la nôtre sur ce sujet. Peut-être est-ce de la pudibonderie, peut-être tout simplement du bon sens. Quoi qu'il en soit, Pékin n'est pas Hollywood Boulevard. Vous n'y trouverez ni travestis, ni prostituées en minijupe. S'il se passe des choses, c'est en privé. Alors restez tranquilles. Pas de gestes déplacés, interdiction de se tenir la main. Si vous trouvez dans le groupe un partenaire à votre goût, attendez au moins d'être revenu à Hong Kong pour donner libre cours à vos instincts. Et, pour l'amour du ciel, ne touchez pas aux guides. Cela ne pourrait qu'attirer des ennuis à tout le monde, à vous comme à eux.

— Quel genre d'ennuis? ricana Reed Hadley.

— Eh bien, vous connaissez l'histoire de ce journaliste qui a dit à la liftière de son hôtel de Pékin qu'elle avait de jolies jambes. Il s'est retrouvé hors du pays en moins de douze heures. Mais si vous avez l'imagination plus fertile, laissez-moi vous rappeler qu'en Chine l'adultère est un crime appelé « sabotage de la famille ». Passible de trente ans de prison.

Max Freed émit un long sifflement, sans doute à l'idée des nombreuses années de taule dont il aurait écopé s'il avait vécu à Shanghai.

— Autre chose encore, reprit Sonya. Puisqu'il est question de la décadence occidentale, beaucoup d'entre nous collectionnent les souvenirs de voyage, papier à en-tête d'hôtel, boîtes d'allumettes, cendrier, à l'occasion une serviette du Hilton de Rome. Les Chinois ne plaisantent pas avec ces choses-là. Ne prenez rien que vous n'ayez payé. Tout appartient au peuple.

Nous commençâmes alors à remplir nos fiches. Je vis Hadley écrire les mots *Canard Han* sur la sienne.

Trois sièges plus loin, Nancy Lemon parlait du Grand Monde.

— Non, non, expliqua Li Yu-ying. Vous ne pourrez pas le visiter. C'est zone interdite, maintenant.

Elle l'inscrivit tout de même.

Je ne savais pas quoi mettre. Je gribouillai donc quelque chose à propos de coopération avec le groupe. Cela paraissait être dans le bon esprit, et je me dis que ça ferait plaisir à Sonya.

— Bien. Qui va être notre chef des bagages? demanda-t-elle en ramassant les fiches. Nous aurons besoin de quelqu'un qui soit responsable de nos valises quand nous passerons d'une ville à l'autre.

Personne ne répondit.

— Bravo. Formidable. Vous avez tout compris.

Finalement, Mike Sanchez leva la main.

— Tiens? Voilà qui est intéressant.

Sonya nous regarda malicieusement tandis que nous enregistrions le fait plutôt dérangeant que l'unique ouvrier du groupe — membre d'une minorité ethnique, qui plus est — avait été le seul à se dévouer.

— Je m'en occuperai aussi, dit Staughton Grey, levant la main à son tour.

— Trop tard, fit Sonya. Un seul suffit. Vous auriez dû vous décider plus tôt.

Puis elle nous donna la permission d'aller déjeuner.

Je voulais suivre Harvey Walsh qui possédait l'adresse d'un restaurant spécialisé dans la soupe aux ailerons de requin en bordure d'un quartier appelé Mongkok, mais Max Freed me mit le grappin dessus, insistant pour que je l'accompagne.

— Qu'est-ce que tu es venu faire ici? me demanda-t-il à l'instant où nous franchissions la porte de l'hôtel.

On construisait un métro sous les trottoirs de Nathan Street, et il était impossible d'échapper au vacarme des marteaux-piqueurs.

— La même chose que toi, j'imagine. Regarder l'Utopie en face.

— Oh !

Il m'étudia soigneusement.

— Tu pensais à autre chose ?

— Pas particulièrement. (Nous continuâmes à marcher. Des touristes passèrent dans un rickshaw rouge à capote verte.) Tu crois qu'il y a un agent dans le groupe ?

— Un agent ?

— Tu sais bien, FBI, CIA, un truc comme ça.

— Je doute que nous soyons si intéressants... En tout cas, je suis étonné de te voir ici. Toi, associé à des gauchistes. J'ai entendu dire que ton magazine recrutait dans les beaux quartiers, maintenant. Truman Capote et Richard Avedon.

— Qui es-tu pour critiquer ? On m'a dit que, toi, tu recrutais à la descente des ambulances.

— Ça vaut mieux que de cancaner dans les cocktails avec la princesse Radziwill !

— Je n'aurais jamais dû te mettre en couverture. (Il me regardait avec ce sourire méprisant et enfantin qui lui était propre.) Le privé baba-cool, ça ne fait plus vendre.

— La prochaine fois, tiens-t'en aux groupes punks.

C'était comme si nous ne nous étions jamais quittés. A notre dernière rencontre, nous avions échangé des insultes pendant une heure dans un bar d'acteurs de Santa Monica Boulevard. Mais aujourd'hui, il se mit à rire.

— Tu as emporté de la dope ? demanda-t-il.

Je souris et secouai la tête.

— Allez, Wine, à d'autres. Tu as toujours été un sacré défoncé. Je me souviens de ce jour où...

— Epoque révolue, coupai-je. J'ai trente-trois ans, bientôt trente-quatre.

— Moi, en tout cas, j'emporte mes provisions. Un demi-gramme de coke, cinquante grammes de colombienne fraîche et six tablettes de MDA. Avec qui je vais partager si tu me laisses tomber ?

— Essaie la quatrième session plénière du XIe Congrès.

Il secoua la tête.

— Je savais que ce voyage allait être flippant.

C'est alors que Nancy Lemon accourut vers nous.

— Ana Tzu est malade, cria-t-elle, ils l'emmènent à l'hôpital.

CHAPITRE CINQ

La veille de mon départ, je retrouvai un vieil exemplaire des *Citations du président Mao Tsé-toung*, que j'avais acheté pendant ma seconde année de droit. Ce n'était pas l'édition chinoise, reconnaissable à sa couverture de plastique rouge, mais un livre Bantam un peu abîmé, publié en 1967 avec une introduction de Stuart Schram destinée à « clarifier » ce que le dos de couverture présentait comme « le petit livre rouge qui a ébranlé le monde ! ». Je me rappelle encore qu'on s'était moqué de moi parce que je l'avais payé un dollar alors que l'édition de Pékin ne valait que 50 cents.

A vrai dire, j'avais acheté ce livre sur l'ordre de David et Jane Patrakis, deux amis qui, à cette époque déjà, considéraient la Chine comme un modèle de civilisation. Ils avaient étudié l'art cinématographique à l'USC avant de renoncer à une carrière potentielle à Hollywood pour travailler à l'usine, sur une chaîne de montage, et possédaient le don de me donner mauvaise conscience à tout moment. Je répondais à leur sinophilie par une attitude d'autruche obstinée, du genre « nous savons si peu de chose sur ce qui se passe là-bas », mais, en réalité, je ne voulais pas que la

Chine soit aussi parfaite qu'ils le disaient. Je m'intéressais de très près à l'échec de la tentative chinoise, presque autant, je crois, qu'à l'opportunité de prendre les Patrakis en défaut. Plus tard, ils m'avaient donné un exemplaire de *Documents importants de la Grande Révolution culturelle prolétarienne* (jamais lu) et de *Cinq essais philosophiques du président Mao* (lu deux sur cinq).

J'ouvris le petit livre rouge, passant sur la préface de Lin Piao, grand camarade du président Mao, décédé dans des circonstances mystérieuses, et feuilletai les pages, à la recherche des citations soulignées et cochées par le Moses Wine d'alors. La première était de circonstance :

Celui qui se range du côté du peuple révolutionnaire est un révolutionnaire, tandis que celui qui se range du côté de l'impérialisme, du féodalisme et du capitalisme bureaucratique est un contre-révolutionnaire. Celui qui se range en paroles seulement du côté du peuple révolutionnaire, mais agit tout autrement est un révolutionnaire en paroles. Celui-là est un parfait révolutionnaire qui se range non seulement en paroles mais en actes du côté du peuple révolutionnaire.

Elle était soulignée deux fois et cochée de trois astérisques.

J'avais repéré une autre citation dans l'essai intitulé *De la contradiction*, écrit par Mao en août 1937. Il y affirmait que le combat révolutionnaire ne cesse jamais, qu'il y aura toujours des « contradictions ». Parce que l'unité se divise toujours en deux. Il n'existe donc aucune fin à la révolution, aucune société parfaite.

Cette idée m'avait plu en 67 et elle me plaisait toujours. Je voyais assez bien pourquoi : elle excusait ma vision ironique, agréablement aliénée de la vie.

Mao lui-même m'avait permis d'échapper à l'engagement. Après tout, quel intérêt y avait-il à participer à une dialectique qui ne se résoudrait jamais?

Quant au petit livre rouge, proprement dit, à quoi bon se tracasser? Il était maintenant en disgrâce — un document sur la Révolution culturelle et ses adhérents, les membres de l'infâme bande des Quatre. Aujourd'hui, dans la nouvelle Chine, on insiste sur le tome cinq des œuvres de Mao, dont les « dix points principaux » appellent à la modernisation, l'accroissement de la production et de la technologie.

Moi, le maoïste de salon, j'avais pourtant un faible pour l'idéalisme indiscipliné de la Révolution culturelle, révolution qui, d'après ce que nous dit Li Yu-ying au cours de notre conférence d'orientation de l'après-midi, commença réellement en 1927, à l'époque des soulèvements de la Récolte d'automne, et non, comme auraient pu le penser ceux d'entre nous qui avaient étudié superficiellement l'histoire de la Chine, avec les prétendus excès des gardes rouges, en 1967 et 1968. C'est en 1927 que la lutte entre la ligne politique des masses et celle des bureaucrates apparut pour la première fois au sein du parti communiste chinois.

Quoi qu'il en soit, ma lutte à moi consistait, pour le moment, à garder les yeux ouverts. Il était déjà une heure du matin à L.A. et Li Yu-ying continuait son tour d'horizon de l'histoire de la Révolution chinoise, cours fracassant à bien des égards. A vrai dire, j'aimais bien ce prof d'italien chinois et, dans des circonstances normales, je ne l'aurais pas trouvé aussi assommant. Mais à cette minute je ne distinguai plus la bande des Quatre des avants-centres de l'équipe des Chicago Bears, ni la commune de Shanghai de la dernière boutique à la mode de Beverly Hills.

Nous fûmes soulagés quand Sonya, prenant l'initiative en tant que camarade-responsable, nous libéra tous pour la soirée. Tous, sauf Ana Tzu qui était partie depuis longtemps.

Quand Max Freed et moi étions revenus à l'hôtel, sans avoir déjeuné, les infirmiers avaient déjà installé Ana Tzu sur un brancard. Sonya, debout près d'elle, tapait du pied avec impatience, un geste que je l'avais déjà vue faire quand elle s'était retrouvée clouée chez elle pendant six mois à cause d'une crise d'arthrite.

— Que s'est-il passé? demandai-je.

— Quelque chose à l'estomac, je ne sais pas. Elle dit qu'elle a vomi.

Je regardai Ana Tzu. Elle serrait un drap blanc contre ses épaules et fixait le plafond. Son teint ne permettait pas de se prononcer sur son état de santé.

— Comment vous sentez-vous?

— Bien, fit-elle. Ne vous inquiétez pas.

Deux infirmiers la soulevèrent et sortirent par une porte de service.

Je me tournai vers Sonya.

— Un type la cherchait la nuit dernière. Il nous a réveillés.

— Il a réveillé tout le monde.

— Qui était-ce?

— Aucune idée.

— Qu'est-ce que tu vas faire?

— Tu es de la famille, ou quoi?

— Enfin, tu vas bien faire quelque chose, non?

— J'ai prévenu Kau... ils vont s'occuper d'elle tant qu'elle sera ici et prendre des mesures pour qu'elle puisse nous rejoindre si elle se sent mieux.

— Et si ça ne s'arrange pas?

— Eh bien, ça ne s'arrangera pas. Que veux-tu que j'y fasse?

Je n'avais rien à lui répondre. A travers la fenêtre, je vis qu'on installait Ana Tzu dans l'ambulance. Le véhicule s'éloigna.

— C'est vraiment dommage, dit Sonya. Elle est née à Canton, elle voulait voir sa vieille maison.

Ce soir-là, après la leçon d'histoire de Li Yu-ying, je décidai de sortir seul. C'était ma dernière chance de visiter Hong Kong et de goûter un peu de solitude loin du groupe avant l'entrée en Chine.

Je pris une douche et descendis au salon pour envoyer une carte à mes gosses. Au kiosque à journaux, je choisis la photo de deux petits garçons dans un sampan et commençai à écrire. Du coin de l'œil, je voyais Nancy Lemon assise près de l'ascenseur. Elle me regardait. Elle sourit et j'eus la nette impression qu'elle voulait que je la rejoigne. Mais je choisis de l'ignorer, lui rendis poliment son sourire et terminai ma carte.

Dehors, il pleuvait toujours. Les lumières de Hong Kong se reflétaient sur le trottoir luisant. Je partis vers le sud, en direction du Star Ferry. Des foules autochtones se pressaient autour de moi, rentrant du travail. La plupart des gens étaient élégamment vêtus et les femmes particulièrement attirantes. Le quartier chic de la ville. Une paire de Bentley attendaient, garées dans l'allée du Peninsula Hotel.

Je les dépassais, me hâtant vers les grilles du ferry, de l'autre côté de la rue, lorsque je remarquai Staughton Grey descendant de l'une d'elles. Staughton Grey dans une Bentley ? Je m'arrêtai pour l'observer. Pendant un moment j'eus l'impression qu'il allait rentrer tout droit dans l'hôtel, le plus ancien et le plus huppé de Hong Kong. Mais il surprit mon reflet dans la vitre de la porte à tambour, stoppa net et se dirigea vers moi.

— Je l'ai empruntée à l'un de mes vieux amis du corps diplomatique britannique, dit-il sans que je lui aie rien demandé. Je voulais voir la ville depuis Victoria Peak.

— Comment était-elle ?

— Terrible. Embrumée… Il faut que je rende ça à mon ami. (Il agitait les clés sous mon nez.) Il prend un verre au Peninsula tous les soirs à sept heures.

— Gin et tonic comme à Bombay ?

— Pimm's n°2.

Nous échangeâmes un sourire gêné.

— Vous ne direz à personne que vous m'avez vu au volant d'une Bentley, n'est-ce pas ? Ça ruinerait mon image.

— Ne vous inquiétez pas. J'ai une Porsche.

Il sourit.

— A demain, lança-t-il.

Il fit un pas vers la porte, puis s'arrêta de nouveau.

— Comment va votre tante ?

— Bien, dis-je. Elle fait un somme.

Il hocha la tête et pénétra dans le hall. Je contemplai la Bentley, dont le capot fumait encore sous la pluie, tandis qu'un portier en livrée me surveillait depuis l'entrée.

Je me remis en route pour aller m'offrir deux ou trois tours de ferry. C'était amusant, mais un brouillard épais obscurcissait la vue légendaire. Impossible d'apercevoir les lumières de Hong Kong avant d'avoir pratiquement le nez dessus, et le sommet de Victoria Peak disparaissait complètement dans les nuages. Je laissai tomber et retournai du côté de Kowloon. Il commençait à se faire tard, et nous devions partir de très bonne heure le lendemain.

En revenant à l'hôtel, je passai devant un bar appelé le Club Barcelona. Une Chinoise aux longs cheveux noirs piqués d'un gardénia, très grande dans sa robe bleue fendue, se tenait dans l'embrasure de la porte. Elle me sourit. Elle était superbe et je lui rendis la pareille. Derrière elle, dans un rai de lumière verte, je distinguai, à travers un rideau de perles argentées, la silhouette d'une chaise longue recouverte de brocart. Elle me fit signe d'entrer. Mais je ne bougeai pas. Je ne sais pourquoi, cela ne me semblait pas correct. A sept heures, le lendemain matin, j'entrais en République populaire de Chine. Je devais être pur.

CHAPITRE SIX

Pénétrer en République populaire de Chine, c'est un peu comme mettre le pied dans l'antichambre d'un au-delà vu par la Renaissance, à cela près que les cœurs séraphiques jouent *L'Orient est rouge* et que les anges de miséricorde ont des queues de cheval, des sandales de corde et distribuent des exemplaires de *la Revue de Pékin*. Tout est propre, simple et vert-vert pâle comme dans les toiles de Piero della Francesca. Pas la moindre trace de cet agressif rouge prolétaire. Au poste d'inspection des bagages, du côté chinois, deux grandes peintures murales montrent des gens de différentes nationalités qui arrivent, joyeux, en République populaire, des rubans multicolores tourbillonnant autour de leur tête ; le tout dans des teintes très pastel. On s'attend presque à ce que quelqu'un vous tape sur l'épaule, puis vous conduise vers un fauteuil orné d'une têtière en dentelle, profond et trop confortable, où vous resterez assis pour l'éternité.

Nous étions arrivés là dans un train bondé. Un lent voyage de cinquante kilomètres à travers les nouveaux territoires, qui nous fit longer les banlieues misérables de Hong Kong, puis la Tide Cove de Mrs. Bay. Quand nous atteignîmes Tai Po, les bidonvilles avaient fait place aux rizières, aux champs verdoyants où paissaient les buffles — un paysage tout droit sorti des livres sur la Chine que je lisais étant enfant.

J'étais assis à côté de Mike Sanchez. En face de nous, Natalie Levine dictait au micro de son Sony miniaturisé. J'entendis : « Chers administrés, aussi incroyable que cela paraisse, je me trouve actuellement... » Dehors, une rafale de pluie s'abattit sur un groupe de paysans debout près d'un camion. Ils coururent se mettre à l'abri sous un figuier banian.

Sanchez semblait préoccupé.

— Combien avez-vous payé pour ça ? me demandat-il.

— Pour le voyage ? La même chose que tout le monde. Deux mille quatre cents dollars.

— J'ai emprunté à mon syndicat. Maintenant, je suis endetté à vie. Je leur dois une télé, une machine à laver, deux voitures et un voyage en Chine.

— Bienvenue au club, dis-je.

Il ne sourit pas.

Nous nous arrêtâmes quelques instants à Fanling, ville de marché. Un vendeur de Coca-Cola, dernier vestige du capitalisme, descendit du wagon de queue. Le train repartit. Nous étions presque tous debout dans l'allée à présent. Certains photographiaient le paysage à travers les vitres dégoulinantes de pluie. D'autres essayaient d'apercevoir la rivière Sham Choun, qui sépare les nouveaux territoires de la province de Kawan Tong.

Je sentis une main sur mon épaule. C'était Harvey Walsh.

— Vous êtes rentré tôt, hier soir, dit-il.

— J'étais crevé.

— Vous avez manqué le spectacle. (Il désigna Nancy Lemon et Fred Lisle, assis l'un près de l'autre à

56

l'avant du wagon.) Ils se sont trémoussés sur la piste du Lee-Kee Go-Go jusqu'à trois heures moins le quart.

Je regardai les cernes de Nancy. Le train ralentit de nouveau. Nous longions une falaise plantée de jasmin.

— Je suis curieux de voir ce qui va se passer, reprit Walsh. La dernière fois que j'ai dirigé un groupe, à Esalen, il y a eu douze divorces.

Le train s'arrêta brutalement en gare de Lo Wu. En contrebas, quelques bâtiments de stuc blanc couraient le long du pont de chemin de fer. Sur le toit d'une maison, de l'autre côté de la voie, un drapeau rouge flottait, solitaire. Il me fallut quelques secondes pour comprendre que nous étions arrivés. M. Kau, debout à l'arrière du wagon, nous enjoignit de le suivre.

Nous nous retrouvâmes bientôt au poste de contrôle de la frontière, nous frayant un chemin parmi une centaine de Chinois de Hong Kong et d'outre-mer qui se rendaient en République populaire pour voir leur famille. Un jeune douanier tamponna mon passeport, puis me le tendit. Je levai les yeux sur M. Kau. Il se tenait dans l'encadrement d'une porte, m'appelant d'un geste de la main. Au-dessus de lui, un panneau invraisemblable proclamait : *VERS LA CHINE*.

J'atteignis la porte en même temps que les autres membres du groupe. Nous attendîmes Kau, mais il nous fit signe de continuer, et nous traversâmes le pont de chemin de fer.

Nous venions de passer la frontière à pied et notre guide était resté du côté de Hong Kong, agitant la main en un bref adieu.

De l'autre côté, une jeune fille d'environ dix-huit ans, couettes retombant sur les épaules, joues velou-tées et roses comme deux pêches dans une nature morte hyperréaliste, nous attendait, un sourire béat aux lèvres. Je me tournai vers Li Yu-ying, qui marchait à mes côtés. Des larmes brillaient dans mes yeux.

Mon cœur battait à tout rompre. Nous avions franchi le rideau de bambou.

On nous entraîna vers un bureau en plein air, où l'on contrôla nos papiers. J'avais l'impression d'être à Berkeley, le jour des inscriptions. Puis on nous fit bénéficier d'un curieux processus de ségrégation. Les Chinois d'outre-mer restèrent en arrière, tandis que nous, les étrangers, nous empruntions un couloir menant à une grande salle d'attente au décor XIXe siècle : napperons sur les tables, tapis bleu orné d'un panda sur le sol. Ma première réaction fut l'étonnement. Pourquoi nous ? Nous ne méritions pas un tel traitement. Mais la jeune fille qui nous guidait me sourit, et je m'enfonçai dans un fauteuil, un verre de thé à la main. Devant moi, sur une petite table étaient posés des exemplaires de *la Revue de Pékin* en cinq langues.

Nos guides permanents apparurent à ce moment. Ils étaient trois : M. Hu, un jeune homme de vingt-cinq ans, aux cheveux en brosse, Mme Liu, une jeune femme approchant la trentaine avec des cheveux coupés court et une jupe qui lui descendait à mi-mollet. Yen, enfin, un homme d'environ quarante ans, grands traits aquilins et yeux sombres, plein de charisme. Ils allaient être notre lien principal avec la population chinoise pendant toute la durée de notre séjour. Des guides locaux se joindraient à nous dans chaque ville que nous allions traverser, mais M. Hu, M. Yen et Mme Liu resteraient les véritables responsables de notre groupe.

Yen prit la parole le premier, parlant d'une voix chaleureuse, qui répondait à notre enthousiasme.

— Bonjour. Nous sommes heureux d'accueillir nos

amis américains du Groupe d'étude n° 5 des Amitiés américano-chinoises.

Les applaudissements de nos guides, comme le veut la coutume en Chine, firent écho aux nôtres.

— Nous retrouvons dans ce groupe certains amis de la Chine de très longue date que nous aimerions saluer personnellement : Mme Sonya Lieberman, camarade-responsable, M. Li Yu-ying, qui revient sur sa terre natale après quarante ans d'absence et M. Fred Lisle de retour lui aussi au pays où il a passé son enfance. (Fred Lisle était donc déjà venu en Chine — ça c'était une surprise.) Ana Tzu, une autre amie de longue date, n'est pas parmi nous aujourd'hui. Elle nous rejoindra un peu plus tard. J'espère que vous apprécierez votre séjour en République populaire de Chine, et que vous en garderez une meilleure compréhension de la révolution socialiste et de la façon dont nous la construisons.

Puis Mme Liu s'adressa à nous.

— Amis américains, soyez les bienvenus ! Vous arrivez au moment où la Chine vit une ère glorieuse. Le peuple se réjouit du renversement de l'ultra-droite, l'infâme bande des Quatre, et de la venue de notre nouveau dirigeant, le sage président Hua. Considérant la lutte des classes comme le lien et l'agriculture comme facteur déterminant, nous continuons, grâce à l'exemple de Tachai pour l'agriculture et de Taching pour l'industrie, à nous garder du danger de la restauration capitaliste et à suivre vaillamment la route socialiste.

— Et maintenant... allons déjoner, dit M. Hu.

— Déjeuner, rectifia M. Yen.

— Oui, déjeuner, reprit M. Hu en rougissant.

Nos guides nous entraînèrent dans un second couloir. Nous passâmes devant des bureaux vides, puis devant un autre salon. Sonya, en tête du groupe, bavardait à voix basse avec Mme Liu. Je les observai. On aurait dit deux amies de toujours qui se retrouvent après une longue séparation.

Nous parvînmes de l'autre côté de la gare. Deux tables avaient été dressées pour nous sous un portrait brodé du président Mao à son bureau.

Yen nous fit signe de nous asseoir et je m'installai entre Ruby Crystal et M. Hu. Mme Liu, Harvey Walsh et Reed Hadley nous faisaient face. Puis commença un repas composé de onze plats différents. Porc bouilli à la sauce piquante, queue de bœuf à la vapeur, crevettes et abalones à la sauce d'huîtres, tout y était. Une jeune fille nous versait de la bière, du soda à l'orange ou du mao-taï, boisson chinoise alcoolisée.

— Qu'est-ce que c'est? demandai-je à M. Hu en désignant un plat qui contenait du poulet, mais dont les autres ingrédients m'étaient tous inconnus.

Le guide jeta un regard implorant à Mme Liu.

— Des tendons de porc, avec du poulet et du jambon, dit-elle. Préparés avec des échalotes, du gingembre et un peu de vin de riz... Vous ne mangez pas?

Elle s'adressait à Ruby Crystal, la regardait droit dans les yeux. L'actrice n'avait pas touché à la nourriture.

— C'est mon jour maigre. Je jeûne deux jours par semaine.

Mme Liu, totalement déconcertée, ouvrit des yeux ronds. Puis elle éclata de rire.

— Ah! vous autres Américains, vous êtes toujours au régime. (Elle tapota son ventre, qui était aussi plat que celui de Ruby.) Nous, en Chine, nous travaillons.

L'actrice baissa les yeux sur son assiette, l'air gêné. On apporta des travers de porc, garnis de soja fermenté, puis du soja frit à la sauce de sésame. Yen se

60

mit debout, un verre de mao-tai à la main. Nous nous levâmes.

— A l'amitié des peuples chinois et américains!
— A l'amitié!

Le mao-tai me brûla la gorge, descendant jusque dans mes orteils en moins d'une seconde.

Harvey Walsh se pencha vers moi.

— Elle est sublime, n'est-ce pas?
— Exactement comme dans ses films.
— Non, pas Ruby, rectifia-t-il, Mme Liu.

Après le déjeuner, nous nous dirigeâmes, par deux escaliers successifs, vers la cour de la gare. *L'Orient est rouge* résonnait dans les haut-parleurs. Je m'arrêtai et écoutai, laissant mon regard errer au-delà des voies ferrées, vers une rizière où s'affairaient des paysans. Près de la gare, quelques femmes portant un casque travaillaient sur une ligne à haute tension.

Etait-ce un effet du mao-tai? Je m'identifiai instantanément à ces hommes et ces femmes. A vrai dire, je me sentis brusquement en accord avec tous ceux qui m'entouraient. La musique aussi avait sur moi un effet puissant. Dans les années soixante, déjà, j'avais les larmes aux yeux quand je chantais *We Shall Overcome* au cours des manifs et des marches pour la paix. J'éprouvais à cet instant la même sensation qu'alors, la sensation rare d'appartenir à quelque chose. Incompréhensible, peut-être, en cet endroit où tout m'était étranger, mais profondément vrai.

Je me laissai envahir par ces émotions tandis que nous traversions la cour. Nous passâmes devant une immense salle d'attente où des centaines de Chinois de Taiwan faisaient la queue devant le guichet du train de Canton. On nous conduisit vers un wagon climatisé. Là encore, on retrouvait les napperons victoriens et la littérature de propagande. Je m'assis près de la fenêtre. Une autre serveuse à queue de cheval nous apporta du thé dans des tasses de céramique blanche, dotées de couvercles. Rien de servile dans son comportement. Elle se sentait mon égale. Je lui souris en acceptant le thé. Il avait le goût d'un nectar. Tout ce que j'avais espéré de ce pays était en train de se réaliser.

M. Yen avait dû lire mes impressions sur mon visage. Il se leva, quittant M. Hu à côté de qui il était assis, et vint s'installer près de moi.

— Eh bien, monsieur Wine, que pensez-vous de la Chine? me demanda-t-il.

— C'est fou, dis-je. Je n'arrive pas à y croire!

— Nous sommes heureux de vous avoir parmi nous, renchérit-il.

Le train s'ébranla, roulant lentement le long des rizières où les paysans, pliés en deux comme des personnages de gravures, travaillaient activement.

— J'ai cru comprendre que vous étiez détective privé! dit Yen.

Je hochai la tête.

— Ça me semble intéressant. En quoi cela consiste-t-il exactement?

— Je m'occupe des affaires dont la police ne peut pas... ou ne veut pas se charger.

Yen parut perplexe.

— Vous savez bien, un homme d'affaires qui désire tout savoir sur ses concurrents... quelqu'un qui recherche un enfant disparu, ou encore un mari jaloux qui veut prouver que sa femme le trompe avec un autre homme.

— Vous faites ça?

Une tête surgit de derrière le siège voisin avant que j'aie pu répondre.

— Oui, il fait ça. Il est lamentable. C'est un vendu!

C'était Sonya, bien entendu.

— Vendu? — Yen ne comprenait pas.

— Il ne travaille que pour l'argent et se balade en Porsche.

— C'est vrai?

— En gros, oui, répondis-je.

Je n'avais pas envie d'insister. Ni de mentionner les deux ou trois fois où j'avais utilisé mes talents pour quelque chose d'utile.

Yen ne parut pas troublé.

— Il n'y a pas de quoi avoir honte, fit-il. Nous sommes tous les produits de nos conditions historiques. Vous êtes celui de votre société, comme nous sommes ceux de la nôtre.

— Ce n'est pas une raison pour ne rien y changer, grommela Sonya.

Mais cela ne me gêna pas. Yen avait pris mon parti. Et j'étais en Chine.

Le train roulait maintenant à pleine vitesse. Je me renfonçai dans mon siège.

D'autres membres du groupe entourèrent Yen, le pressant de questions. Oui, disait-il, aussi invraisemblable que cela puisse paraître, la région que nous traversons était totalement désertique avant la libération. Mais des programmes extensifs de reboisement et de conservation des eaux avaient changé l'aspect de cette terre. Les paysans, qui jadis s'estimaient heureux de pouvoir faire rentrer une maigre récolte de riz, étaient maintenant membres d'une des nombreuses communes qui engrangeaient deux ou trois magnifiques récoltes par an. On avait nivelé les collines en terrasses et installé des systèmes d'irrigation. Malgré l'interférence de la bande des Quatre, le peuple avait continué ses efforts pour transformer toute cette province en un véritable jardin.

Au fur et à mesure que nous approchions de Kwangchow, le paysage devenait plus urbain. Des usines isolées pointaient entre les champs de riz. Nous traversâmes la Rivière des Perles, un large fleuve aux eaux jaunes. Des paysans poussaient leur bicyclette sur le pont suspendu.

Une camaraderie insouciante était en train de naître au sein du groupe. Max Freed tentait d'apprendre à M. Hu les dernières nouveautés de l'argot américain, tandis que Mike Sanchez et Harvey Walsh, à l'arrière du wagon, malmenaient leurs appareils photo. Spitzler, qui avait dû éprouver les mêmes sensations que moi, faisait les cent pas dans l'allée en fredonnant des chants de lutte.

Comme nous approchions de la gare de Kwangchow, Mme Liu entonna une chanson de paysans, datant de l'époque du grand bond en avant. Plus tard, elle en traduisit les paroles :

Plus d'Empereur de Jade au ciel.
Plus de Roi Dragon sur la terre.
Je suis le Roi Dragon.
Et l'Empereur de Jade.
Faites place
Collines et montagnes
Faites place
J'arrive.

CHAPITRE SEPT

Un peu plus tard, cet après-midi-là, Reed Hadley, notre conseiller financier, m'apprit que Canton était le centre du jade. Nous nous trouvions sous le pavillon du parc commémoratif dédié aux martyrs du soulèvement de 1927. L'un de nos guides était en train de nous expliquer comment les troupes de Chang Kaï-chek avaient écrasé la commune de Canton et massacré cinq mille personnes quand Hadley me demanda d'ouvrir l'œil — au cas où je verrais quelque chose d'intéressant. Je lui expliquai que je ne m'y connaissais pas en jade.

Dans le car, Hadley coinça M. Hu. Il lui demanda si on trouvait d'intéressantes antiquités à Canton. Nous ne devions passer que deux jours et demi dans cette ville et il voulait avoir du temps libre pour ses petits achats.

M. Hu parut légèrement désemparé. Il bafouilla quelques instants, finit par dire qu'il verrait ce qu'il pouvait faire.

Nous longions la Rivière des Perles dans le centre de Canton. La circulation était intense, les piétons fourmillaient autour de nous. De l'autre côté du pont, nous apercevions l'île de Sham, l'ancienne concession anglaise et française, dont les villas aux couleurs passées se reflétaient dans l'eau. On nous expliqua qu'à une certaine époque les Chinois n'étaient pas autorisés à pénétrer dans l'île. Les ponts fermaient à vingt-deux heures.

Nous nous arrêtâmes devant un monument érigé à la mémoire des manifestants tombés en 1925 sous les balles des soldats européens cantonnés dans l'île. Les Chinois avaient voulu protester contre les « traités inégaux » qui avaient entraîné une grève générale paralysant les ports de Canton et de Hong Kong.

A présent, ces mêmes Chinois nous observaient curieusement, le visage collé contre les vitres du car.

— Pourrions-nous descendre ? demanda Spitzler, exprimant un désir collectif.

Nous voulions sortir nous mêler à la population. Depuis notre arrivée à Canton, nous avions été pris en charge par des guides locaux, traînés de monument en monument, sans même avoir pu nous arrêter à l'hôtel pour déposer nos bagages. Vous avez à peine le temps de visiter la ville, avaient-ils dit. Nous avions tous acquiescé.

Yen regarda sa montre.

— D'accord, vous pouvez descendre, dit-il. Mais nous devons être de retour à l'hôtel pour le dîner.

Nous sortîmes les uns après les autres. Les Chinois se dispersèrent poliment sur les trottoirs, d'où ils continuèrent à nous dévisager. Je me sentais légèrement mal à l'aise, peut-être responsable des faits et gestes de quelques soldats européens morts avant ma naissance.

Un camion découvert passa devant nous. Une douzaine d'hommes, le front ceint d'un foulard rouge, se tenaient à l'arrière, criant, tapant sur des cymbales et des timbales géantes. De longues banderoles écarlates étaient accrochées aux poignées des portières ainsi qu'aux pare-chocs.

— Il y a une fête? demandai-je à Mme Liu.

— Les ouvriers de l'Aciérie numéro trois de Canton célèbrent la deuxième conférence sur les enseignements de Taching.

— On dirait le Nouvel An chinois aux Etats-Unis.

— La nouvelle Chine a gardé beaucoup de ses anciennes traditions, monsieur Wine.

Mme Liu parut amusée. Harvey Walsh avait raison. Elle était belle. Pas comme les filles aux joues de pêche que nous avions vues à la frontière, et dont les petites sœurs ornaient les couvertures des magazines chinois. Elle était d'une beauté à la fois plus familière et plus lointaine — pareille à ces jeunes femmes séduisantes et vives que j'avais connues au collège et pourtant totalement différente.

Le camion se rabattit devant notre car. Ses occupants criaient de plus belle.

— C'est pour l'émulation socialiste, expliqua Mme Liu. Les travailleurs s'inspirent des accomplissements des autres travailleurs afin de mieux servir le peuple.

Nous regardâmes le camion disparaître au coin de la rue. Puis Mme Liu se détourna de moi pour répondre à une question de Ruby Crystal.

Je me joignis à Nick Spitzler et Natalie Levine qui avaient envie de se promener dans l'île de Shamien. De toute évidence, le vieux bastion impérialiste avait été repris par le peuple. Du linge pendait sur des cordes tendues d'une fenêtre à l'autre, entre les anciennes demeures. Au bord de l'eau se dressait ce qui avait dû être le « Club », une rangée de drapeaux rouges ornait la promenade où, jadis, leurs Excellences venaient prendre l'air.

Nous décidâmes de quitter la rue principale et tournâmes dans une allée où de vieilles Chinoises jouaient à ce qui semblait être un jeu de dames. Elles nous dévisagèrent avec étonnement et Natalie, en politicienne accomplie, les salua d'un geste de la main.

Spitzler et moi parlions du bon vieux temps. Je le plaisantai sur sa méfiance à mon égard : quelques années auparavant, j'étais allé le voir pour qu'il m'aide à retrouver un type important de l'underground, dont il avait été l'avocat. Un an après cette affaire, Nick me soupçonnait encore d'être un agent du FBI.

— A ton avis, qu'est-ce que c'est ? demanda-t-il, en désignant un imposant bâtiment, entouré d'un haut mur de brique.

Des tessons de bouteilles avaient été scellés dans le ciment autour des fenêtres et sur le mur d'enceinte, dans l'intention visible de décourager les visiteurs.

— Le Foyer Sun Yat-sen pour dissidents politiques, plaisantai-je.

Mais le cœur n'y était pas.

— Allons jeter un coup d'œil, décréta Nick en se dirigeant vers le lourd portail de fer.

Un bélier n'aurait pas suffi à l'ébranler. Nullement découragé, l'avocat s'apprêtait à l'enfoncer d'un coup d'épaule.

— Nick, pour l'amour du ciel ! intervint Natalie.

Elle fit un pas vers lui pour l'arrêter dans son élan.

— Allons, pas de panique, dit-il. Que peuvent-ils bien nous faire ! Et puis, vous êtes aussi curieux que moi, non ? On est des amis du peuple !

— Nous ne sommes en Chine que depuis quatre heures !

— Et alors ? S'ils ont quelque chose à cacher, nous avons le droit de savoir ce que c'est !

Il se tourna de nouveau vers la porte. Je lui attrapai les bras et l'immobilisai.

— Nick !

— Quoi, Nick ?

Il me regarda droit dans les yeux, les muscles bandés à craquer. Je savais qu'il pouvait être violent. Il avait comparu pour outrage à la Cour plus souvent qu'aucun autre avocat à l'ouest d'Omaha.

— Ne fais pas ça, dis-je.

— Ne fais pas quoi ?!

Il se libéra de mon emprise, poussa la porte du pied, et faillit tomber quand elle s'ouvrit sans résistance.

— Nom de Dieu ! (Il sourit.) Vous avez vu ça ?

Nous fîmes un pas vers lui, regardant par-dessus son épaule. A l'intérieur, nous vîmes une centaine d'enfants en bas âge, agenouillés par terre, en train de chanter en chœur. Lorsqu'ils nous aperçurent ils s'arrêtèrent et commencèrent à applaudir. Leur institutrice, une fille jeune et jolie, nous sourit en agitant la main. Je me sentis gêné de mon attitude protectrice.

Notre petite aventure amusa tout le monde pendant le trajet jusqu'à l'hôtel. Même nos guides ne purent s'empêcher de rire. L'un d'entre eux nous expliqua que nous étions probablement tombés sur l'une des crèches de l'usine de soie locale. Cet endroit avait bien servi de prison, à une certaine époque. Mais, même avant la libération, au temps du Kuomintang, il avait déjà été transformé.

Nous riions encore en nous rassemblant dans le hall de l'hôtel, le Vent d'Est, une baraque qui me rappelait Atlantic City avant qu'on y institutionnalise le jeu. Mike compta nos bagages pendant que Sonya nous indiquait nos chambres.

— Incroyable ! Il n'y a pas de clés aux portes ! dit Nancy Lemon.

— Génial, non ? répondit Ruby.

Elle avait déjà acheté un costume Mao et portait une petite étoile rouge sur le col.

— Il n'a plus qu'à pointer au chômage, renchérit Sonya en me désignant d'un geste du menton.

— Tant mieux, fit Nancy. Ça veut dire que le crime n'existe pas ici.

— Est-ce vrai ? demanda Max Freed, en se tournant vers nos guides, qui veillaient à ce que tout se passe sans heurts.

— Il y en a encore, parfois, dit Mme Liu. Nous sommes dans une période de transition. Les ennemis de classe ne sont pas tous éliminés, les contradictions au sein du peuple subsistent. Cela peut durer de nombreuses années encore.

— Mais vous n'avez rien à craindre, ajouta Yen d'un ton rassurant.

Nancy secoua la tête, manifestant un étonnement que nous ressentions tous. Puis Sonya lui indiqua sa chambre, qu'elle partagerait avec Natalie Levine. Elles se dirigèrent vers l'ascenseur.

— Passe avant d'aller dîner, dit Nancy à Fred Lisle avant que les portes ne se referment.

Staughton Grey était mon compagnon de chambre pour Canton. Je voulais lui dire que j'avais adhéré au mouvement étudiant pour la Paix à l'âge de quinze ans à cause de son discours au Cooper Union en 1958. Mais, épuisé par le décalage horaire, il s'endormit immédiatement après le dîner.

Je sortis sur le balcon de notre chambre et regardai Canton. D'un côté, j'apercevais la Rivière des Perles qui serpentait jusqu'à Hong Kong, de l'autre, une rangée d'usines se terminant par la délicate pagode du temple de Six Banyans. L'Ancienne et la Nouvelle Chine.

Je secouai la tête comme Nancy et pris une profonde inspiration. Je me trouvais sur le balcon d'une chambre d'hôtel à quinze mille kilomètres de chez moi, entouré d'un bon quart de la race humaine. Je ne connaissais personne excepté les membres du groupe et quelques guides que j'avais rencontrés moins de vingt-quatre heures auparavant. Je ne parlais pas le premier mot de chinois. Je me serais perdu à dix mètres de l'hôtel et il n'y avait pas de serrure à ma porte. Pourtant je n'avais pas peur. J'entendais toujours *L'Orient est rouge* résonner à mes oreilles.

CHAPITRE HUIT

Le lendemain, j'appris un tas de choses sur la bande des Quatre — du moins c'est ce que je crus. Nous étions dans la commune de Chine Nouvelle, à une heure de Canton environ, et nous pataugions dans la boue. L'orage qui avait transformé le chemin en marécage s'éloignait lentement. Nous venions d'avoir un avant-goût de ce que les Chinois appellent une « brève introduction », suivi par une visite des champs de cacahouètes et de l'atelier de réparation de la commune.

Nous retournions déjeuner dans le bâtiment où avait eu lieu notre conférence d'introduction, et je m'arrêtai un instant dans la cour pour admirer un tableau orné d'idéogrammes élaborés, dessiné au pastel. Je m'apprêtais à suivre les autres lorsque je remarquai Mme Liu, debout près de moi. Ses pas, sur la terre meuble, n'avaient pas fait le moindre bruit.

— Equipe de Production numéro trois — nouvelles du jour, dit-elle en parlant du tableau.

— Locales, nationales ou internationales ?

— Les trois.

De toute évidence, elle désapprouvait l'ironie de ma voix, sans comprendre que je n'y mettais aucune intention mauvaise. C'était ma façon de parler, habituelle.

Tout en faisant semblant d'examiner le tableau, je la regardai du coin de l'œil. Elle n'était pas vêtue du bleu prolétarien, ce matin, mais d'un chemisier à manches courtes avec le genre de broderie à fleurs qu'arboraient les saintes nitouches au collège, dans les années soixante, avant la vague hippie. Sur elle, ça ne faisait pas du tout sainte nitouche.

— Qu'est-ce que ça veut dire ? repris-je en désignant une inscription dans le coin droit du tableau.

— Equipe de Production numéro sept — première pour la production de porcs en mai 1977.

— Et ça ?

Je lui montrai la plus grosse inscription, de grands idéogrammes rose électrique bordés de nénuphars méticuleusement dessinés.

— Continuons sans faiblir le combat mortel du prolétariat contre la bourgeoisie. Ecrasons sans pitié les Quatre Chang-Wang-Chang-Yao de la Bande !

Je souris.

— Vous trouvez ça drôle ?

— Pas le fond. Juste la rhétorique.

— Qu'est-ce que ça veut dire ?

— Vous savez bien, le langage. C'est un peu pompeux.

— Vous ne comprenez pas. Notre parti tout entier, la dictature du prolétariat, était en danger.

— Qui le menaçait ?

— La bande des Quatre. (Elle semblait impatiente.) Je ne vois pas pourquoi vous trouvez ça futile.

— Je ne trouve pas ça futile.

— Est-ce que vous vous rendez compte que la bande des Quatre a ramené la production dix ans en arrière.

— Comment s'y sont-ils pris?

— En prêchant la révolution mais en pratiquant le révisionnisme.

— Je ne comprends pas.

— Ils étaient de gauche dans la forme, mais de droite en essence. Avez-vous entendu parler du concept « rouge et expert »?

Je secouai la tête en signe de dénégation.

— Durant la Révolution culturelle, il fut décidé qu'il ne suffisait pas d'être bon dans son travail, d'être un expert. Il fallait aussi être bon en politique, faire corps avec les masses... Rouge *et* expert.

Elle attendit quelques secondes, pour me laisser le temps de digérer ces informations. Derrière elle, la cour était vide. Tout le monde était rentré déjeuner.

— La bande des Quatre a — comment dites-vous ça? — tourné cette idée en dérision. Ils ont affirmé qu'être rouge était tout, et expert, rien. La production a considérablement ralenti. Les usines ont été plongées dans la confusion et le désordre. Le bon technicien, qui voulait faire correctement son travail, se voyait accusé de sombrer dans l'erreur des forces productives, et rendu ridicule.

— Rendu ridicule.

— Oui. Je ne parle pas très bien votre langue.

— Vous la parlez merveilleusement.

Un sourire éclaira son visage, puis disparut.

— Où avez-vous appris l'anglais? demandai-je.

— A l'institut des Langues étrangères, à Pékin. Vous comprenez maintenant?

— Un peu mieux.

Nous entendîmes une porte s'ouvrir et nous nous retournâmes. M. Yen se tenait sur le seuil de la salle de réunions.

— Vous êtes en retard pour le déjeuner, me dit-elle

très vite. Si vous avez d'autres questions sur la bande des Quatre, vous aurez l'occasion de les poser plus tard.

Nous déjeunâmes dans une salle à manger, ornée de portraits de Marx et d'Engels, qui offrait une vue superbe de la campagne alentour. Le président du comité révolutionnaire, un homme affable au physique un peu lourd de paysan se leva et nous servit lui-même. La nourriture que nous consommions, affirma-t-il fièrement, provenait exclusivement de la commune. Plus tard, il nous raconta comment il avait perdu son travail pendant la Révolution culturelle parce que les paysans trouvaient qu'il se transformait en bureaucrate tout-puissant. Aujourd'hui encore, pour bien prouver sa fidélité à l'idéal prolétarien, il ne consacrait qu'une moitié de ses journées aux fonctions officielles, passant l'autre à travailler aux champs.

Il nous montra ses mains calleuses, mais je n'y prêtais guère attention. J'avais passé l'heure du déjeuner à ressasser la conversation de tout à l'heure, à me demander si Mme Liu s'était rendu compte que nous étions seuls tous les deux, dans la cour, à essayer de savoir pourquoi elle m'avait choisi, moi, pour bavarder. La Chine était, de toute évidence, le pays des petits signes, des grands ébranlements idéologiques masquant de subtils changements humains.

Je bus une gorgée de thé, et pensai que ce genre de spéculation ne me mènerait nulle part. Il était stupide, pour ne pas dire absurde, de seulement songer à établir une quelconque relation avec une Chinoise, compte tenu des avertissements dont Sonya avait pris soin de nous abreuver lors de notre première réunion. Et, pourtant, j'étais là, le deuxième jour de notre voyage, en train de pratiquer l'adultère en esprit, comme un véritable petit Jimmy Carter. Romantisme, me dis-je, romantisme bourgeois, et rien de plus. J'avalai le reste de mon thé et m'efforçai de penser à autre chose.

Nous passâmes l'après-midi à arpenter les aires d'élevage de la commune. La pluie tombait toujours en un fin crachin, donnant aux collines alentour des allures de peintures chinoises. Je m'arrêtai pour photographier un buffle et un bœuf pour mes enfants, ainsi qu'un jeune homme portant un filet à papillons. Ça leur plairait sûrement.

Nous suivîmes le président du comité révolutionnaire en haut d'une colline, longeant un cours d'eau qui menait au réservoir de la commune. La pente était abrupte, l'endroit vers lequel nous nous dirigions dominait toute la vallée. Comme par hasard, je me retrouvais marchant aux côtés de Mme Liu. Elle ne dit rien. Moi non plus. Nous avançâmes en silence pendant un moment, puis deux membres de notre groupe l'arrêtèrent. Mike Sanchez voulait savoir si nous aurions le temps de visiter l'atelier des machines, et Harvey Walsh désirait assister à une séance de critique et d'autocritique. Elle leur répondit, puis avant de repartir, se tourna vers moi.

— Je suis étonnée de constater que vous n'avez rien d'autre à demander sur la bande des Quatre.

Il y avait une lueur malicieuse dans ses yeux.

Je bricolai quelques questions à toute vitesse.

— Eh bien… s'ils étaient si terribles, ces quatre-là, comment ont-ils fait pour accéder à d'aussi hautes positions ?

— C'est un problème complexe, qui se rapporte au parti communiste et à la lutte des classes sous le socialisme.

— Croyez-vous que je sois assez avancé pour comprendre ?

76

— Je ne sais pas… Avez-vous réussi à intégrer le concept de « rouge et expert » ?

— J'imagine que cela veut dire mettre ses compétences au service du peuple.

— Et ?

— Et quoi ?

— C'est tout ?

— Je suppose.

— Ne supposez pas. Pensez.

— Que pourrait-il y avoir d'autre ?

Elle secoua la tête.

— Vous vous conduisez comme l'homme qui essaie d'attraper des moineaux avec un bandeau sur les yeux. Etudiez consciencieusement les conditions, et partez de la réalité objective, pas de vos désirs subjectifs.

Là-dessus, elle s'éloigna vers le sommet de la colline.

J'allais la suivre lorsque j'entendis des cris de l'autre côté du ruisseau. Des paysans, un homme et deux femmes, couraient vers le réservoir un peu plus haut. Je me retournai au moment où Yen redescendait à toute allure vers le président du comité révolutionnaire qu'entouraient plusieurs membres de notre groupe. Après un rapide échange de paroles en chinois, ils se dirigèrent vers un petit pont de bois. Je leur emboîtai le pas, traversant le cours d'eau, et arrivai devant un silo à grain qui dominait une mare. Flottant à la surface de l'eau, entre deux rochers affleurant, gisait le corps sans vie d'un Chinois.

— Il a dû tomber du silo, dit Yen immédiatement lorsque les Américains, atterrés, s'attroupèrent autour de lui.

Les paysans tirèrent l'homme hors de l'eau. Du sang coulait d'une profonde entaille, là où son crâne avait dû heurter les rochers. Nancy Lemon écarquilla les yeux, puis se détourna. Max Freed porta la main à son ventre. Il devenait jaune.

— C'est une grande honte que vous deviez assister à ça, continua Yen en essayant de nous écarter tandis que le président du comité révolutionnaire donnait des ordres aux paysans pour qu'ils enveloppent le corps dans une couverture.

Poussé par l'instinct professionnel, je passai devant notre guide pour jeter un coup d'œil de plus près. C'était une mort bien étrange. D'après l'emplacement de la blessure, l'homme aurait dû tomber du silo en tournant le dos au vide. Manœuvre qui paraissait plutôt maladroite pour un paysan du coin. A moins qu'il n'ait eu une attaque. Ou...

— Le détective examine le corps... dit Yen, qui souriait à moitié.

— Ouais. On dirait qu'il s'exerçait pour réussir ses plongeons arrière.

— Plongeons arrière?

Yen semblait dérouté.

— Vous savez, comme ça.

Je fis comme si je m'apprêtais à plonger dans l'eau de dos.

— Ah! oui. (Yen se força à rire et me regarda un moment sans rien dire.) C'est regrettable à dire, mais il y a eu de nombreux accidents ici, surtout à l'époque de la bande des Quatre. Ils prêchaient une mauvaise façon de travailler. Les paysans et les travailleurs ne respectaient pas les consignes de sécurité. On m'a dit que cet homme, d'ailleurs, était un fidèle de la bande des Quatre.

Il désigna le corps, enveloppé à présent dans une couverture verte.

— La bande des Quatre? intervint Max. Cela semble difficile à croire.

— Je le sais de source très sûre, affirma Yen. Mais nous ne devons pas nous attarder ici.

Il nous fit signe de le suivre vers le sommet de la colline.

Comme je me retournais, j'aperçus Liu, qui se tenait à quelques mètres de là. Elle avait porté une main à son front et contemplait le cadavre avec cet air de détresse évoquant le sentiment de perte profonde qu'on lit parfois sur le visage des parents d'un défunt, à un enterrement.

— Vous le connaissiez, dis-je.

— Quoi ?

Elle sursauta.

— Vous connaissiez cet homme ?

— Quoi ? Non. Bien sûr que non.

Elle regarda droit devant elle, essayant de paraître déterminée. Je me demandai si la loyauté entre camarades pouvait transformer le premier venu en membre de la famille d'un défunt et le faire réagir comme tel. Mais personne ne semblait aussi affligé qu'elle.

— Venez, reprit-elle. Il faut voir le réservoir de la commune. Vous ne devez pas laisser de tels incidents gâcher votre séjour en Chine.

Elle s'éloigna rapidement. En quelques secondes, elle parvint en haut de la crête. Je me remis lentement en marche, regardant les paysans redescendre avec leur fardeau. Quand je rattrapai Liu, elle était déjà en train de traduire le speech du président sur le réservoir, ses cheveux courts immobiles malgré le vent violent. Je m'approchai des autres et écoutai.

Ce soir-là, la mort de l'homme n'était plus dans mon esprit qu'un intermède déplaisant. On avait préparé une soirée spéciale à notre intention. Nous devions assister à *la Société des petites dagues*, un ballet à thème révolutionnaire sur la rébellion de Taiping au XIXᵉ siècle. La partie la plus confortable du théâtre commémoratif appelé Soong Ching-ling, d'après la veuve de Sun Yat-sen, avait été réservée pour nous. J'étais assis près de Sonya au centre du premier rang, au milieu d'un public de plus de trois mille personnes. Au-dessus de ma tête une grande banderole rouge disait : *Soutenez la ligne révolutionnaire littéraire et artistique du président Mao !* Je m'enfonçai dans mon siège et tentai de m'intéresser aux bonds extravagants de la danse du Sabre. En d'autres circonstances, j'aurais été fasciné mais mon regard ne cessait d'aller de la scène à quelqu'un d'autre.

— Je suis contente que tu apprécies autant la Chine, Moses, dit Sonya suivant mon regard, vers la droite, à l'endroit où étaient assis nos guides. Ça me fait très plaisir... Mais n'oublie pas : quoi qu'il arrive, tu es ici pour étudier le socialisme.

CHAPITRE NEUF

Le matin du troisième jour, nous étions tous ivres d'idéologie et totalement amoureux de la Chine. Ni la grippe ni les accès de diarrhée (la vengeance de Chang Chin) ne purent avoir raison de notre enthousiasme. Notre seule inquiétude était de ne pas être crus lorsque nous raconterions ce voyage.

Comme pour dissiper le dernier nuage qui planait encore sur notre séjour, Ana Tzu apparut au petit déjeuner. Elle était arrivée dans la nuit à la frontière, et Yen avait envoyé une voiture spéciale à sa rencontre. Personne ne parut troublé d'apprendre que les médecins de Hong Kong n'avaient pu mettre de nom sur sa maladie, ni de constater qu'elle répondait très évasivement, pour ne pas dire pas du tout, aux questions concernant son état de santé actuel.

C'est dans l'euphorie la plus complète que nous grimpâmes dans le car. Nous partions dans la banlieue de Foshan visiter une fabrique de céramique. Seule Sonya, assise à l'arrière, semblait inquiète. Elle avait toujours eu un côté sombre, secret, le résultat de désillusions plus grandes qu'elle ne voulait l'admettre — et je ne m'attendais pas à ce qu'elle me fasse ses confidences. Pourtant, nous roulions depuis cinq minutes à peine quand elle se pencha vers moi et me dit, murmurant comme si Goebbels venait d'être élu maire de Philadelphie :

— Qu'allons-nous faire d'eux ?

— De qui ?

D'un signe de tête imperceptible, elle désigna l'avant du véhicule, où Fred Lisle et Nancy Lemon, assis à deux sur un strapontin, riaient et se collaient l'un à l'autre à chaque cahot de la route.

— Oh, Sonya, arrête ! dis-je.

— Tu crois peut-être que les Chinois n'ont rien remarqué ?

— Qu'est-ce que tu en sais ?

— Ils voient toujours ces choses-là... Qui plus est, hier soir, après le spectacle, Yen m'en a parlé.

— Qu'est-ce qu'il a dit ?

— Que c'était à nous de régler ça !

— A nous de régler quoi ?

A cet instant, Mme Liu se leva pour nous montrer l'institut du Mouvement paysan, ancien temple de Confucius où, en 1923, Mao affronta pour la première fois Brodin, le représentant russe, pour savoir si la révolution chinoise devait être faite par le prolétariat industriel ou par les paysans.

— A nous de régler quoi, Sonya ? répétai-je.

— Le problème qu'ils posent.

— Mais qu'est-ce qu'ils ont fait ?

Sonya me jeta un regard en coin.

— Sonya... qu'y a-t-il à régler s'ils n'ont rien fait ?

— Comment sais-tu qu'ils n'ont rien fait ?

— C'est vrai. Je n'en sais rien.

— Alors comment veux-tu que je le sache, moi ?

— Bon sang ! mais demande à Natalie Levine ! Ça fait deux nuits qu'elles dorment dans la même chambre !

— Hé! que se passe-t-il? dit Harvey Walsh en se retournant. Je peux peut-être arbitrer le débat?

— Rien du tout. Des conneries. Oubliez ça, répliquai-je.

Avant qu'il ait eu le temps de répondre, nous arrivâmes à la fabrique de céramique — un bâtiment clair, aéré, construit autour d'une cour et visiblement épargné par les cataclysmes politiques comme la Révolution culturelle ou la lutte contre la bande des Quatre. Après une autre « brève introduction », nous visitâmes les ateliers. De jolies Cantonnaises, assises à des tables très éclairées, façonnaient des petits poissons et des dragons de céramique destinés à l'exportation, ou des statuettes plus ambitieuses représentant des travailleurs modèles ou des médecins aux pieds nus. A l'étage supérieur, quelques hommes modelaient de grands morceaux d'argile sombre. Ils avaient des doigts exceptionnellement longs et fins et le sourire facile. C'étaient les créateurs.

Natalie Levine demanda pourquoi il n'y avait pas de femmes parmi eux. Plus tard, au cours d'une session d'information, nous découvrîmes que le comité révolutionnaire de la fabrique ne comptait que vingt pour cent de femmes, alors que ces dernières constituaient environ quatre-vingts pour cent du personnel.

J'avais l'impression de me retrouver chez moi. Je me tortillai sur mon siège, me sentant vaguement coupable d'être mâle, tandis que les femmes du groupe s'échauffaient de plus en plus. Seule Nancy, que rien ne semblait pouvoir toucher en ce moment, se taisait.

— Que se passe-t-il? insista Harvey Walsh.

Nous venions de quitter la salle de réunions et nous nous rendions au magasin de l'usine pour acheter des souvenirs.

— Ne vous inquiétez pas, fis-je.

— Ecoutez, je suis un professionnel de la direction de groupe et mon sixième sens m'avertit immédiatement de la moindre variation d'atmosphère.

— Ouais. Et moi je suis un professionnel de l'oreille aux portes, et je sais que la meilleure chose à faire quand j'entends des ragots c'est de la fermer.

— C'est Nancy et Fred, n'est-ce pas? dit-il.

Je ne répondis pas, et continuai à inspecter les étagères à la recherche d'une babiole pour mes gosses. Des petits pandas m'attirèrent l'œil, mais un peu plus bas j'aperçus une magnifique statue de quatre-vingts centimètres de haut représentant Mao, Chou En-lai et Chu Teh, général de l'armée rouge debout sur la montagne Chingkiang. Je décidai immédiatement de me faire un cadeau.

— Combien est-ce? demandai-je au guide le plus proche.

Un rapide échange de paroles avec le vendeur, et j'eus ma réponse: cent quarante yuans. Soixante-dix dollars américains. Abordable, me dis-je, tout en réfléchissant. J'étais décidé à l'acheter, quand je vis un autre vendeur descendre la statue de l'étagère et la placer entre les mains avides de Max Freed.

— Pour la salle de réunions de *Modern Times*, fit-il avec un sourire, très grand seigneur.

Les bouliers cliquetaient derrière nous tandis que les membres du groupe dévalisaient le magasin. Je payai les pandas et sortis.

Acheteurs comblés, nous réintégrâmes le car avec nos céramiques révolutionnaires de Foshan. Yen allait et venait dans l'allée, examinant nos possessions. Il passa devant Reed Hadley, qui serrait contre lui un fragile bouquet de géraniums en céramique — l'article le plus cher de la boutique — et s'arrêta devant Ruby

Crystal, qui avait acheté une très belle sculpture représentant trois ouvrières — une noire, une blanche, une jaune.

— Les femmes tiennent la moitié du ciel, dit Yen, traduisant la citation de Mao sur le socle de la statue. Combien l'avez-vous payée?

— Deux cent quatre-vingts yuans, répondit Ruby.

— Elle est très belle, reprit Yen. Vos amis vous l'envieront.

Elle eut l'air gêné. Nous venions juste d'apprendre que les ouvriers de la fabrique gagnaient en moyenne quarante-six yuans par mois. Le salaire de six mois suffisait à peine à acheter cette céramique. Pour Ruby je me dis que cela représentait tout au plus une heure de travail.

Yen s'éloigna.

— Quand verrons-nous le canard? lui demanda Reed.

— Le canard?

— Oui. Le canard de la dynastie Han. Celui qu'ils n'ont pas voulu envoyer pour l'exposition archéologique.

— Je n'ai jamais entendu parler de ça.

Il jeta un regard interrogateur à Mme Liu.

Elle ne répondit pas.

Le car repartit. Nous devions encore visiter une fabrique de soie où plusieurs centaines de métiers tissaient vingt mille mètres d'étoffe par jour, et un temple taoïste de l'époque Ming, qui faisait maintenant partie d'un parc pour le peuple.

Le temple se trouvait dans le quartier de l'usine de céramique et était orné de figurines émaillées fabriquées, plusieurs centaines d'années auparavant, dans les ateliers que nous venions de quitter. La finition de ces statuettes anciennes était plus soignée, la qualité de l'émail plus riche que celle des objets que nous avions achetés. Je me frayai un chemin à travers une foule de Chinois, vers une salle remplie de gongs en bronze et de symboles ying et yang. J'avais l'impression de me trouver dans un restaurant macrobiotique de Berkeley que je connaissais bien. Trois étudiants qui y avaient mangé avaient été hospitalisés pour intoxication alimentaire. Sur l'un des murs de la salle, des dioramas illustraient ce que je pris pour les méfaits de la religion de l'époque. L'un montrait un prêtre taoïste attablé devant un festin alors que le peuple, dehors, mourait de faim. Un autre représentait un moine fouettant les ouvriers qui construisaient le temple. Sur le mur d'en face, dans une vitrine, une série de dessins mettait en scène des méchants plus actuels : Wang, Chang, Ching et Yao, de la bande des Quatre. Les hommes du gang étaient représentés sous l'aspect de traîtres, dissimulés dans des capes noires, ou encore au pilori, leurs visages sournois couverts de tomates que leur lançait la foule. Chang Ching était montrée sous les traits d'une prostituée de la fin du XIXe siècle, ajustant ses bas noirs tandis qu'elle s'adressait à un groupe de journalistes étrangers.

Le caricaturiste avait fait de son mieux pour donner à la femme de Mao l'apparence la plus répugnante possible, pourtant le dessin avait sur moi un effet curieusement érotique. Dans mon esprit, la bande des Quatre était irrémédiablement associée à une personne.

Je me retournai, m'attendant presque à voir Liu près de moi. Bien sûr, elle n'était pas là. Il n'y avait qu'un groupe d'assistantes sociales australiennes à la retraite que j'avais vues à l'hôtel. Je leur adressai un signe de tête en passant devant elles et partis à la recherche de Liu. J'inspectai toutes les salles du temple, puis descendis les marches qui menaient à la cour. Une file de jeunes pionniers souriants me bouchait la vue. Sains de corps et d'esprit, ils suivaient pas à pas leur professeur. J'attendis qu'ils s'éloignent. Et je la vis. Elle était debout sous un acacia, en train de bavarder avec Sonya. Lorsqu'elles s'aperçurent que je les observais, elles se séparèrent immédiatement comme gênées d'être surprises ensemble. Liu se dirigea vers moi.

— Je vous cherchais, dis-je lorsqu'elle fut à mes côtés. Je voulais vous parler de ces caricatures de la bande des Quatre.

— Oui?

— Quelque chose me tracasse… Chang Ching a été l'épouse de Mao pendant plus de trente ans, n'est-ce pas? Et il ne savait pas qu'elle était aussi corrompue?

— Oh, mais si, il le savait. En 1974, le président Mao a dit à Chang Ching : « Il vaut mieux que nous nous ne voyions plus. » Et après le Xe Congrès du Parti, il a dit : « Chang Ching a des ambitions démesurées. »

— Ce n'est pas terrible, comparé à la plupart des couples que je connais.

— Quoi?

Mais je ne développai pas. Je jetai un coup d'œil aux jeunes pionniers qui s'étaient assis tous ensemble pour déjeuner. Derrière eux, je vis Ana Tzu traverser rapidement la cour.

— Laissez-moi vous expliquer « rouge et expert », reprit Liu. Vous êtes détective. Vous avez une arme, n'est-ce pas.

Je hochai la tête.

— Vous tirez bien?

— Ça m'arrive.

— Quand tirez-vous le mieux?

— Quand j'en ai besoin.

— C'est exactement ce que signifie « rouge et expert ». Si vous apprenez d'abord à servir le peuple, si vous apprenez à *avoir besoin* de le servir, alors vous serez un expert dans votre domaine. Vous ferez bien votre travail parce que vous aurez pour cela une bonne raison.

Il y eut un cri perçant. Je me retournai et vis Ana Tzu pliée en deux sur les marches du temple. Je courus vers elle aussi vite que je le pus.

— Que se passe-t-il ? hurlai-je en arrivant près des marches, suivi par les membres du groupe et quelques badauds chinois.

— Mon estomac... brûle ?

— Brûle ?

— Oui, ça brûle. Vous devez le dire à tout le monde. Dites-le à tout le monde.

Entre deux hurlements, elle semblait faire un effort considérable pour parler. Yen se fraya un chemin dans la foule, aboyant des ordres. Des gens s'éparpillèrent dans plusieurs directions. Je regardai notre guide. D'abord le mort de la commune, et maintenant l'étrange maladie d'Ana Tzu. Je me demandai s'il y avait un lien.

Je me penchai sur elle et l'examinai attentivement. Pas de blessure extérieure. Son visage était rouge betterave mais cela pouvait provenir des hurlements. Ses yeux semblaient limpides.

— Qu'est-ce qui se passe ? dit Sonya, sa main pressant mon épaule.

— Je n'en sais rien.

— Nous partons pour Shanghai dans une heure, fulmina-t-elle. Maudits toubibs de Hong Kong ! Ils ne pensent qu'à faire du fric !

Je levai les yeux vers elle.

— Pas de conclusions hâtives, Sonya.

Deux hommes vêtus d'un uniforme blanc apparurent. Formant une chaise avec leurs bras, ils se penchèrent sur Ana Tzu.

— Qui sont-ils ? demandai-je.

— Sécurité publique, répondit Yen. Ne vous inquiétez pas. On s'occupera d'elle.

Fendant la foule, ils l'emmenèrent. J'entendais toujours ses cris.

CHAPITRE DIX

L'impact de Shanghai est celui d'une bombe à retardement explosant dans la conscience. Il se produit simultanément à trois niveaux, peut-être même plus. Celui du passé mythique, pour commencer — un film de Josef von Sternberg avec Marlene Dietrich, des silhouettes mystérieuses écartant un rideau de perles et descendant dans la salle de bal d'un grand hôtel, une éternelle partie de mah-jong jouée dans un bordel. Ensuite, celui du passé réel — les mots *Interdit aux Chinois et aux chiens* affichés à l'entrée d'un parc, le long du Hwang Pu, les coolies (la « force amère » de la Chine) peinant sur le quai, le Clug allemand, la Banque russo-asiatique, le bâtiment des douanes construit par les Anglais dans le style Tudor, les massacres de la « Terreur blanche » orchestrés par Chang Kaï-chek, les taudis, la famine, la maladie. Ce passé difficile à appréhender n'est rien en comparaison du troisième niveau, le Shanghai d'aujourd'hui, cœur commercial de l'Asie communiste, et ville la plus peuplée du monde.

Ce soir-là, les trois visages de Shanghai dansaient dans ma tête tandis que nous quittions l'aéroport, puis traversions le pont de l'Arc-en-ciel, où l'armée rouge et le Kuomintang s'étaient battus en 1949 pour le contrôle de la ville. A présent, des milliers de bicyclettes, plus que je n'en avais jamais vu, roulaient en un flot incessant des banlieues industrielles jusqu'au cœur de la cité. Les rues étaient encombrées de piétons. Ils rivalisaient de vitesse avec les vélos, avançant en masse compacte au signal d'un des hommes de la Sécurité publique vêtus d'uniformes blancs. Shanghai était une ville de mouvement et de forte densité, comme New York ou Chicago. En comparaison, Canton ressemblait au bled de province d'une république de bananes en voie de développement.

Nous étions logés comme des princes, dans un endroit appelé le Jin Jiang, à l'intérieur de l'ancienne concession française. Spitzler m'annonça que Nixon avait séjourné à cet endroit. Je me le représentais jouant au billard dans la salle à droite du salon.

Etendu sur la chaise longue de la suite que je partageais avec Li Yu-ying, je sirotais un Jack Daniels tout en regardant l'enseigne au néon rouge qui proclamait *Servez le peuple*, dans le ciel de Shanghai. Max Freed et Harvey Walsh entrèrent à cet instant. Ils paraissaient légèrement éméchés.

— Hé, les gars, on y va ! On va faire la foire ! dit Max. On est à Shanghai !

— Pas de temps à perdre ! renchérit Harvey. Suivons la route du capitalisme !

— Très drôle. (Je regardai Li Yu.) Vous venez ?

Il secoua la tête. Depuis que nous avions franchi la frontière, Li Yu était étrangement calme. Je m'étais promis de découvrir ce soir la raison de ce comportement, mais une virée en ville, surtout dans celle-ci, c'était tentant.

— Allez, Li Yu, dis-je. Nous avons besoin de vous... Il nous faut un interprète. « Pour bien voguer, il faut un bon timonier. »

— Lin Piao disait ça, répliqua-t-il. Et il est mort.

— Hé ! ne vous faites pas de bile, dit Max. Vous avez un flic privé pour vous tout seul.

Il se tourna vers moi.

— N'oublie pas ton flingue.

Un peu contre son gré, Li Yu nous suivit dans le couloir où Mike Sanchez et Ruby Crystal confiaient leur linge sale au garçon d'étage. Pour quelqu'un qui n'avait jamais eu à se préoccuper de ce genre de détails prolétariens, Ruby se débrouillait plutôt bien. Nous lui fîmes part de nos projets ainsi qu'à son compagnon. Le garçon d'étage nous regarda d'un drôle d'air quand nous nous entassâmes tous les six dans l'ascenseur.

Dehors, la température avoisinait les quarante degrés, la « chaleur du tigre ». Depuis le perron de l'hôtel, je vis des gens assis au bord des trottoirs, bavardant ou jouant aux cartes. Il était plus de dix heures du soir, pourtant la ville était encore très animée.

Nous nous dirigeâmes vers la rue de Nankin, l'artère principale de la ville, qui se trouvait à quelques centaines de mètres de l'hôtel. Les trottoirs étaient bordés de jeunes arbres et les rues étonnamment peu éclairées pour un quartier central. Les autochtones ne semblaient pas incommodés par ce détail. Ils ne nous regardaient pas non plus avec la curiosité avide des habitants de Canton. Après tout, nous étions à Shanghai, le théâtre d'événements bien plus surprenants que l'apparition d'une demi-douzaine de touristes étrangers. C'est là, dans cette ville révolutionnaire par excellence, que le président Mao avait déclenché la Révolution culturelle quand les mandarins de Pékin s'étaient révélés trop conservateurs.

Nous tournâmes à droite dans la rue de Nankin, accompagnés par le tintement constant des sonnettes de bicyclettes et le rugissement intermittent des grillons —

un bourdonnement violent, agressif, qui surprend, même lorsqu'on sait qu'il est produit par des millions d'insectes frottant leurs pattes l'une contre l'autre.

Les murs étaient couverts de grands panneaux célébrant le cinquantième anniversaire de l'Armée de libération du peuple et d'affiches plus petites appelant à la participation aux campagnes de salubrité publique. J'étais fasciné, pourtant je ne pouvais me départir d'une certaine appréhension. Nous n'avions demandé à personne l'autorisation de faire cette petite excursion. Je continuai néanmoins à avancer regardant alternativement les murs, les visages des Chinois dans les magasins et les échoppes de nouilles, quand, soudain, je m'aperçus que Li Yu n'était plus avec nous. Je m'arrêtai, me retournai. Il avait disparu. Je rebroussai chemin jusqu'au coin de la rue. Personne. J'allais appeler lorsqu'il surgit de derrière un bâtiment, à quelques dizaines de mètres de moi. Je courus vers lui.

— Je crois que j'ai trouvé le Grand Monde, dit-il. Mon père m'avait dit qu'il se trouvait près de la rue de Nankin.

— Le Grand Monde?

Je me rappelai que Spitzler l'avait mentionné à Malibu. Et que Nancy Lemon l'avait mentionné sur la liste de desiderata.

— Des marionnettes, de la danse... des spectacles!

— Un parc d'attractions?

— Plus que ça. Des salons de thé, un opéra... quelque chose d'intemporel. C'était l'âme de Shanghai.

Il tourna l'angle de la rue et je le suivis. Les autres hésitèrent, puis nous emboîtèrent le pas.

— Mon père m'y emmenait lorsque j'étais enfant, continua Li Yu. Les communistes l'ont conservé après la libération, changeant simplement le contenu des spectacles... mais cela a pris fin avec la Révolution culturelle.

— Votre père est toujours vivant?

Il secoua la tête en signe de dénégation.

— Il possédait des usines. Je suis surpris qu'ils m'aient laissé revenir.

Nous parvînmes devant un vaste bâtiment avec terrasse construit autour d'une cour centrale. Les fenêtres étaient barrées d'épaisses planches de contreplaqué, et les murs couverts de plusieurs couches de chaux. Un cadenas de la taille d'un pied d'éléphant fermait le portail donnant sur la cour. L'endroit semblait effectivement avoir été victime d'un changement social massif, pourtant il demeurait comme un singulier témoignage d'une autre ère.

— C'est là que se trouvait la principale attraction, expliqua Li Yu en désignant la cour. Il y avait aussi d'autres bâtiments, reliés par un passage souterrain.

Frustré, j'essayai de voir quelque chose à travers le portail, cherchant une preuve concrète de la présence en ces lieux d'une autre civilisation. La cour était vide, toutes les portes fermées et repeintes, mais sur le mur du fond, sous une affiche décollée, je crus apercevoir la jambe d'un danseur de tango. C'était un peu comme une découverte archéologique.

Dans l'espoir d'en faire d'autres, je collai mon œil à la fente d'une des planches barrant la fenêtre la plus proche. Je ne sais pas si je m'attendais à voir Anna May Wong allongée sur un divan, un long fume-cigarette à la main, ou le rusé Fu Manchu en personne, resplendissant dans un kimono orné de dragons, mais je ne rencontrai que l'obscurité.

— Tu sais ce qu'il faudrait dans cette ville? dit Max en s'approchant derrière moi. Une bonne fumerie d'opium.

Je répugnai à l'admettre, mais je voyais où il voulait en venir, et il n'avait pas tort. Je m'apprêtais à le lui dire quand une brique vint s'écraser sur le trottoir, à mes pieds.

Je sursautai, me retournant pour voir d'où elle venait.

Personne en vue.

Une autre brique atterrit devant moi.

Nous reculâmes d'un bond.

Trois jeunes Chinois musclés surgirent de derrière un camion, nous montrèrent du doigt en hurlant. Ils portaient des débardeurs rose vif, brandissaient des pierres et des bâtons. Nous continuâmes à reculer vers le mur, mais cela ne fit qu'augmenter leur colère.

— Qu'est-ce qu'ils disent ? demandai-je à Li Yu.

— C'est du dialecte de Shanghai.

Il semblait terrifié.

— Vous ne comprenez pas ?

— Ils parlent de... diables étrangers.

— Eh bien, dites-leur que nous sommes O.K., intervint Ruby. Expliquez que nous sommes des amis.

Mais Li Yu ne dit rien. Ne put rien dire.

— Allez, Li Yu, fit Harvey, parlez-leur.

L'un des jeunes gens agita son bâton dans notre direction et fonça sur nous. Les deux autres suivirent, criant de plus belle. Pendant un dixième de seconde, l'image du mort de la commune, de la fente béante de son crâne me revint à l'esprit.

— Qu'est-ce qu'ils racontent maintenant ?

Je m'aperçus que j'étais pendu au bras de Li Yu et que je le secouais brutalement.

— Je ne sais pas... que les diables étrangers polluent la Chine — quelque chose comme ça... Retournez à l'hôtel. Rentrez chez vous, Impérialistes *go home!*

Une pierre siffla au-dessus de nos têtes. Une autre se brisa à mes pieds et l'un des fragments frappa mon tibia gauche. Je vis l'acier d'un couteau étinceler sous un lampadaire.

— Dites-leur que nous allons rentrer ! criai-je. Dites-le-leur !

Je n'avais pas envie de me battre, pas maintenant, et surtout pas à cet endroit à l'angle de la rue de Nankin et du boulevard Yenan.

Mais je compris que Li Yu n'allait pas ouvrir la bouche. Il tremblait de tous ses membres.

A ce moment, une autre pierre vint s'écraser sur le trottoir et rebondit, heurtant la jambe de Ruby. Un filet de sang se mit à couler sur son mollet blanc.

Je cherchai frénétiquement un mouchoir, mais elle arrêta mon geste.

— Ce n'est rien. Ne vous inquiétez pas.

Je regardai les trois Chinois. Il n'y avait qu'une solution : ramasser une pierre, pour nous défendre. Mais avant que j'aie pu esquisser le moindre geste, nos agresseurs firent trois pas en arrière et disparurent aussi rapidement, aussi mystérieusement qu'ils étaient venus. Comme s'ils avaient plongé dans un trou de souris. Nous restâmes là, tous les six, à scruter le vide.

Cinq minutes plus tard, nous étions de retour à l'hôtel, nous bousculant devant la porte à tambour, impatients de retrouver la sécurité du salon. Mais une fois rentrés, nous nous mîmes à tourner en rond. Cet incident nous avait tous déprimés et nous ne savions trop que faire. La blessure de Ruby devenait douloureuse. Elle s'excusa, suivie par Mike et Liu. Tous trois se dirigèrent vers l'ascenseur, me laissant avec Max et Harvey.

— Seigneur ! Où est le bar ? fis-je, sachant parfaitement qu'il n'y en avait pas.

— C'est ma tournée, répondit Max, forçant un joint entre mes doigts.

Il l'avait glissé dans l'un de ces fume-cigarette métalliques anti-odeur que nous utilisions avant la légalisation de l'herbe en Californie. J'hésitai une seconde avant de tirer une première bouffée. La fumée me monta droit au cerveau, m'ouvrant les synapses d'un seul coup, sans forcer, comme seule une très bonne herbe peut le faire. Et Max Freed, bien entendu, n'avait que du premier choix. Les circonstances, à n'en pas douter, exigeaient une seconde bouffée.

J'en tirai une troisième et suivis les autres dans la bibliothèque de l'hôtel. Je me laissai tomber dans l'un de ces fauteuils trop rembourrés que j'associais à présent totalement à la République populaire de Chine. Etant donné mon état, il me fallut plusieurs secondes pour me rendre compte que Mme Liu était assise en face de nous, un livre à la main.

— Qu'est-ce que vous lisez, demandai-je.
— *Contre Dühring*, de Engels.
— Oh !

Dans mon cerveau brouillé, les rouages se mirent lentement en marche. Le cours de Schorske à Berkeley me revint peu à peu mais, si j'ose dire, c'était du chinois pour moi.

— Eh bien, reprit Liu, vous êtes allés faire un tour en ville ? Qu'avez-vous découvert ?
— La Chine n'est pas ce qu'elle prétend être, dit Max.

La dope lui déliait la langue.
— Je ne comprends pas.
— Ce n'est pas le paradis.
— Personne n'a dit qu'elle l'était.
— Vous savez ce qui nous est arrivé ?

Il devenait légèrement agressif.
— Non. Bien sûr que non, fit Liu.
— Des voyous nous ont jeté des pierres, continua Max. En nous traitant d'impérialistes.
— Comment savez-vous cela ? Ils parlaient anglais ?

Liu regardait fixement le porte-cigarette entre les doigts de Max, mais restait sans réaction.

— Li Yu-ying était avec nous, expliquai-je. L'un des types a blessé Ruby.

— Rien de grave ?

Liu paraissait alarmée.

— Je ne crois pas.

Elle hocha la tête.

— C'est très regrettable, dit-elle. Dans notre société, il y a encore de mauvais éléments.

— Oh ! ça explique tout, fit Harvey, sarcastique.

— Qu'est-ce que c'est, un « mauvais élément » ? demanda Max.

Liu ne répondit pas.

— Ouais. Qu'est-ce que c'est ? renchérit Harvey.

Elle garda le silence.

— Allez, dites-le-nous ! continua Max. Qu'est-ce qu'un « mauvais élément » !

Liu se taisait toujours.

— Je vais vous dire ce que c'est, moi, fit Max. C'est le jargon chinois pour désigner les voyous. Ce sont des délinquants, des loubards. Ils travaillent peut-être pour l'Etat, mais ce sont tout de même des loulous !

— Conflits non résolus, enchaîna Harvey. Société écrasée par la répression.

— Malade, malade, malade… fasciste et malade.

— Paranoïa sociale aiguë. Le monde extérieur est une menace simplement parce qu'il existe.

Liu n'avait pas dit un mot. Elle tenait toujours le livre dans ses mains et les regardait. Je me demandai pourquoi elle ne leur répondait pas. Certes, ils se conduisaient comme deux connards défoncés mais il aurait suffit d'un mot d'explication pour les faire taire. Même moi, dans le nuage de cannabis qui me servait de mémoire, je retrouvais le vague souvenir de ce que signifiait « mauvais élément », l'expression qui était à l'origine de ce débat.

— Je parie qu'elle les approuve, siffla Max. Ils lancent des pierres, mais ils parlent le même jargon qu'elle!

— Allez, Max, écrase! fis-je.

— Tu la défends, hein? C'est bien toi qui disais, sur le chemin du retour, qu'une société qui ferme ses parcs d'attractions est en mauvaise posture?

— Ecoute!...

— C'est bien toi, n'est-ce pas?

— Et alors? En plus tu sais parfaitement ce qu'est un mauvais élément, répliquai-je. Ça parle tout seul.

— Oui, comme l'Inquisition et la chambre étoilée! cracha Max.

Il se leva et quitta la pièce.

Un instant plus tard, Harvey se leva et quitta lui aussi la pièce. Liu et moi restâmes seuls, face à face.

— Vous êtes allés voir le Grand Monde, dit-elle.

— Oui.

— J'y allais moi aussi quand j'étais petite. Ils avaient de belles marionnettes.

J'eus un sourire sardonique.

— Et vous vous dites bonne communiste?

— Inutile d'être ironique. Je vis à Shanghai. J'ai grandi ici. Mon père enseignait dans l'école près du Jardin Yu et ma mère était musicienne.

— Que fait votre mari?

Elle hésita. C'était une question normale, mais dans les circonstances présentes, elle paraissait très osée.

— Il est ingénieur à Kunming, dans la province de Yun-nan.

— A deux mille kilomètres d'ici...

— Plus.

— Vous ne devez pas le voir très souvent.

— Trois ou quatre fois par an.

Elle resta silencieuse un moment. Je crus détecter de

la gêne dans son attitude, avant qu'elle ne retourne à sa lecture.

Je remontai dans ma chambre. Li Yu m'attendait. Assis sur le bord de son lit, il semblait nerveux. Il tenait une enveloppe.

— C'est pour vous, dit-il en me la tendant. Elle était sous la porte.

Je regardai l'enveloppe. Elle était gravée à l'en-tête de l'hôtel et fermée à grand renfort de ruban adhésif. Je la déchirai et en tirai une carte postale. Au recto, la description de ce qu'elle représentait était en chinois, mais je reconnus sans mal le canard de la dynastie Han que j'avais vu dans le catalogue de l'exposition archéologique. Au verso, on avait écrit un message en grosses capitales : *MOSES WINE, VOUS ALLEZ COURIR UN GRAND DANGER. SOYEZ SUR VOS GARDES À TOUT INSTANT.*

— Qu'est-ce que c'est ? demanda Li Yu de plus en plus nerveux.

— Ma mère, répondis-je. Elle se fait tout le temps du souci pour moi.

CHAPITRE ONZE

— Eh bien, Moses, que pensez-vous de la Chine ?

La question directe de Yen me tira de ma rêverie. Notre car traversait la banlieue de Shanghai, en direction de l'Usine sidérurgique numéro quatre, située en dehors de Ming Hoang. Il n'était que neuf heures de matin, mais la « chaleur du tigre » n'avait pas diminué. Quarante degrés. De quoi me plonger dans une bienheureuse stupeur, si les événements de la soirée passée ne m'avaient tenu éveillé toute la nuit.

— Plutôt du bien, dis-je, malgré tout.

— Oui. J'ai cru comprendre que vous aviez rencontré certains « mauvais éléments ».

Je hochai la tête. Tous ceux qui étaient assis à l'arrière du car se penchèrent vers nous.

— Vous devez savoir que ces gens ne sont pas représentatifs de notre société. La Chine est ouverte aux étrangers.

— Pas toujours, intervint Staughton Grey. En 67, les diplomates britanniques, leurs femmes et leurs enfants ont été exhibés dans les rues de Pékin et forcés à porter des bonnets d'ânes pendant qu'on mettait le feu à leur ambassade.

— C'est ridicule ! fit Sonya.

— Comment ça?

— C'est un mensonge, et vous le savez!

— C'est la vérité.

Grey semblait légèrement pris de court.

— C'est un mensonge, une distorsion. Toute votre vie, vous n'avez fait que mentir et déformer les faits!

— Qu'est-ce que vous racontez?

— Vous savez parfaitement bien ce que je raconte.

— Non. Pas du tout.

— Vous vous êtes fait passer pour un dirigeant de gauche alors que vous ne cessiez de tirer dans le dos de ceux que vous aimiez!

Sonya était livide. Je ne savais pas d'où provenait une telle colère, mais elle était là, et bien là. Je regardai Liu, derrière moi. Elle semblait très malheureuse.

— M. Grey a raison en substance, dit-elle. Mais les excès du passé ont été corrigés.

— Vous aussi vous avez de mauvais éléments dans votre société, ajouta Yen. Ceux du lumpenprolétariat et d'autres encore qui n'ont pas eu une bonne éducation de classe, qui n'ont pas appris à servir le peuple.

— Il a raison, dit Harvey, qui avait changé d'attitude depuis la nuit dernière. Quel droit avons-nous de critiquer leur société alors que la nôtre est si imparfaite?

— Oui, nous avons tous beaucoup à apprendre pour nous améliorer, approuva Yen.

Il regardait Nancy et Fred qui étaient assis, comme d'habitude, sur leur strapontin à l'avant.

Notre car pénétra dans l'allée de l'usine où nous attendait la pancarte rituelle: *Bienvenue aux membres du groupe d'étude nº 5 des amitiés américano-chinoises.* Mais malgré les applaudissements des membres dirigeants de l'usine, je commençais à me

102

sentir très indésirable en Chine. Et cette sensation ne me plaisait pas du tout. J'étais en colère contre les Chinois pour m'avoir trahi, contre moi pour m'être laissé trahir aussi facilement. Je tentai de lutter contre ce sentiment, mais au cours de notre « brève introduction », je fus plus choqué que les fois précédentes par la présence du portrait de Staline sur les murs à côté de ceux de Marx, Engels et Lénine.

Ces trois-là, quoi que l'on puisse penser du communisme, étaient au moins des idéalistes. Mais Staline n'était qu'un boucher, un répugnant personnage qui n'avait pas droit à la place d'honneur dans une salle où des gens civilisés buvaient du thé, grignotaient des cacahouètes et écoutaient le compte rendu des dernières fluctuations de la production. Cette histoire de bande des Quatre me gênait aussi. On ne pouvait tout de même pas les blâmer pour tous les maux d'une société composée de huit cents millions d'individus. Il était évident que toutes ces charges et contre-charges n'étaient qu'une mascarade cachant une lutte vicieuse pour le pouvoir en haut lieu, menée par des charognards en costume gris nettoyant les os de la carcasse de Mao.

A en juger par leur expression, d'autres membres du groupe en étaient arrivés aux mêmes conclusions.

— Mais c'était vraiment la bande des Quatre, entendis-je Liu expliquer à Ruby tandis que nous passions devant une fraiseuse d'une capacité de je ne sais combien de kilotonnes. Ils ont fomenté l'anarchie dans les usines. Ils ont dit aux travailleurs qu'ils ne devaient pas respecter les règles, mais diriger eux-mêmes leurs usines. Puisque celle-ci leur appartenait, ils avaient le droit d'arriver en retard au travail et de partir plus tôt. Ou de rester chez eux !

— Et alors, c'est vraiment leur usine, non ? dit

Ruby. C'est bien ça le socialisme, les moyens de production entre les mains de la classe ouvrière.

— Mais vous ne comprenez donc pas. Ça, c'est de la métaphysique ! Bien sûr, les ouvriers contrôlent les moyens de production, mais il faut tout de même qu'ils continuent à travailler. La Chine est un pays en voie de développement. Si les usines ne produisent plus, le peuple meurt de faim !

Ruby et Liu se regardèrent en silence. Puis l'actrice demanda :

— Vous voulez dire que cette bande a réellement empêché les gens de travailler dans tout le pays ?

— Pas dans tout le pays, mais en de nombreux endroits.

— Pourquoi ne les a-t-on pas arrêtés plus tôt ?

— Certains ont essayé. (La voix de Liu devint un murmure.) Et puis, nous avions peur.

Ruby eut un sourire sceptique.

Cet après-midi-là l'atmosphère se détendit un peu, grâce aux enfants de Chine. Nous visitions le palais des Enfants, installé, au cœur de Shanghai, dans une ancienne demeure qui avait servi de bordel de luxe aux potentats du milieu local. Elle était transformée à présent en garderie, perle du socialisme fondé sur le principe de « l'amitié d'abord, la compétition ensuite ».

Comment résister à ces gamins qui nous accueillirent individuellement, nous appelant « oncle » ou « tante », et nous firent visiter la salle de danse, de chant, les laboratoires, les ateliers, la salle de calligraphie, celle de découpage et bien d'autres encore. Nous écoutâmes *Turkey in the Straw* interprété par un orchestre de jeunes violonistes, et une élégie appelée *Chant de pêche* de la mer de Chine orientale, jouée sur un instrument traditionnel ressemblant à la cithare.

Ensuite, dans un petit théâtre, un groupe d'enfants de quatre ans nous offrit une représentation de marionnettes, l'histoire d'abeilles industrieuses, qui, par une action commune, réussissent à vaincre un ours paresseux et individualiste qui veut leur miel. Cela fut suivi par une course de relais au cours de laquelle le coureur le plus rapide retourna aider le plus lent à terminer son parcours, puis par une lutte de traction à la corde qui se termina par un match nul.

Nous applaudîmes à tout rompre et je pensai à mes gosses. J'aurais voulu qu'ils soient là, j'aurais voulu que tous les enfants de la terre puissent grandir dans un monde où, dès l'âge de deux ans, on leur apprenait à partager et à aimer les autres autant qu'eux-mêmes. Là — chez ces enfants — se trouvaient la gloire et la beauté de la nouvelle Chine. Comment avions-nous pu être assez stupides pour nous laisser ébranler par l'hostilité de quelques mécontents, de quelques « mauvais éléments »? La Chine était peut-être une montagne russe émotionnelle, mais il y avait plus de hauts que de bas, et la destination finale valait bien d'être un peu secoué. L'amitié d'abord, la compétition ensuite. C'était bon d'être de retour au paradis.

Je faillis ne pas entendre Sonya quand, au cours du ballet final, une marée de drapeaux multicolores ondulant aux accords de *Toutes les minorités nationales aiment le président Hua,* elle se pencha vers moi et me dit :

— Il faut que tu viennes avec moi.

Les deux danseuses vedettes, adorables jumelles en robe rouge et blanche portant des tambourins dorés, reculèrent jusqu'à un long cordon qu'elle tirèrent, révélant les portraits des deux présidents, Mao et Hua.

— J'ai besoin de toi, répéta Sonya. M. Hu va nous conduire.

— Où ?

— Je ne sais pas vraiment, dit-elle. Il s'est produit quelque chose. Les Chinois ne parlent en général qu'à une seule personne à la fois, mais j'ai insisté.

— Insisté pour quoi ?

Mais tout le monde était debout à présent s'applaudissant mutuellement.

Quelques minutes plus tard, je me retrouvai assis à l'arrière d'une limousine grise qui se frayait un chemin à coups de klaxon dans le flot des bicyclettes. Mon regard allait de Sonya au rétroviseur, dans lequel je voyais les autres membres du groupe, debout près du car devant le palais des Enfants. Ils semblaient aussi stupéfaits que moi. A ma gauche, M. Hu paraissait nerveux. Tout d'un coup, il ne faisait plus ses vingt-six ans. On lui en aurait à peine donné seize.

— Que se passe-t-il ? demandai-je.

— Je ne sais pas, dit-il.

— Alors, où allons-nous ?

— Je… ne sais pas.

— Mais je croyais que vous deviez nous conduire ?

Il haussa les épaules. Je lui aurais bien posé des questions plus précises, mais j'avais la nette impression que son anglais allait le lâcher.

La limousine continuait à se forcer un passage en abusant de son avertisseur. Un homme à bicyclette chargé d'une demi-douzaine de tambours métalliques faillit tomber en voulant nous éviter. Nous tournâmes dans le Bund et parcourûmes encore quelques centaines de mètres avant de nous arrêter devant un grand immeuble.

— Une ancienne banque allemande, fit timidement M. Hu.

Un fonctionnaire nous ouvrit la porte et nous entrâmes. L'ancienne banque était à présent un gigan-

106

tesque complexe administratif comprenant d'innombrables bureaux. Je jetai un coup d'œil par une porte et vis une enfilade de tables derrière lesquelles étaient assis des employés. Comme dans tous les bureaux du monde, la plupart d'entre eux semblaient occupés à ne rien faire.

On nous fit monter dans l'ascenseur. Au neuvième étage, nous pénétrâmes dans une salle de réception avec vue sur le port de Shanghai. Un homme et une femme, approchant tous deux la cinquantaine, nous accueillirent. Ils étaient vêtus avec simplicité d'un pantalon et d'une chemise blanche, pourtant quelque chose dans leur attitude directe et assurée indiquait qu'ils étaient haut placés. Dès que M. Hu se fut retiré ils se présentèrent : M. Chao, directeur du service des Voyages internationaux de Chine, section de Shanghai, et Mme Xu, du bureau de Sécurité publique de Shanghai.

— Voulez-vous vous asseoir, dit M. Chao en désignant un divan profond. Vous avez un emploi du temps chargé. Vous devez être fatigués.

Nous nous installâmes, imités par les deux Chinois.

— Pas trop, dit Sonya. Lors de mon dernier séjour ici, j'ai visité sept villes en vingt jours. La moitié du groupe avait la bronchite et l'autre moitié passait son temps dans les... (elle s'arrêta, se rappelant brusquement la pruderie des Chinois) à se laver les mains.

M. Chao sourit, mais Mme Xu ne réagit pas. De toute évidence, elle ne parlait pas anglais. Comme s'il venait juste de s'en apercevoir, M. Chao se tourna vers elle et traduisit. Elle hocha la tête.

— Eh bien, reprit Chao, vous vous demandez sans doute pourquoi vous êtes là ?

— Oui, effectivement, fit Sonya en essayant d'avoir l'air retors.

Ce n'était pas son fort.

Chao dit quelque chose à Mme Xu et elle prit une chemise qu'elle lui tendit.

— A 12 h 45, aujourd'hui, un membre de votre groupe a tenté de pénétrer illégalement dans les bureaux du *Quotidien de la Libération*.

— Quoi? s'écria Sonya.

— D'après le responsable, il a escaladé le mur du bâtiment abritant le journal cinq minutes après s'être fait refuser l'accès à ce même bâtiment.

— Qui a fait ça? demandai-je.

Chao consulta son dossier.

— Un monsieur Nicholas Spysler.

— Nick Spitzler? m'écriai-je en même temps que Sonya.

— Oui, Spitzler, corrigea Chao.

— Il doit y avoir une erreur, dit Sonya.

— Pourquoi y aurait-il une erreur? demanda Chao.

— M. Spitzler ne ferait pas une chose pareille.

— Mais c'est ce qui est dans le rapport du responsable.

Sonya et moi nous regardâmes.

Puis Mme Xu parla en chinois, nous dévisageant avec le plus grand sérieux, comme si nous comprenions parfaitement ce qu'elle racontait. Lorsqu'elle s'arrêta, Chao reprit la parole. Ses manières joviales avaient disparu.

— Vous vous rendez compte, bien entendu, de la gravité de cette accusation. C'est exactement le genre d'aventurisme que la bande des Quatre a essayé d'instaurer dans ce pays. En temps normal, nous aurions demandé à tout votre groupe de quitter la Chine sans délai. Les camarades du journal ont tenu une réunion et ont exigé qu'une telle mesure soit prise. En fait, rien n'a encore été décidé.

M. Chao se tut, et me dévisagea durement. L'avertissement de la nuit précédente surgit brusquement dans mon esprit : *MOSES WINE, VOUS ALLEZ COURIR UN GRAND DANGER. SOYEZ SUR VOS GARDES A TOUT INSTANT.* Cela paraissait ridicule. Mais je n'arrivais pas à sourire.

Chao se tourna vers Sonya avant de continuer.

— Mais puisque vous êtes une vieille amie du peuple chinois... et puisque nous essayons d'entretenir de meilleures relations avec nos amis américains — bien qu'ils aient violé l'esprit du communiqué de Shanghai et continuent à appuyer la clique réactionnaire de Taiwan en occupant avec leurs propres troupes une province de la Chine — nous avons décidé de passer sur cette affaire. Néanmoins vous devez vous assurer, en tant que camarade-responsable du circuit d'étude n° 5, dirigeante du groupe, que ce genre d'incident ne puisse se reproduire.

— Ça ne se reproduira plus, dis-je.

— Nous y veillerons, ajouta Sonya.

Chao hocha la tête, indiquant que l'entrevue était terminée. Nous nous levâmes tandis qu'il traduisait ce qui avait été dit pour Mme Xu. Puis il se tourna de nouveau vers nous.

— Autre chose encore, qui ne dépend pas de la Sécurité publique. Un camarade travailleur du Jing Jiang nous a fait part d'une requête posée par M. Fred Lisle. Il voudrait changer de chambre et partager celle d'une Mme Nancy Lemon.

— Oh non! fit Sonya.

— Ils sont mariés tous les deux, n'est-ce pas? demanda Chao.

— Oui, dit Sonya.

— Nous n'avons cure du comportement bourgeois de ces personnes dans leur pays. Mais ils sont les hôtes de la Chine et doivent se comporter en conséquence.

— Nous veillerons à ce que cela ne se reproduise plus, dit Sonya.

Elle tremblait. Soixante-quatre ans, ce n'était pas l'âge rêvé pour s'occuper de ce genre de chose.

CHAPITRE DOUZE

C'était peut-être un vieux fond de chauvinisme mâle, mais je forçai Sonya à me laisser parler seul avec Fred Lisle. Je le coinçai dans un couloir avant le dîner et l'entraînai dans ma chambre.

— Asseyez-vous, Fred, fis-je désignant un fauteuil en une pâle imitation des méthodes de M. Chao.

Il me regarda avec irritation avant d'obtempérer.

— Un peu de thé ?

— Non, merci.

— Ecoutez, Fred, pas la peine de tourner autour du pot. Nous sommes en Chine, pas au village asiatique du club Méditerranée !

— Quoi ?

— Ne faites pas l'idiot avec moi. Nous savons tous ce qui se passe entre Nancy et vous.

— Que se passe-t-il entre Nancy et moi ?

— La nuit, je n'en sais rien, mais tout le monde peut voir que vous passez vos journées ensemble.

— Nancy et moi sommes simplement amis.

— Hé ! comprenez-moi bien, je ne tiens pas la rubrique des potins. Que vous soyez amis ou plus, ça m'est complètement égal... mais les Chinois commencent à s'inquiéter.

— Mon Dieu! ils sont tellement prudes!

— Vous êtes à Rome, Fred. Faites comme les Romains.

— Mais c'est ce que je fais.

— Ça m'étonnerait.

— Que voulez-vous dire? Que nous ne devrions pas nous asseoir l'un à côté de l'autre dans le car?

— D'après les Chinois, vous avez demandé à changer de chambre pour partager celle de Nancy.

— Bon Dieu!

— Ce n'était pas très malin, Fred.

— Vous me prenez pour un imbécile ou quoi?

— Je ne vous prends pour rien du tout. Je vous demande juste de la mettre en veilleuse sinon nous allons tous avoir des ennuis.

— Des ennuis. Pourquoi? Vous ne comprenez donc pas ce qui se passe. Ces Chinois sont fous. Fous. Ils voient des gens en train de forniquer derrière chaque buisson.

— Fred, demander à changer de chambre n'a rien à voir avec un buisson.

— J'en ai assez. Assez! (Il se leva d'un bond.) Mon père avait raison. La perte de la Chine a été une tragédie pour tous les peuples du monde. (Il sautilla impatiemment, sur la pointe des pieds, regardant par la fenêtre le panneau *Servez le peuple*, puis se tourna vers moi :) Et vous, vous êtes leur dupe. Tout ça se passe sous vos yeux et vous ne voyez rien. Et vous vous prétendez détective. C'est incroyable!

— Tout ce que je vous demande, Fred, c'est de garder votre chambre.

— A vos ordres, camarade.

Il sortit.

Le cas Spitzler était légèrement plus compliqué. Il était nécessaire d'organiser une réunion de groupe pour expliquer ce que Sonya et moi-même avions fait après la visite du palais des Enfants. Le personnel de l'hôtel nous proposa d'utiliser la grande salle de conférences du rez-de-chaussé mais nous décidâmes de nous réunir dans la chambre de Sonya. Ce serait plus intime.

Après le dîner, nous nous retrouvâmes donc tous les quinze chez Sonya, allongés sur les lits, vautrés sur les chaises, et sur le sol. Sonya n'y alla pas par quatre chemins. Mais la réaction de Nick nous surprit.

— C'est un mensonge, dit-il. Je n'ai jamais escaladé ce mur.

— Mais vous n'étiez pas avec nous, répliqua Sonya. Vous avez manqué le déjeuner.

— Je voulais aller faire du shopping, reprit Nick. J'avais repéré un grand magasin quand nous étions dans le car. Je me rappelais qu'il se trouvait près du Bund.

— Et vous êtes allé au *Quotidien de la Libération?*

— Je crois que c'était ça, effectivement. En face du magasin, un immeuble qui paraissait très officiel. Il y avait un tas de journaux exposés dans des vitrines sur le devant. Par gestes, j'ai demandé au garde de me laisser entrer, mais il a refusé.

— Et c'est tout?

— C'est tout.

— Nick, dit Natalie Levine, tu peux être franc avec nous. Nous savons tous que tu es un type plutôt impétueux.

— Qu'est-ce que tu racontes?

— Quand nous avons vu cette ancienne prison, sur l'île, Moses, toi et moi, tu as absolument voulu y entrer. Tu as ouvert la porte avant que nous ayons pu t'en empêcher.

— Tu me traites de menteur?

— Pas du tout. Mais nous savons tous que tu mourais d'envie de voir un journal. Tu m'as même dit que tu avais marqué ça en premier sur ta liste de desiderata.

— C'est ridicule !

— Essayons de garder notre calme, dis-je. Personne ne cherche à accuser qui que ce soit. Le problème c'est que les Chinois pensent que tu as essayé d'entrer par effraction. Alors pourquoi ne pas laisser mourir toute cette histoire, en s'assurant simplement que ça ne se reproduise plus ?

— Mais il y a quelqu'un qui ment, intervint Mike Sanchez.

— On ne peut pas enterrer ce truc, renchérit Harvey. C'est un problème qui doit être totalement résolu, sinon tout le fonctionnement du groupe s'en trouvera définitivement perturbé.

— Je vous dis que je n'ai jamais escaladé ce mur, trancha Nick.

— Alors les Chinois mentent, affirma Nancy.

— Je ne peux pas le croire, dit Mike.

— Pourquoi ? demanda Nick. Vous croyez que tout ce qu'ils font est parfait ?

— Je pensais que vous étiez l'ami des peuples progressistes.

— Ecoutez, Mike...

— De deux choses l'une, ou les Chinois mentent, ou quelqu'un d'autre ment.

— C'était peut-être un accident, intervint Sonya. Une erreur.

— Quelle erreur ? reprit Mike. Un mirage ? A moins que quelqu'un déguisé en Nick Spitzler n'ait escaladé le mur du *Quotidien de la Libération ?*

— Pourquoi a-t-il fallu que vous nous causiez des ennuis, fit Reed Hadley. Nous sommes dans un pays communiste, que diable !

114

— Bon Dieu! s'écria Nick. Il vaut mieux entendre ça que d'être sourd!

— Si nous interrogions le détective, fit Ruby. Il nous dira peut-être ce qui s'est passé.

Tous les regards se braquèrent sur moi. Jamais je n'avais eu aussi peu envie d'assumer ce genre de responsabilité.

— Ecoutez, heu… comme je l'ai dit à quelqu'un avant de partir, je ne suis pas ici pour travailler… Et puis je ne comprends pas plus que vous ce qui se passe.

— Que pensez-vous, Max, demanda Sonya. Vous n'avez rien dit.

— J'ai peur que cette chambre ne soit truffée de micros.

— *Jesus y Maria*, fit Mike. Un seul petit incident et le gros tas de petits-bourgeois s'empressent de sauter par-dessus bord, comme les rats qui quittent le navire.

— Il ne quitte pas le navire, intervint Fred. Il dit simplement ce que lui dicte son bon sens. Pas la peine d'être Sherlock Holmes pour comprendre ce qui se passe ici.

— Et qu'est-ce qui se passe? fit Mike.

— Simplement ce que Reed a eu la bonté de nous expliquer. Que nous sommes dans un pays communiste. En Asie, qui plus est. Ce qui se produit ici ne pourra jamais être compris par ceux d'entre nous qui ont une sensibilité judéo-chrétienne.

— Une quoi, *pendejo*? dit Mike.

Il fit deux pas en avant comme s'il allait lui casser la figure.

— Vous m'avez parfaitement entendu, reprit Fred. Vous ne comprendrez jamais la mentalité chinoise.

— Je crois que j'ai quelque chose à dire à ce sujet… en tant que Chinois impénétrable.

C'était Li Yu-ying. Sa voix tranquille dominait soudain l'assemblée.

— A l'école, j'étais le seul Américain chinois de ma classe. Tout le monde me trouvait bizarre et personne ne me parlait jamais. On m'appelait Chop-Chop. Au bout d'un moment, j'avais la réputation d'être silencieux, mystérieux, impénétrable. Mais j'étais simplement très seul. Sous ma peau, je suis pareil à vous — un être humain. Le mythe du Chinois mystérieux me semblerait très drôle s'il n'était l'expression d'un racisme pur et simple.

— *Exactamente amigo*, dit Mike, *exactamente*.

Il y eut des murmures d'approbation dans la pièce.

— J'imagine que ça résout mon cas, intervint Nick. Maintenant que nous savons que le Chinois est un saint, il devient évident que je suis un pécheur.

— Pas exactement, dit Staughton Grey. Peut-être êtes-vous tous deux des pécheurs.

Cette remarque impénétrable eut pour effet de détendre considérablement l'atmosphère. Il devint évident que nous n'arriverions jamais à résoudre ce problème avec les moyens que nous avions à notre disposition. La meilleure solution consistait donc à tirer un trait sur cette affaire. Tout le monde s'engagea à ne plus pénétrer en territoire interdit ni à escalader les murs sans l'autorisation du groupe. Celui qui faillirait à sa promesse devrait retourner immédiatement dans son pays, même si les Chinois ne découvraient pas l'infraction.

— D'accord, dit Nick. J'accepte la proposition. Mais ça ne résout pas mon affaire. Seulement pour archives, et tant que je suis sain d'esprit, je veux que vous sachiez tous que je n'ai jamais essayé de grimper sur ce mur.

Fallait-il le croire ?

Quelques instants plus tard, nous nous séparions avant que nos nerfs ébranlés et nos corps épuisés ne s'allient pour nous transformer en un troupeau d'oies querelleuses. Chacun retourna à sa chambre. Demain serait un autre jour rempli d'étude et d'amitié.

Mais cette nuit-là, comme la précédente, je ne pus fermer l'œil. Je me levai, laissai Li Yu sommeiller dans le lit voisin, et allai faire un tour dans les couloirs de l'hôtel Jin Jiang.

Quelque chose me gênait. Je n'arrivais pas à découvrir quoi, mais je savais que c'était lié à ce qu'avait dit Li Yu. Il avait eu raison de signaler que l'impénétrabilité des Chinois était un mythe qui prenait ses racines dans le racisme. Mais mes propres perceptions de cette société et l'expérience du groupe se faisaient, au mieux, à travers un épais brouillard. C'était la vieille métaphore des boîtes chinoises, l'une à l'intérieur de l'autre, à l'intérieur de l'autre. La bande des Quatre avait fait la Révolution culturelle, pourquoi était-elle maintenant l'ennemi? Nick Spitzler était un ami de la Chine, pourtant il était entré par effraction au *Quotidien de la Libération*. Pourquoi niait-il aussi farouchement? Et, d'abord, qu'avaient-ils à cacher au *Quotidien de la Libération?* Et Ana Tzu, malade à Hong Kong, sur pieds à Canton, puis à nouveau malade. Et le mort de la commune, une victime supplémentaire de la bande des Quatre, d'après Yen. Et Nancy Lemon et Fred Lisle, amants tragi-comiques vivant une dernière aventure dans un pays où l'amour était prié de rester dans l'ombre, où les « mauvais éléments » attaquaient les impérialistes comme nous venus en amis. En amis? Et pour commencer, pourquoi tout cela me tracassait-il? Etait-ce juste un tic professionnel, une obsession de détective incapable de se débrancher? Pourtant, je tenais particulièrement à ne pas m'impliquer en tant que détective, dans ce pays où les distinctions entre amateurs et professionnels

avaient été estompées au nom de raisons philosophiques.

Et, enfin, il y avait Liu. La plus radicale de nos
guides, et pourtant la plus humaine. Ou bien était-ce
le contraire?

Je n'avais pas de réponse. Je pensai à cette étrange
carte postale représentant le canard de la dynastie
Han, tout en regardant par la fenêtre du couloir,
l'enseigne au néon clignoter: *Servez le peuple. Servez
le peuple. Servez le peuple.*

CHAPITRE TREIZE

La journée du lendemain commença assez innocemment par la visite d'un quartier résidentiel dans la partie ouest de Shanghai. Quinze mille familles vivaient là, une population totale de soixante mille habitants. Après notre « brève introduction », nous nous répartîmes en groupes de cinq pour voir les appartements des travailleurs. Ils étaient petits, mais propres. Toutes les pièces, à l'exception de la salle de bains et de la cuisine, étaient appelées chambres parce qu'elles comprenaient des lits, recouverts durant le jour afin de pouvoir servir aussi d'aire d'habitation. Une vieille femme nous parla du « triste passé », et un membre du comité révolutionnaire expliqua comment la bande des Quatre avait saboté la production de l'usine de mouchoirs du quartier. Un peu plus tard, les enfants d'une des nombreuses écoles maternelles du district nous offrirent une représentation. Vêtus de costumes régionaux, ils exécutèrent, pour le final, des danses de la région autonome du Tibet.

Nous retournâmes déjeuner à l'hôtel, puis repartîmes voir le Centre d'exposition industriel de Shanghai. Nos guides s'empressèrent de nous faire remarquer que la lourde architecture russe du bâtiment dans lequel se tenait l'exposition était incongrue en Chine. Il n'y avait pas à discuter.

A l'intérieur, quatre mille articles, tous fabriqués à Shanghai, étaient exposés sur dix mille mètres carrés. La vitrine emplie de cinquante sortes de thermos tous différents m'amusa, mais les couloirs sans fin bourrés de raquettes de ping-pong, de sièges de toilettes et articles divers étaient aussi déprimants que la foire du Convention Center de Los Angeles.

J'étais sur le point de m'endormir debout quand j'aperçus les « mauvais éléments ». Ils étaient dix cette fois-ci, à traîner autour des produits de l'industrie prolétarienne. Les trois de la nuit précédente et trois nouveaux. Je n'essayai pas d'avertir nos guides ni les membres du groupe, mais me glissai derrière une turbine pour les observer. Ils étaient appuyés contre les colonnes du musée, un mauvais rictus sur les lèvres dans la pose caractéristique et internationale des délinquants juvéniles minables. Je m'attendais à les voir sortir des pièces de monnaie de leurs poches et à les lancer en l'air. A la lumière fluorescente de la salle d'exposition, ils paraissaient aussi menaçants qu'un groupe de mousquetaires le soir d'Halloween, jusqu'à ce que je remarque une bosse sous la chemise de l'un d'entre eux. Il ne pouvait s'agir que d'un holster. Pendant un dixième de seconde, j'eus la sensation distincte d'être celui qu'ils attendaient. C'est alors que Mike Sanchez les reconnut. Suffoqué de les trouver là, il se mit à appeler Yen à pleins poumons.

L'un des loulous glissa sa main dans sa chemise. Avant que j'aie pu esquisser le moindre geste, il visa Mike. Je crus qu'il allait le tuer, mais il avait sorti une bombe de peinture et non pas un revolver. Il aspergea notre ami Chicano.

Puis tous se mirent à courir, insultant les membres du groupe, bousculant les uns, barbouillant les autres de peinture. Je vis Natalie Levine s'écrouler contre un ascenseur hydraulique. L'un des loulous fit tournoyer quelque chose qui ressemblait à une clé à molette et assena un coup violent dans les côtes de Max Freed. Je le vis trébucher, puis tomber en arrière sur le sol de marbre, complètement sonné.

Je ne sais pas ce qui me prit. Je me ruai à leur poursuite alors qu'ils se dirigeaient vers les portes géantes du musée. Je me retrouvai dehors, sur une vaste esplanade, sans avoir eu le temps de me rendre compte qu'il était stupide de les avoir suivis, et que j'étais totalement terrifié. Je les vis courir à dix mètres devant moi, sur le béton de l'esplanade. Je me lançai sur leurs talons. J'aurais certainement continué s'ils n'avaient disparu dans une petite rue étroite. Je me retournai sur une centaine de Chinois qui s'attroupaient autour de moi, me regardant comme si j'étais une créature tombée d'une autre galaxie. *MOSES WINE, VOUS ALLEZ COURIR UN GRAND DANGER. SOYEZ SUR VOS GARDES A TOUT INSTANT.*

Le retour à l'hôtel fut un concert d'excuses. Quant à Yen, il était furieux. Il semblait prendre cet incident comme une humiliation personnelle.

— Je ne sais comment vous pourriez nous pardonner cela. Vous avez été grossièrement insultés en tant qu'invités du peuple chinois. Si vous le désirez, nous vous ramènerons immédiatement dans votre pays.

— Ce n'est pas une mauvaise idée, maugréa Fred Lisle.

— Contentez-vous d'attraper ces salopards, dit Mike un peu trop fort.

Il se tenait l'épaule, là où l'un des loulous l'avait frappé avant de sortir.

— La Sécurité publique s'en occupe immédiatement, dit Yen.

— J'espère qu'ils sont meilleurs qu'au FBI, grogna Max.

Deux médecins aux pieds nus en poste au centre d'exposition lui avaient déjà bandé la cage thoracique.

— Ils les retrouveront avant la fin de cette journée, assura Yen. Et quand ils seront pris, vous pourrez être sûrs qu'ils seront condamnés à la prison à vie.

— La prison à vie ?

Ruby était surprise. Elle s'en était tirée pratiquement indemne, avec juste un original de Jackson Pollock sur sa blouse blanche.

— Ça vous étonne, fit Max. Il n'y a qu'à voir où nous sommes.

— Je ne pense pas que ça ira jusque-là, dit Liu, ignorant la remarque de Freed.

— J'espère.

— En tout cas, dit Nick, aucun d'entre nous ne fera l'erreur de Lincoln Steffens. Je ne vois pas qui dans ce groupe pourrait rentrer au pays comme il l'a fait en clamant qu'il avait vu le futur et que ça marchait !

— Amen, ajouta Natalie.

Elle épongeait la peinture bleue qui tachait sa jupe de crêpe jaune.

Je regardai Liu. Son visage était impassible, mais ses yeux avaient une expression de profonde tristesse.

Elle fut la première à disparaître quand nous arrivâmes à l'hôtel. Je la vis traverser le hall d'un pas rapide et ouvrir une porte de service. Je m'étais demandé où dormaient nos guides et supposai en la voyant entrer là que cette porte menait à leur quartier, contrepartie austère du luxe dans lequel nous autres étrangers baignions en permanence.

Yen se rua à la réception, décrocha le téléphone et passa plusieurs coups de fil rapides.

— Ne quittez pas l'hôtel, dit-il à ceux d'entre nous qui se trouvaient encore dans le hall. Nous essayons d'arranger ça.

Je montai dans ma chambre. La tristesse de Li Yu semblait aussi immense que celle de Liu. Je respectai ses sentiments. Nous restâmes assis un moment sans parler, buvant notre thé.

Ce fut Li Yu qui brisa le silence.

— J'aurais préféré que Nick ne dise pas ça.

— A propos de Lincoln Steffens? demandai-je.

Li Yu hocha la tête.

— Nick est comme ça, expliquai-je. Dans les années soixante on le voyait tout le temps à la télévision. Et ça arrive encore assez souvent aujourd'hui. On prend vite l'habitude de faire de belles formules.

— A votre avis, que va-t-il raconter en rentrant?

Je haussai les épaules. Il était inutile de nier l'évidence. Mais j'ajoutai:

— J'ai plus peur de ce que va raconter Max. Tous les adolescents boutonneux d'Amérique lisent son canard.

— Et Natalie? dit Li Yu. A chaque fois que je regarde le journal de six heures, je tombe sur elle.

— Et Ruby.

— Nous devrions peut-être rentrer.

Je hochai la tête. L'atmosphère devenait morbide. J'étais étonné d'y attacher encore assez d'importance pour le remarquer. J'avais envie de me cacher la tête sous un oreiller. Mais Li Yu n'en avait pas terminé.

— Vous croyez qu'il l'a fait.

— Qu'il a fait quoi?

— Entrer au journal.

— Je n'en sais vraiment rien.

Puis je me tus. Continuer cette conversation ne pouvait que nous déprimer encore plus. Et je n'avais pas envie de lui révéler que l'un des loulous avait un revolver. Je remplis nos tasses de thé fumant et tournai mon regard vers l'extérieur. C'était la première fois que nous nous trouvions à l'hôtel pendant la journée et je ne m'étais encore jamais aperçu que Shanghai baignait dans le smog. J'avais l'impression de regarder le centre de Los Angeles depuis les gradins du Dodger Stadium, par un après-midi d'août.

Je ne sais pas combien de temps nous restâmes ainsi. J'avais perdu contact avec la réalité quand Hu frappa à notre porte. Je me levai pour aller lui ouvrir, oubliant qu'il n'y avait pas de serrure.

— S'il vous plaît, faites vos bagages rapidement, dit-il. Nous partons.

— Nous partons? Où?

— A Pékin.

Je me tournai vers Li Yu qui semblait aussi surpris que moi. Nous devions passer encore deux nuits à Shanghai.

Yen nous expliqua ce départ précipité une demi-heure plus tard, lorsque nous nous retrouvâmes tous dans le hall de l'hôtel.

— C'est pour votre propre sécurité que nous partons immédiatement pour Pékin, dit-il. Nous ne voulons pas qu'il vous arrive quelque chose au cas où les mauvais éléments persisteraient dans leurs intentions malheureuses. Vous comprenez, Shanghai est le bastion de ces suppôts du capitalisme contre-révolutionnaires, la bande des Quatre. Yao Wen-yuan, Wang Hung-wen, Chang Chun-chiao, et même Chang Ching, tous venaient de Shanghai. Ce sont eux qui ont semé la confusion au sein du peuple et ont enseigné aux masses à haïr tout ce qui était étranger. Ils ont encore des fidèles ici, et nous ne pouvons pas vous exposer à leurs exactions s'ils continuent à appliquer leurs tactiques de droite.

Ainsi c'était la bande des Quatre. Je l'avais toujours su.

CHAPITRE QUATORZE

L'aéroport de Shanghai ressemble à celui de La Guardia dans les années cinquante — un grand bâtiment avec une salle d'attente dépouillée et un seul panneau annonçant une multitude de départs et d'arrivées. On a l'impression d'être encore un pionnier de l'aviation.

Quand nous arrivâmes à l'aéroport, le soleil se couchait, réfléchissant ses derniers rayons sur la carlingue d'un Boeing 707 solitaire de la CAAC, sous-produit du léger dégel des relations Etats-Unis-Chine après la visite de Nixon. Garés plus loin, je vis deux avions de transport PLA, datant d'avant la guerre. Pas vraiment le genre de coucou qu'il fallait pour libérer les frères et sœurs de Taiwan.

Nous nous rendîmes directement à l'avion, sans passer par les formalités. Une fois à l'intérieur, je compris pourquoi. Presque tous les sièges étaient occupés. Ils avaient dû nous attendre.

Nous nous installâmes tous ensemble à l'avant, risquant le torticolis pour essayer de voir à quoi ressemblaient les autres passagers. La plupart d'entre eux étaient des militaires, ou des cadres de divers horizons, mais la mode chinoise ne permettait pas de distinguer le haut du bas de la gamme. Une hôtesse, vêtue d'un pantalon large et d'une chemise blanche, distribua des éventails ornés de paysages. Quelques instants plus tard, nous survolions la campagne chinoise, laissant derrière nous les faubourgs de Nankin encore visibles dans le crépuscule.

Pour quinze touristes américains qui s'apprêtaient à découvrir Pékin, nous n'étions pas bien gais. Mais j'avais décidé de ne plus prêter l'oreille aux discussions et aux disputes. Je choisis délibérément un siège dans la rangée centrale. Mme Liu était assise de l'autre côté de l'allée à ma hauteur et regardait fixement le siège vide en face d'elle. Elle parut ne pas remarquer la présence de l'hôtesse qui revenait vers nous, distribuant des journaux et des bonbons. J'eus l'envie méchante de lui parler des hôtesses de l'air qui assurent le trajet Los Angeles-Frisco, de leurs jupes si courtes que les hommes d'affaires passent leurs mains dessous et leur pelotent les fesses pendant qu'elles leur servent leurs cocktails. Mais je décidai de lui demander quelque chose de plus important.

— Etes-vous aussi déprimée que moi ?

— Je ne comprends pas, dit Liu en me regardant d'un drôle d'air.

J'allais m'énerver lorsqu'il me vint soudain à l'idée que ce manque de compréhension n'était pas feint, qu'il ne s'agissait pas d'une ruse destinée à éviter trop d'intimité. C'était sincère. En Californie, on parle « au nom de ses émotions » pour commencer une conversation sérieuse ; en Chine on parle des « conditions matérielles ».

— Oh ! dit-elle enfin, vous êtes triste de devoir quitter Shanghai.

— Oui. Et déprimé par certains événements qui s'y sont produits.

126

— Moi aussi, dit-elle. Les conditions n'étaient pas bonnes à Shanghai. L'amitié était perturbée.

Elle essaya de sourire.

— Pensez-vous que nous avons bien fait de partir ?

— C'est ce qui a été décidé.

— Oui, je sais... Liu... mais, heu... vous, qu'en pensez-vous personnellement ?

Elle se contracta légèrement. Mes questions étaient peut-être plus directes qu'elles n'auraient dû l'être. Mais personne ne pouvait nous entendre. Le rugissement des moteurs couvrait nos voix.

— Ce départ précipité ne me plaît pas, reprit Liu.

— Vous pensez que c'était inutile ?

— Oui.

— Pourquoi ?

— C'est trop extrême. D'autant plus que quelques-uns des voyous avaient déjà été pris.

— Ils ont été pris ?

Je jetai un coup d'œil à droite et à gauche. Brusquement, j'avais la sensation que nous étions surveillés. Mais personne ne faisait attention à nous ; excepté Harvey qui nous regardait gentiment, depuis l'avant de l'avion, le sourire du chat de Cheshire aux lèvres.

— Que va-t-il leur arriver, demandai-je.

Elle haussa les épaules.

— Quelques mois de travaux forcés à la campagne.

— Alors pourquoi ?

Je désignai l'avion.

— Une précaution... Yen y tenait.

— Oh !

Je me renfonçai dans mon siège.

— Mais ne vous inquiétez pas, reprit-elle. Il y a beaucoup de choses à faire à Pékin. Vous serez contents d'avoir deux jours supplémentaires.

Elle eut un sourire à faire pâlir de jalousie Anna May Wong.

L'aéroport de Pékin n'était guère plus élaboré que celui de Shanghai. A l'atterrissage, je repérai un jet d'Air Pakistan rouge près du terminal et un autre 707 de la CAAC, en réparation dans un hangar.

A notre descente d'avion, nous vîmes un car Mercedes rutilant qui nous attendait au pied de l'escalier. Nos guides pékinois étaient plus âgés que les autres. Ils semblaient aussi mieux placés dans la hiérarchie du Service des voyages. De toute évidence, les Chinois faisaient un effort pour s'amender. Le Centre avait été averti des malheurs survenus à un groupe de touristes américains, et il répondait en conséquence. Nous avions droit au traitement diplomatique.

Sans formalités, on nous fit monter dans le car. Nous pénétrâmes dans la ville, suivant la route qu'avait empruntée Nixon. A l'époque, elle était bordée de neige, et nous, nous avions le nez collé à notre poste de télévision. Aujourd'hui, nous étions là, et la neige avait fait place à des cahutes en pisé assez basses, logements d'urgence construits en toute hâte après le récent tremblement de terre. Ils resteraient là jusqu'à ce que les autorités décident que la menace d'une seconde secousse tellurique était définitivement écartée. Quand cela adviendrait-il ? Personne ne semblait le savoir.

Nous nous pressions contre les fenêtres tandis que notre bus approchait du cœur de la capitale. Contrairement à Shanghai, Pékin est une ville basse, étalée, une agglomération linéaire pointant ses tentacules dans toutes les directions, comme Los Angeles. Mais contrairement à L.A., Pékin possède un centre qui vaut la peine d'être découvert, des monuments plus impressionnants qu'un hôtel de ville servant surtout de décor à des feuilletons, que le plus grand fast-food mexicain à l'ouest d'Albuquerque. La Cité interdite, scintillant dans la nuit, de l'autre côté de l'immense place Tien-An Men était un spectacle aussi éblouissant que la découverte du Forum de Rome ou de la tour Eiffel. A sa gauche, perpendiculaire à l'esplanade, se trouvait le palais de l'Assemblée du peuple, hideux par son utilitarisme prolétarien, mais inébranlable dans sa certitude de ne pas être remplacé dans une Chine à venir, plus élégante et d'un radicalisme moins rigide. Derrière nous se dressaient le nouveau monument de Mao et Chien Men, l'ancienne Porte du Sud, fragment imposant du mur qui avait jadis entouré Pékin.

Nous descendîmes à l'Hôtel de Pékin, un vaste complexe jouxtant la Cité interdite, qui avait été reconstruit en trois étapes successives après sa destruction, pendant la révolte des Boxeurs. On nous installa dans l'aile la plus récente. Un bâtiment écœurant de modernisme, de ce triste modernisme international. Pourtant, il y avait quelque chose de rassurant dans ces portes manœuvrées électriquement, ces sols propres et nets, après le grouillement de Shanghai. Nous fûmes même heureux d'apprendre que les portes possédaient des clés, qu'on laissait au responsable de couloir, assis derrière un bureau à chaque étage.

Ce soir-là, malgré notre fatigue physique et émotionnelle, nous décidâmes de tenir une autre réunion dans la chambre que Sonya partageait avec Ruby Crystal. Mal nous en prit car nous nous retrouvâmes vite au cœur d'un conflit ouvert.

— Pour commencer, dit Max, nous savons tous que cette histoire de bande des Quatre, c'est de la merde !

— Et comment savons-nous ça ? fit Mike.

— Ensuite, continua Max, je ne tiens pas à être mêlé à une lamentable magouille de propagande chinoise. Il est évident pour tout le monde qu'ils essaient purement et simplement d'étouffer l'affaire.

Ils ne tiennent pas à ce que nous rentrions chez nous en racontant partout que la Chine est le pire endroit du monde.

Il porta la main à ses côtes douloureuses.

— Il a raison, vous savez, dit Nancy. Quand je pense qu'ils ont invité Nixon à revenir.

— En fait, je le crois maintenant. (Max désignait Nick.) Ils sont tellement cinglés dans ce pays que je suis persuadé qu'ils ont pensé que Nick allait grimper sur ce mur simplement parce qu'il passait devant !

— Vous savez ce qui a achevé de me convaincre ? déclara Harvey en secouant la tête. C'est qu'ils nous ont emmenés ici à toute vitesse sans avoir résolu les problèmes de Shanghai. On ne résout jamais rien si on ne va pas au fond des choses.

— Moi, j'en ai assez, dit Fred. Les Chinois nous ont accusés, Nancy et moi, de choses que nous n'avons jamais faites et ont monté contre nous des membres du groupe sans aucune raison... Je crois que nous devrions rentrer.

— Dire que j'aurai vécu assez longtemps pour voir ça ! fit Sonya en se frappant le front du plat de la main. Quel groupe !

— C'est une idée, Fred, continua Reed. Mais comment allons-nous faire ? Ici, il ne suffit pas de sauter dans le premier avion.

— Quoi ? Qu'est-ce que vous racontez ? (Sonya devenait violette.) Je suis sûre que c'est vous qui êtes responsable de ça, espèce de sale type !

Elle s'adressait à Staughton Grey.

— Sonya est notre responsable, reprit Fred. Nous la chargerons simplement de se rendre, en notre nom à tous, au Service des voyages et de demander qu'on nous ramène chez nous. Moses peut l'accompagner s'il le désire. Qu'en pensez-vous, Moses ?

— Je ne crois pas que ce soit une bonne idée, fis-je.

— Pourquoi pas ? Nous pourrions voter par exemple…

— Moses s'intéresse trop à Mme Liu, dit Harvey. Il ne partira jamais.

— Merci, Harvey, dis-je.

— Ça m'ennuie de devoir dire ça, intervint Ruby, mais je suppose qu'ils nous ont évacués de Shanghai parce qu'ils cachent quelque chose… C'est tellement déprimant. Ça me donne envie de quitter la Chine !

— Je vois ce que vous voulez dire, assura Nick. C'est décevant.

— Nous devrions partir d'ici pendant qu'il en est encore temps, dit Natalie.

— J'en ai assez entendu comme ça ! décréta Sonya en se levant brusquement. Qu'est-ce que c'est que cette réunion ? Un meeting de la John Birch Society ? Vous, Spitzler, il y a dix ans, vous avez préféré aller en prison plutôt que de révéler la planque d'un prêtre qui s'opposait à la guerre. Il y a sept ans, vous défendiez les Indiens dans le Nord-Ouest avec tous les péquenots à vos trousses, l'année dernière vous vous battiez pour les droits des étrangers installés illégalement à la frontière du Texas. Et aujourd'hui, en Chine, au premier petit accroc, vous faites demi-tour et vous vous enfuyez comme un lapin terrifié… Et vous, Ruby Crystal, vous avez risqué une superbe carrière à Hollywood pour vos idées. Et vous, Max Freed, il fut un temps où votre magazine exprimait les rêves de toute une génération d'Américains…

— Ça va, ça va, dit Natalie. Je ne veux pas entendre ce que vous allez dire sur moi.

Sonya se rassit.

Le silence était tombé sur notre assemblée. Nous regardions les mouches voler sur le Chang An. Mais une immense frustration grossissait en moi. Il fallait que je parle.

— Ecoutez, fis-je, c'est la première fois que je viens à Pékin, et peut-être la dernière. Je n'ai pas envie de filer au beau milieu de la nuit à cause de quelques incidents qui ne sont peut-être pas très importants. Nous aurons tout le temps de les évaluer plus tard. Pour le moment, nous sommes en Chine. Pourquoi ne pas nous donner une journée de réflexion ? Nous pouvons nous réunir à nouveau demain soir, à la même heure, et voter. Si la majorité des membres du groupe souhaite partir, il en sera ainsi. Sonya ira prévenir les Chinois et je l'accompagnerai s'il le faut. Pour le moment, je ne sais pas ce qu'il en est pour vous, mais je suis fatigué. J'ai besoin de dormir avant de décider quoi que ce soit.

Mon discours leur avait visiblement paru sensé. Ils grommelèrent, pour la plupart, leur approbation.

Je retournai dans la chambre que je partageais avec Mike Sanchez. J'allumai la télévision tandis que Mike s'enfermait dans la salle de bains. Il y avait un match de ping-pong sur la première chaîne, mais je n'arrivai pas à trouver la commande du son. Tandis que je tripotais les boutons, je remarquai une photo sur la table, représentant une blonde légèrement vulgaire vêtue d'un bikini de macramé. Le cliché était dédicacé *A Mike, de la part de La Rubia*, et recouvrait le début d'une lettre dont je ne pus lire que les derniers mots :

… alors, je ne veux pas dire que c'est fini entre nous, mais si ton voyage de dingue ne se passe pas bien…

Ne se passe pas bien ? Je ne savais pas ce dont elle voulait parler précisément, mais sa phrase résumait parfaitement cette sordide affaire. Pour Mike comme pour nous tous.

Je cessai de m'escrimer sur la télé et m'allongeai sur le lit. Je pris *la Revue de Pékin* sur la table de nuit et la feuilletai pendant que Mike prenait sa douche. Les articles politiques chinois ont toujours eu sur moi un effet délassant. Je trouve ça fascinant, mais lointain, comme le catéchisme d'une religion inconnue. Cette fois-ci j'étais tombé sur un long commentaire de l'essai de Mao intitulé « De la pratique », son attaque pragmatique des intellectuels désinvoltes qui bâtissent des théories sur du vent. *Quiconque veut connaître un phénomène*, écrit-il, *ne peut y arriver sans se mettre en contact avec lui, c'est-à-dire sans vivre* (se livrer à la pratique) *dans le milieu même de ce phénomène... Si l'on veut acquérir des connaissances, il faut prendre part à la pratique qui transforme la réalité. Si l'on veut connaître le goût d'une poire, il faut la transformer en la goûtant.*

CHAPITRE QUINZE

Le lendemain matin, nous apprîmes que nous ne devions jamais acquérir cette connaissance. Nous étions tranquillement assis dans notre car, attendant de partir pour la visite inévitable de la Cité interdite, quand Yen monta à bord. Son visage était couleur de cendres et ses épaules, d'habitude bien droites, voûtées.

— Mes amis, dit-il en levant les bras, j'ai quelque chose de très triste à vous annoncer... Vous allez quitter la Chine sous vingt-quatre heures.

— Oh! mon Dieu!

Natalie venait d'exprimer ce que nous pensions tous.

— Que s'est-il passé? s'écria Nick, brusquement épouvanté par la matérialisation de ce qu'il avait prôné la veille.

— Plusieurs considérations sont entrées en jeu, expliqua Yen. Et je peux vous assurer que c'est une décision qui ne m'appartient pas... Bien sûr, il y a eu le changement d'itinéraire...

— Allons, fit Max, il y a certainement autre chose!

Yen hocha la tête. Je me tournai vers Liu, assise au fond du car, mais elle regardait droit devant elle, impassible. Elle le savait depuis le début, pensai-je.

— Je crois que vous nous devez une explication,

monsieur Yen, dit Sonya, qui faisait de son mieux pour contrôler ses émotions.

Yen détourna son regard avant de répondre.

— Le Comité révolutionnaire du Service de Voyages internationaux de la Chine pense que... que les expériences malheureuses de ce groupe... ainsi que l'attitude de ses membres... rendent la suite du séjour en Chine impossible pour le moment.

— Notre attitude? fit Nick, visiblement excédé.

— Nous ferons notre possible pour rendre votre dernière journée en Chine agréable. Vous visiterez plusieurs des principaux sites touristiques et un banquet d'adieu a été prévu au restaurant Le Canard Laqué... Nous espérons vous revoir au cours d'un prochain voyage.

— Merci, les gars, dit Harvey.

Yen haussa les épaules et fit signe au chauffeur de démarrer. Moins d'une minute plus tard, nous nous arrêtions devant les grilles de la Cité interdite.

— Voici la Cité interdite des empereurs, dit Yen, appelée aujourd'hui musée du Palais, parce que cet endroit n'est plus interdit. Tout le monde peut se rendre ici quand il le désire.

Le chauffeur ouvrit la porte et Yen nous fit comprendre qu'il était temps de descendre. Mais nous étions trop abasourdis pour bouger.

En fait, cette journée était un rêve de touristes: un dimanche clair et parfumé, un temps ensoleillé, et non pas oppressant comme à Shanghai. Des milliers de Chinois se promenaient sur la place et venaient en famille ou entre amis visiter l'ancienne Cité Interdite. Un père heureux sortit son bébé d'un berceau de bambou et le tint à la hauteur d'une des vitres du car, faisant bouger le petit poing de l'enfant pour saluer les gentils étrangers. Personne ne lui rendit son salut.

Liu se leva et se dirigea vers l'avant du car.

— Nous devons y aller à présent, dit-elle en frappant dans ses mains.

Nous nous levâmes et la suivîmes, obéissants mais maussades.

— Nous nous trouvons dans la Cité interdite, commençait-elle, construite par le souverain Ming Yung-lo au quinzième siècle. Au fil des ans, de nombreux palais se sont écroulés ou ont été détruits par le feu, et la cité entière fut reconstruite par Chien-lung, empereur Ching. Plus tard, l'impératrice Tzu-hsi a fait ajouter des pavillons dans la partie nord... Par ici, s'il vous plaît.

Nous la suivîmes de l'autre côté du portail, dans une vaste cour où cinq ponts de marbre enjambaient une mer de ciment ondulé. A l'autre extrémité de la cour, deux lions de bronze gardaient une seconde porte. Une fille se faisait photographier assise sur l'un des fauves.

— Voici la Rivière des Eaux d'Or, dit notre guide, désignant d'un ample geste de la main l'étendue de ciment et les ponts. Elle mène à la porte de la Suprême Harmonie. Les eunuques portaient l'empereur sur une chaise tout au long de ces vingt-huit marches... Suivez-moi vers les palais.

Le groupe lui emboîta le pas, mais je m'arrêtai. Deux hommes portant des calottes de couleur vive avaient attiré mon attention. Ils étaient assis sur l'un des ponts.

— Qui sont-ils? demandai-je à Liu, qui montait les marches avec M. Hu.

— Minorité nationale de la Région de Sinkiang... Les gens viennent de toute la Chine visiter la Cité interdite. Hu la contemple pour la première fois.

Je me tournai vers Hu, qui, ce matin-là, était seul à arborer un visage souriant.

— Je ne suis venu qu'une seule fois à Pékin, dit-il, en

1966, quand les gardes rouges sont allés voir le président Mao à Tien-An Men. Le musée du Palais était fermé…

— Rénovation, compléta Liu. Le musée du Palais est en perpétuelle restauration. Aujourd'hui, vous verrez le Jardin fleuri de l'Ouest, qui est resté fermé plusieurs années.

— Fabuleux, dis-je.

— Je constate que Moses n'a pas perdu ses habitudes d'ironie, dit Liu à Hu.

— Ouais, fis-je. Eh bien, je crois qu'on peut se dire *sayonara*.

— *Sayonara?* (Elle éclata de rire.) Vous parlez japonais pour dire au revoir en Chine. Vous devez apprendre à parler chinois. Ensuite, vous reviendrez nous voir… Le mot que vous cherchez est *dzy gen*.

— *Dzy gen*, dis-je.

— Non, non, non, répliqua-t-elle. *Dzy gen*.

— *Dzy gen*, répétai-je sans entendre la moindre différence.

Elle éclata de rire à nouveau.

— Vous savez, dis-je, vous prenez ça plutôt bien, étant donné ce qui s'est passé. Ça arrive souvent, en plein milieu d'un voyage?

Elle hésita, fouillant sa mémoire.

— Cela s'est produit une seule fois. Mais c'était il y a plusieurs années, Hu était encore à l'école des langues… Venez, maintenant. Vous ne voulez pas voir la Cité Interdite? Vous regretterez d'avoir manqué ça en rentrant chez vous.

Elle me donna une petite tape sur le poignet et continua vers le palais. Pendant un instant, j'avais cru qu'elle allait me prendre le bras. Mais c'était impossible, bien sûr.

Nous rattrapâmes les autres sur la terrasse de Tai Ho Tien — la salle de la Suprême Harmonie, le plus grand des palais frontaux, où les empereurs et les impératrices présidaient aux réunions officielles. Les dix-huit provinces de la Chine étaient représentées par dix-huit tripodes de bronze alignés le long des marches. Nancy et Fred posaient pour l'appareil photo de ce dernier, muni d'un timer, près de la statue d'une tortue-dragon, et je pensai combien il aurait été facile pour moi de gagner un peu d'argent frais, histoire de tirer au moins quelque chose de concret de ce voyage, si je n'avais pas été aussi vertueux à l'aéroport de Los Angeles. Le mari de Nancy était certainement plein aux as.

Nous traversâmes la salle de la Suprême Harmonie, puis pénétrâmes dans celle de la Préservation de l'Harmonie, là où l'empereur recevait les étudiants qui avaient réussi aux examens officiels. Seuls les enfants de la classe dirigeante avaient le droit de les passer, nous rappela notre guide. Je me dis que, de toute façon, je les aurais sans doute ratés. Mon esprit était déjà embrumé par les événements des jours derniers et par la richesse époustouflante de l'art chinois sur lequel je ne possédais pas la moindre connaissance.

Nous franchîmes une autre porte — celle de la Pureté céleste — et entrâmes dans la zone des palais privés, le *home, sweet home* de la dynastie. Les bâtiments y étaient moins imposants, plus à l'échelle de Bel Air, mais leurs décors étaient un mélange de beauté extraordinaire et de mauvais goût que personne à Bel Air n'aurait osé imaginer, même dans les rêves de chinoiseries les plus fous. Le palais de la Pureté céleste, où l'impératrice mère avait présidé à la mort mystérieuse de son fils et héritier, jouxtait le palais du Culte des Maîtres, voué à Confucius et à ses enseignements, il était passé de mode aujourd'hui, tout comme le palais des Honneurs intellectuels, où s'étaient déroulés des rites sacrificiels dédiés aux philosophes et aux artistes.

Quelques jours plus tôt, les terribles excès de la cour chinoise m'auraient rendu malade, ou simplement amusé, mais à présent je n'étais plus certain que le passé détenait le monopole des excès. Un sentiment de compassion profonde pour le peuple chinois tyrannisé pendant des siècles par des dirigeants en robe de mandarin ou en costume gris commençait à naître en moi.

— Suivez-moi à présent.

Notre guide de Pékin nous menait à un train d'enfer. C'était une femme énergique d'environ quarante ans, avec des pommettes hautes et des lunettes rondes.

— Voici le Jardin Fleuri de l'Ouest, rouvert ce mois-ci après plusieurs années de restauration.

Elle désignait quelque chose qui ne ressemblait pas du tout à un jardin. C'était un bâtiment gracieux et bien proportionné. Il venait d'être repeint et des dessins représentant des oiseaux bleus et rouges ornaient son fronton. Une scène en trompe l'œil montrant une chambre de dame avait été peinte sur la porte.

— La plus grosse part du trésor mandchou fut déposée dans ce pavillon, continua-t-elle. Puis, en 1927, le bâtiment fut brûlé et pillé. Presque toutes les reliques entreposées ici disparurent pour refaire surface de nombreuses années plus tard, au musée Chang Kaï-chek de Taiwan. Certaines, pourtant, furent rendues à l'Etat. Elles ont réintégré leurs places d'origine, celles qu'elles avaient pendant le règne mandchou. En signe d'amitié envers le Groupe d'étude n° 5, nous vous invitons à être les premiers étrangers à visiter la collection restaurée.

— Très intéressant, dit Yen, qui semblait bien plus ravi que nous.

Un portier ouvrit les vantaux en trompe l'œil et nous entrâmes.

A l'intérieur, la lumière filtrée par le treillis des fenêtres éclairait des tables et des paravents méticuleusement rangés. Il n'y avait qu'un petit nombre d'objets d'art, mais il était clair, même pour le profane, qu'ils figuraient parmi les plus beaux.

Des bronzes Chou se dressaient contre un mur, près de vases en porcelaine et d'une amphore de la dynastie Chang qui avait appartenu à Chen Fei — la « Concubine de perles » des années 1890. Un habit de jade, grandeur nature, qui servit de linceul à Tou Wan, la femme du prince Ching, occupait une place d'honneur dans l'un des coins de la salle.

— Voici un cheval Tang, dit notre guide en nous conduisant derrière un paravent. Une pièce tricolore, très appréciée. A une certaine époque, les experts l'ont considéré comme l'un des plus beaux spécimens du monde.

— Combien vaut-il, à votre avis ? demanda Reed Hadley.

— Je ne sais pas, répondit-elle. Je n'ai jamais essayé de l'acheter. Mais je suis sûre qu'il pourrait suffire à nourrir plusieurs milliers de personnes.

— Et ça, qu'est-ce que c'est ? demanda Max, s'avançant en tête du groupe avec l'avidité d'un collectionneur.

Il désignait un objet qui occupait un piédestal à lui tout seul, bien qu'il ne mesurât que trois ou quatre centimètres de haut.

— Non, non. Ça, c'est différent, dit notre guide en essayant de nous entraîner dans une autre direction. Ça ne fait pas partie du trésor mandchou.

Mais tout le monde s'était attroupé autour du piédestal, la forçant à s'arrêter.

— Regardez ça, dit Rudy. C'est fantastique.

— D'où vient-il ? demanda Harvey qui passait une main au-dessus de l'objet comme pour détecter un champ magnétique.

— C'est l'une des grandes découvertes de la Révolution culturelle, dit le guide, exhumée en 1968 à Man-cheng, dans la province de Hopei.

— C'est le canard! s'écria Fred.

Il avait raison. Nous étions en train de contempler l'objet représenté à la page 34 du catalogue de l'exposition archéologique, celui qui n'avait jamais quitté la Chine — un canard miniature façonné avec une grande habileté, au corps d'or lumineux, aux pattes de cornaline ciselée, aux plumes délicates de jade blanc. C'était extraordinaire.

— Où a-t-on trouvé ça? demanda Natalie, qui examinait l'objet d'un œil exercé.

Elle avait dû passer de longues heures à chasser les antiquités rares chez Gump, à San Francisco.

— Dans les tombes de Liu Shang, expliqua le guide. C'était le cadeau de mariage du prince Ching de Chingshan, de la dynastie Han occidentale, à son épouse, Tou Wan. Il a au moins deux mille ans.

— Et une valeur inestimable, dit Reed.

— Tu l'as dit! s'exclama Nancy, qui regardait par-dessus son épaule. Je connais un conservateur du musée de Los Angeles qui donnerait sa vie pour ça. (Elle se tourna vers le guide.) Pourquoi ne le vendez-vous pas pour construire ces usines dont vous affirmez avoir grand besoin?

— C'est une décision qu'il ne m'appartient pas de prendre.

Les membres du groupe se rapprochèrent pour avoir une meilleure vue de l'objet. Même les plus radicaux d'entre nous, comme Mike et Nick, semblaient trans-figurés par l'animal, dont les yeux d'émeraude reflé-taient toute la gloire de la Chine impériale. Je vis Liu qui nous observait de l'autre bout de la salle. Ses pires soupçons sur le matérialisme obsessionnel des étrangers étaient en train de se confirmer.

— Vous êtes maintenant libres de visiter le pavillon et les autres palais à votre guise, dit le guide abruptement. Soyez prêts à retourner au car dans quarante minutes.

Elle regarda Yen pour confirmation. Il hocha la tête.

Je me dirigeai vers Sonya et glissai mon bras sous le sien. Rien ne s'était déroulé comme elle l'avait prévu. Une vie entière de combats pour les causes progressistes, de piquets de grève, de sit-in, depuis Seattle jusqu'en Caroline du Sud, tout cela pour en arriver là, à Jérusalem, et se faire jeter par le pape.

Et comme pour enfoncer encore plus le clou, on lâchait ceux dont elle avait la responsabilité dans une salle remplie de trésors assez alléchants pour semer le trouble dans le cœur du plus intègre des radicaux, juste avant le retour dans la mère patrie. Pauvre Sonya !

Elle se dirigea vers la sortie, m'entraînant à sa suite, mais je m'arrêtai pour jeter un dernier coup d'œil au canard. Il était vraiment très beau, bien plus que sur catalogue ou sur la carte postale que j'avais reçue dans ma chambre d'hôtel, à Shanghai. Pendant quelques instants, je me demandai si je ne devais pas parler de ce message à Sonya. Mais je décidai de garder ça pour moi. Ça pouvait très bien être un gag, l'idée que quelqu'un comme Max Freed, par exemple, se faisait de la plaisanterie idéale pour détective. Nous sortîmes du pavillon, et je me retournai, regardant les membres du groupe émerger un à un.

Je ne fus pas surpris lorsqu'ils décidèrent de passer l'après-midi à faire du shopping. Tandis que nous retournions déjeuner à l'Hôtel de Pékin, cette décision apparut comme presque unanime. Seuls Staughton Grey et Li Yu-ying s'opposaient au projet. Nos guides prirent les dispositions nécessaires pour qu'ils puissent visiter le musée de la Révolution. Yen leur servirait de cicérone. J'étais moi-même déchiré entre ces deux possibilités, mais je devais penser à la promesse faite à mes gosses. Et j'avais envie de me balader quelques heures dans les rues de Pékin, juste pour voir.

Mike Sanchez proposa de m'accompagner et nous décidâmes de sauter le déjeuner officiel. Dans un petit café de travailleurs d'une rue transversale, quelques minutes de gesticulations et de hochements de tête nous procurèrent de belles portions de boulettes cuites à la vapeur. Plus tard, tandis que nous nous dirigions vers le Magasin de l'Amitié, nous fûmes suivis par un grand nombre de Chinois curieux. Je pensai tout d'abord que la peau brune de Mike était l'attraction principale, puis je souris, comprenant qu'en Asie communiste nous devions paraître aussi exotiques l'un que l'autre.

Au magasin, nous ne vîmes d'abord aucun des autres membres du groupe. Puis je repérai Harvey Walsh dans un coin, inscrivant son adresse sur une grande caisse de victuailles qu'il se faisait envoyer. Il s'éloigna. A sa droite, derrière une rangée de vestes, Nancy Lemon pliait une écharpe de soie et la rangeait dans une boîte de carton deux fois trop grande. Je vis Ruby Crystal marcher d'un pas vif vers la sortie de derrière, les bras chargés de paquets. Spitzler était au sous-sol, où il achetait des affiches de propagande, qu'il enfournait par douzaines dans des tubes avant de les poster. Max Freed claquait deux cents dollars en cerfs-volants vert et or de la fabrique de Tangshan, les emballant soigneusement avec de petites notes à l'intention de ses multiples relations de l'édition. Chacun était dans son coin, dans son petit monde. Je fis un signe à Natalie Levine, mais elle se détourna quand elle me vit, et Mike s'éclipsa au même moment vers la salle des expéditions. Livré à moi-même, je finis par tomber sur Reed Hadley qui achetait suffisamment de jade pour remplir une bijouterie de taille moyenne à Dubuque.

— Vous voyez ça ? dit-il, soulevant un grand morceau de jade gravé. Trois cent vingt yuans seulement. Combien croyez-vous que ça coûterait à San Francisco ?

— Quatorze dollars, dis-je.

— Ah ! allez ! Vous me mettez en boîte.

Il sourit et me prit le bras pour m'attirer dans un coin.

— Vous savez, commença-t-il, je pensais que j'allais avoir des ennuis pendant ce voyage…, moi, au milieu de tous ces gauchistes… Mais ça s'est bien passé, n'est-ce pas ?

— Oui, Reed, très bien. Vous serez même de retour chez vous deux semaines plus tôt que prévu.

CHAPITRE SEIZE

A cinq heures, j'étais de retour dans ma chambre en compagnie de Mike et d'Harvey. Nous éclusions tranquillement le Jack Daniels de notre ami Chicano.

— Vous savez ce que m'a dit ma nana avant de partir? lança Harvey. Que je ne devais pas me casser la tête, que la politique, c'était le trip des années soixante. (Il finit son verre et Mike lui en versa un autre.) Je crois qu'elle n'avait pas tort.

— Autant liquider le vieux Jack, fit Mike. Là où on va, on en trouve dans tous les drugstores... Merde, ça me rappelle que j'ai claqué tout mon fric pour ce voyage, et voilà le résultat.

— Qu'est-ce qui s'est passé? demandai-je.

— Personne ne sait! dit Harvey.

— Et ce dîner au Canard de Pékin va coûter les yeux de la tête, fit Mike.

— Tu n'as pas à t'en faire, assura Harvey. Tu as une bourse, n'est-ce pas?

— Dis donc, vieux, répondit Mike, je ne sais pas ce qu'il en est pour toi, mais, moi, je gagne ma vie à la sueur de mon front. Ils bloquent mon salaire quand je ne vais pas bosser... et j'ai cinq gosses.

— Cinq gosses? fit Harvey, plutôt étonné.

— Eh ben, quoi ? dit Mike. On entre pas à Santa Barbara quand on a cinq mômes ? Tu sais, j'ai eu envie de t'en parler depuis le début du voyage. Toutes tes histoires de rencontres de groupe et de... de potentiel humain, ça te fait perdre contact avec le monde réel. Tout le monde ne vit pas sur ton nuage spirituel.

Harvey se préparait à lancer une contre-attaque sans trop de conviction quand la porte s'ouvrit. C'était Natalie, habillée pour le dîner d'un ensemble élégant et d'un chapeau à large bord, comme ceux qu'elle portait pour ses campagnes.

— Salut, tout le monde, dit-elle. J'ai une autre surprise pour vous.

Nous nous cramponnâmes à nos sièges.

— Ana est de retour, annonça-t-elle.

Un soupir de soulagement emplit la pièce.

— Elle va très bien. Et elle a eu une très bonne idée. Elle dit que nous devrions tous demander au gouvernement chinois le remboursement immédiat de nos frais.

— Hé, c'est une idée géniale ! s'exclama Mike. Je suis d'accord.

Je ne pus m'empêcher de sourire. Natalie Levine dans son ensemble à huit cents dollars, qui se préoccupait de remboursement, c'était pour le moins absurde. Elle dut lire mes pensées, car moins de trois minutes plus tard elle nous rappela que sa campagne avait fait un trou de plus de cent mille dollars dans sa caisse.

Nick et Max arrivèrent. Bientôt, les membres du groupe au complet se retrouvèrent dans notre chambre. Tout le monde était sur son trente et un, autant que faire se peut en République populaire de Chine, et je me sentis devenir brusquement sentimental à l'idée que notre première soirée ensemble allait être aussi la dernière. Je commençais à bien les aimer, les membres du Groupe n° 5, malgré leurs défauts. Même l'arrivée de

Reed, Fred et Nancy ne put entamer ma bonne humeur. Staughton et Li Yu entrèrent ensuite, suivis par Sonya, Ruby et Ana. Certains d'entre nous se levèrent pour l'embrasser. C'était bon de la voir sur pied.

Nous prîmes l'ascenseur tous ensemble, au grand affolement du liftier, car la charge maximum était de douze personnes. Nos guides nous attendaient dans le hall. Nous les suivîmes jusqu'au car, qui stationnait devant l'hôtel.

Le restaurant n'était pas très loin, à dix minutes de Tien-An Men, tout au plus, au sud de la porte Chien Men. L'extérieur, une simple porte au rez-de-chaussée d'un immeuble décrépi, était assez peu engageant. L'intérieur ne valait guère mieux. En fait, l'établissement gastronomique le plus célèbre de toute la Chine ressemblait à la soupe populaire de n'importe quelle grande ville américaine. Bien éclairée et austère, méticuleusement propre, comme perpétuellement briquée par une équipe de Soldats du Christ consciencieux.

On nous conduisit au premier étage, dans une salle à manger privée où deux tables rondes étaient dressées pour le repas. Dans un coin séparé, les fauteuils et divans habituels trônaient devant des tables chargées de tasses à thé et de cigarettes. Nous nous installâmes au salon. Le plus âgé de nos guides locaux, un homme corpulent d'environ soixante ans que nous n'avions vu qu'à l'aéroport, s'assit sur le divan central, près de Sonya. On nous distribua des serviettes chaudes et nous nous essuyâmes les mains et la figure pendant qu'on servait le thé.

Le vieux guide prit alors la parole :

— Nous autres Chinois, nous avons une expression que les membres de ce groupe trouveront sans doute très appropriée aux circonstances : « Il y a un gigantesque chaos sur les cieux et la situation est excellente. »

Je sais que votre séjour en Chine ne correspond pas à ce que vous attendiez, ni à ce que nous attendions. Mais soyez assurés que nous faisons notre possible pour remédier aux désagréments que vous avez subis ici, et que les groupes à venir profiteront de votre expérience malheureuse... Normalement, nous saisissons cette occasion pour faire de longs discours et porter des toasts à l'amitié entre les peuples de nos deux pays, mais, vu ce que vous avez traversé, cela ne semble pas très approprié. Nous nous dispenserons donc des formalités et passerons directement au dîner.

Il désigna les tables d'un hochement de tête.

— Je vous en prie, allons dîner, ajouta-t-il.

La sollicitude du guide nous parut suffisamment sincère pour que nous l'applaudissions. Puis nous nous levâmes et nous nous dirigeâmes vers les tables. Sonya et le vieux Chinois prirent place. Nous restâmes debout, hésitants, car aucune place officielle ne nous avait été assignée. En toute hâte, Liu se chargea de remédier à cet oubli, envoyant Mike et Staughton, ainsi que Ana, Ruby et Natalie, à l'autre table. Yen les rejoignit, s'installant entre Ruby et Staughton.

— Pourquoi n'iriez-vous pas? me demanda-t-elle.

— Non, non, intervint Nancy en faisant un clin d'œil. Moses va s'asseoir près de vous.

Liu parut embarrassée.

— Il vous trouve mignonne, dit Nancy.

— Mignonne n'est pas vraiment le mot, maugréai-je, mais nous étions déjà assis l'un près de l'autre, en face de Sonya et du guide.

— Comment s'appelle-t-il? demandai-je à Liu en désignant le vieil homme qui regardait ses ouailles avec un sourire bienveillant.

— Camarade Tseng Ssu-yu, président du Comité révolutionnaire du Service de Voyages internationaux de Chine et ancien ambassadeur en Inde. Il a été le guide personnel de Kissinger à Shanghai et Hangshow.

Impressionné, je le regardai. Il paraissait si simple, si modeste, comme le vieil oncle gâteau qui raconte des blagues aux enfants durant les réunions de famille pendant que le reste de la famille regarde le match de foot à la télé. Il étendit les bras en un geste de plaisir quand les plats de concombre et d'échalote et les bols de sauce brune furent posés sur la table.

Liu me donna le nom de la sauce :

— Hoisin, dit-elle. Vous n'avez jamais mangé de canard laqué ?

Je fis non de la tête.

— Dans les restaurants chinois, chez nous, il faut le commander vingt-quatre heures à l'avance et je n'y pense jamais.

— Oui. C'est très long. Il faut gonfler la peau avec un tube, verser de l'eau bouillante sur le canard cinq ou six fois et le laisser suspendu par le cou pendant plusieurs heures avant de le faire rôtir.

Un jeune serveur timide apparut, tenant d'une main un plateau où reposait notre canard. Il le montra avant de l'emporter pour le faire découper.

— A quoi pensez-vous ? demanda Liu.

— Je me sens comme un condamné qui va prendre son dernier repas.

Elle rit.

— Ne mangez pas trop. Ce que nous prenons quelquefois pour notre dernier repas ne l'est pas forcément.

Je la regardai longuement tandis qu'un autre serveur entrait le plateau de hors-d'œuvre. Une jeune fille nous versa du mao-tai et du vin de prune.

Le camarade Tseng se leva, tenant bien haut son verre de mao-tai. Nous l'imitâmes.

— *Gambei*, dit-il en avalant le mao-tai cul sec.

— *Gambei*, fit Sonya en buvant d'un trait.

Nous les acclamâmes. Tseng regardait Sonya, l'air ébahi.

— C'est comme de la slivovitz, expliqua-t-elle pendant qu'on remplissait à nouveau son verre.

Tseng porta un second toast.

— Que l'avenir soit fait d'amitié !

— Je bois à ça ! déclara Sonya.

Et ils engloutirent tous deux leur mao-tai.

Nous commençâmes le repas par le plateau de p'in pas — hors-d'œuvre chinois. Vint ensuite le fameux canard laqué. Il était découpé en morceaux, eux-mêmes coupés en lamelles. Chaque partie de l'animal était servie sur un plat différent. Le cœur, une délicatesse, était présenté à part, dans un bol, et dégusté sans accompagnement. Le reste de la viande se mangeait avec des petits pains au sésame ou de fines galettes. Liu nous montra comment faire des sandwiches en plaçant un petit carré de canard croustillant sur la galette, avec un peu d'échalote et de concombre, puis en ajoutant du hoisin avant de rouler le tout comme un cigare.

Je dus avaler une bonne quantité de ces sandwiches, le tout copieusement arrosé de mao-tai, car je commençai bientôt à voir le monde à travers un filtre. En face de moi, Sonya se beurrait tranquillement en compagnie du camarade Tseng. Il y avait bien longtemps que je n'avais vu ma tante regarder un homme de cette façon. Je repensai à ces histoires de famille parlant du bon vieux temps où Sonya était organisatrice dans les immeubles communautaires du Bronx, et à ce petit ami qu'elle n'avait jamais épousé.

— Je ne sais pas ce que je vais raconter à M. Bittleman, l'entendis-je dire.

Elle faisait allusion à son ami actuel.

— Qui est M. Bittleman ? demanda Tseng.

— Un de mes amis, en Amérique. Il prétend que le salut de l'homme passe par Dieu, et moi j'affirme qu'il passe par l'homme.

— L'homme et la femme, corrigea Tseng.

— Bien dit, frère, fit Sonya en éclusant un autre mao-tai.

Ça commençait à devenir larmoyant.

Je voulus moi aussi continuer à faire honneur à l'alcool chinois, mais mon verre était vide. J'attrapai la bouteille de vin de prune. D'habitude, je trouvais ça trop doux, mais aujourd'hui c'était parfait. Encore une minute, et j'allais être totalement anesthésié.

Etant donné mon état, ce fut probablement mon conditionnement profond concernant la police — une aversion totale transcendant toutes les limites de classes et de frontières — qui me permit d'être le premier à sentir leur présence. Du moins je crus l'être. Au début, ce ne fut qu'une impression de blanc sur blanc, de serveurs en veste blanche parlant à des officiers de la Sécurité publique en veste blanche sur le palier. Les policiers avaient dû se tromper et penser que les dirigeants syndicaux suédois dînant dans la salle de banquet adjacente étaient ceux qu'ils cherchaient. Pour eux, bien sûr, tous les visages blancs se ressemblent, contrairement aux uniformes de la même couleur.

Ensuite les serveurs parurent discuter ferme avec les hommes de la Sécurité publique, leur demandant d'attendre que nous ayons fini notre repas. Ils parlaient à voix basse, murmurant presque. J'étais toujours le seul à les avoir remarqués.

On nous apporta du canard et Liu me regarda.

— Pourquoi ne mangez-vous plus? demanda-t-elle. Vous n'êtes pas un de ces Américains toujours au régime, au moins?

— Je vais à Tecate tous les ans, répondis-je, vérifiant

par réflexe s'il y avait une autre porte de sortie dans la pièce, bien que cela ne servît à rien.

— Tecate? Où est-ce?

— Au Mexique. On vous descend à huit cents calories par jour et on vous oblige à faire deux ou trois fois le tour du pâté de maisons. Comme ça, je peux manger comme un goinfre pendant les onze autres mois de l'année... Qu'est-ce qu'ils viennent faire ici?

— Qui?

Je désignai les officiers de la Sécurité publique, qui avaient mis un terme à la discussion les opposant aux serveurs. Ceux-ci s'écartèrent et les laissèrent entrer dans la salle à manger.

Souriant poliment, l'un d'entre eux se dirigea vers Tseng et s'entretint avec lui.

— Qu'est-ce qu'il dit? demandai-je à Liu.

— Ils ont inspecté tous les sacs et il n'est pas dedans.

— Quels sacs?

— Vos sacs.

— Nos sacs?

Elle posa un doigt sur sa bouche, tendant l'oreille pour entendre ce que Tseng et l'officier se disaient.

— Qu'est-ce qui n'est pas dedans? demandai-je, pensant immédiatement à la petite provision de Max.

Quel imbécile! Il aurait pu s'en passer pendant trois semaines, surtout en Chine!

— Ne vous inquiétez pas, dit Liu. Il ne se passera rien de grave... s'il est restitué.

Tseng se leva et se dirigea vers la porte avec les autres officiers. Yen les rejoignit. Tous les membres du groupe commençaient à comprendre que quelque chose n'allait pas. Les têtes se tournèrent vers la porte.

Quelques instants plus tard, Tseng retourna à sa place, restant debout derrière sa chaise, jusqu'à ce que toutes les personnes présentes lui accordent leur attention.

— Amis du groupe d'étude n° 5, je crains que vous n'ayez à subir un nouveau changement de programme. Comme vous le savez, votre départ était prévu pour demain midi, sur un vol Pékin-Tokyo. Mais, au vu de circonstances dont nous n'avons eu connaissance que cet après-midi, ce projet me paraît compromis.

Je jetai un coup d'œil aux officiers de la Sécurité publique, qui étaient au garde-à-vous à l'entrée.

— Nous avons retardé le plus possible cette annonce, afin de faire tous les efforts possibles pour éclaircir rapidement ce petit problème, mais il apparaît que la solution ne sera pas aussi simple que prévu.

Quel petit problème ? Qu'est-ce que tout cela signifiait ? Je regardai Liu, mais ses yeux ne quittaient pas Tseng.

— Cette solution se trouve entre vos mains, bien entendu, continua-t-il. Nous comprenons que c'est l'œuvre d'un des membres de ce groupe, deux tout au plus, et qu'un peu de discipline peut suffire à résoudre cette difficulté en quelques heures — qui sait ?

— Oh ! mon Dieu ! qu'est-ce que c'est encore ? s'écria Nancy, incapable de se contenir plus longtemps.

Tseng ne lui adressa pas même un regard.

— Nous ne cherchons pas à punir le ou les membres du groupe qui sont impliqués. Seule la restitution, ou la preuve que la restitution sera imminente, nous intéresse. En attendant, vous devrez rester à Pékin.

— *Qu'est-ce* que ça signifie ? demanda Nick, utilisant le ton de ses plaidoyers pour attirer l'attention de Tseng.

Le président du Comité révolutionnaire du Service de Voyages le regarda et se tourna vers nous tous.

— Un membre de votre groupe s'est emparé d'un trésor d'Etat dans le Jardin Fleuri de l'Ouest entre onze heures trente et onze heures quarante-cinq, ce matin.

— Comment pouvez-vous être sûr de ça ? demanda Max d'un ton agressif.

— Vous êtes les seuls à y avoir pénétré. Après votre visite, le pavillon a été fermé.

— Qu'est-ce qui vous permet d'affirmer que le voleur n'est pas quelqu'un qui travaille là-bas? demanda Fred Lisle.

C'était la question la plus évidente, mais Tseng tenait une réponse toute prête:

— Le taux de criminalité, comme vous le savez sans doute, est très bas en Chine. On vole des bicyclettes, bien sûr. Des appareils ménagers. Des radios. Des petites sommes de monnaie. Mais vous avez remarqué qu'il n'y a pas de serrure aux portes des hôtels, dans les villes que vous avez visitées avant d'arriver à Pékin. En partie parce que notre peuple a un esprit coopératif. Mais aussi parce qu'il serait imprudent pour l'un d'entre nous de voler un étranger. Dans une société égalitaire, que ferait-on d'un Nikon ou d'un manteau de fourrure alors que personne ne possède ce genre de chose? Le voleur ne pourrait ni se servir du fruit de son larcin ni le vendre. Seulement se faire prendre. La même chose s'appliquerait à un des trésors du Jardin Fleuri de l'Ouest, en pire.

— Qu'est-ce qui a été volé? demandai-je.

— Un canard en or.

CHAPITRE DIX-SEPT

Ça ressemblait à une vieille plaisanterie : « Que ceux qui doivent quitter la Chine se lèvent. » Pas si vite, groupe d'étude n° 5 !

Ceux qui étaient assis près de moi dans le car pensèrent sans doute que j'avais perdu la boule. Je ne pus m'empêcher de glousser pendant le trajet jusqu'à l'hôtel. Les autres semblaient d'humeur nettement moins joyeuse.

Je comprenais très bien pourquoi, mais, étant donné les circonstances, les Chinois se montrèrent tout à fait raisonnables. Quand Max Freed poussa les hauts cris et exigea d'appeler le Bureau de liaison américain, le camarade Tseng alla jusqu'à composer le numéro pour lui, bien que, dit-il, ce service eût déjà été informé. L'un dans l'autre, c'était plutôt correct, surtout lorsqu'on sait que notre pays n'avait même pas encore reconnu officiellement la Chine rouge.

Rien d'étonnant à ce que le responsable du Bureau de liaison affirme qu'il n'y avait rien à faire. Les contacts entre le Bureau et le gouvernement chinois étaient très indirects, pour ne pas dire inexistants. Même l'ambassadeur des Etats-Unis en France n'aurait pu intervenir si un événement semblable s'était produit à Paris, compte tenu de l'importance de l'affaire. Le Bureau, bien sûr, allait néanmoins faire de son mieux et nous pouvions, si nous le désirions, faire un rapport complet le lendemain matin.

Je trouvais encore plus raisonnable, pour ne pas dire généreux, que les Chinois ne nous confinent pas dans nos quartiers avant la nuit et nous autorisent pendant la journée à aller et venir à notre gré dans Pékin, à l'intérieur des frontières diplomatiques. Au-delà de celles-ci, de toute façon, il est interdit de circuler sans autorisation. Bien sûr, un Américain blanc, brun ou noir aurait des difficultés considérables à s'échapper d'un pays comme la Chine où règne une organisation hyperdisciplinée, mais c'était malgré tout un geste décent, un geste de courtoisie, et Ana Tzu et Li Yu-ying avaient été autorisés à rester avec nous.

Courtoisie, certes, à moins que les Chinois ne mentent et que le canard n'ait pas été volé. Mais pourquoi feraient-ils ça? N'étions-nous pas assez aliénés ainsi?

— Je sais pourquoi tu ris, dit Nick en se penchant vers mon siège. C'est ton heure de gloire. *Le Meurtre de l'Orient-Express* rencontre le Rideau de Bambou !

— Avec Ruby Crystal dans le rôle du Bambou !

— Ouais.

— Je crois que ça ne rapportera pas un radis, fis-je. Les gens sont trop malsains.

— On peut peut-être convaincre Max Freed d'en faire un feuilleton pour son torchon !

J'étais heureux de constater qu'une autre personne à part moi n'avait pas envie de se jeter du haut de la porte Chien Men. Malgré la fatigue et la terreur ambiante, Sonya voulait que nous nous retrouvions tous dans sa chambre en arrivant à l'hôtel, pour décider de la manière dont nous allions procéder. Je ne voyais pas beaucoup d'options. En fait, je n'en voyais même pas une.

— Il nous reste douze heures, rappela Sonya tandis que nous nous entassions dans la pièce. Si le canard est rendu, nous pouvons encore prendre l'avion demain.

— Il y a quelque chose que je ne comprends pas, dit Mike. Pourquoi les Chinois sont-ils persuadés que nous l'avons, alors qu'ils ont fouillé nos bagages?

— Parce que tu as eu tout un après-midi pour t'en débarrasser, gros malin, fit Natalie. Tu aurais pu le cacher dans trente-six mille endroits à Pékin, ou le mettre dans un beau paquet-cadeau et l'envoyer n'importe où dans le monde.

— La poste principale n'est qu'à quelques centaines de mètres de Chang-An, dit Harvey.

— Comment le savez-vous? demanda Reed.

— Parce que j'ai dû acheter des timbres.

— Vous pouvez en acheter autant que vous voulez à l'hôtel... et poster vos lettres ici!

— Est-ce que c'est une accusation?

— Non, mais...

— Je ne crois pas que vous soyez en contact avec votre vrai moi, mon vieux. Si vous travaillez vos émotions, vous...

— Merde! s'écria Mike. Est-ce qu'on va rester là à écouter ces conneries? Trouvons ce canard et foutons le camp à toute vitesse!

— Plus facile à dire qu'à faire, déclara Fred.

— Ah! et où étiez-vous cet après-midi, señor Don Juan?

— Hé! attendez un peu...

— Et vous, mon vieux Reed? continua Mike. Ce type est encore plus dingue de jade que l'impératrice mère!

— Ce n'est pas du jade, mais de l'or, dit Fred.

— Incrusté de jade blanc! Vous avez oublié?

— Non, je n'ai pas oublié, répondit Fred, en lui jetant un regard lourd d'ironie. Mais je n'ai pas passé une demi-heure dans la salle des expéditions du magasin de l'Amitié.

— Mi-temps! dis-je. Nous n'arriverons nulle part comme ça. Si l'un d'entre nous a le canard en sa possession, il n'est pas près de l'avouer, ni ici ni maintenant.

— Tu as une meilleure idée? fit Max.

— On peut laisser la porte d'une des chambres ouverte cette nuit.

— Et...?

— Et donner au détenteur de l'objet l'occasion de le déposer dans l'entrée. Demain matin, nous allons voir s'il est là. S'il y est, nous filons en délégation le rendre aux Chinois.

— Et s'il n'y est pas? demanda Nick.

— Bienvenue en Chine, dis-je.

L'idée fut acceptée, faute de mieux. La chambre que Sonya partageait avec Ruby servirait de terrain neutre. Après cette mise au point, nous allâmes nous coucher.

Je crois que personne ne fut surpris de ne rien trouver le lendemain matin. Nous nous retrouvâmes tous autour d'une table dans la vaste salle à manger de l'Hôtel de Pékin, chacun scrutant le visage hagard de son voisin pendant qu'on nous servait ce que les Chinois appellent « un petit déjeuner occidental » — du bacon brûlé, des toasts froids et des œufs trop cuits. Comparé au menu de la veille, c'était plutôt déprimant, mais, de toute façon, personne n'avait faim. Nous regardâmes des clients de diverses nationalités entrer dans la salle à manger — hommes d'affaires se préparant à une journée de négociations, touristes appartenant à d'autres groupes qui se frottaient les yeux et réglaient leurs appareils photo avant de retrouver leurs guides pour une nouvelle journée d'étude et d'amitié. Je me demandai ce qu'ils diraient s'ils connaissaient l'étrange sort du Groupe d'étude n° 5.

— Eh bien, Sam Spade, un coup pour rien, lança Nick.

Je haussai les épaules.

— Tu n'as pas d'autres idées brillantes ?

— Je ne sais pas. On pourrait foncer vers la mer et nager jusqu'à Taiwan.

Personne ne rit.

— Bon, je crois qu'il est inutile de tourner autour du pot, décréta Sonya. Notre sort est entre tes mains, Moses.

— Pourquoi ? demanda Staughton.

— Nous n'avons pas le choix. (Elle lui jeta un regard mauvais.) Il est détective !

— Oh ! répliqua Staughton, ainsi la grande progressiste opte pour l'individualisme... Je ne vois pas pourquoi nous aurions besoin d'un détective. Nous sommes des adultes responsables. Nous pouvons régler ce problème en commun, démocratiquement.

— Ah ! ouais ? D'où tenez-vous cette brillante idée ? fit Max.

Natalie s'interposa :

— Je ne sais pas ce que vous en pensez, mais...

— Attendez ! Attendez ! m'écriai-je. J'ai déjà expliqué que je ne suis pas ici pour travailler. Ça tient toujours !

— Tu seras payé, dit Max.

— Tu te fous de ma gueule ou quoi ?

— Mais comment allons-nous sortir d'ici ? J'ai un magazine à faire tourner, moi.

— Du calme, mon vieux. De toute façon, tu ne serais rentré que dans dix jours !

Max, penché au-dessus de la table, s'apprêtait à m'insulter quand un groupe d'Africains très grands, vêtus de robes bariolées, se dirigea vers nous.

— Excusez-moi, dit l'un d'entre eux. Vous êtes Ruby Crystal ?

— Oui, répondit Ruby, légèrement embarrassée.

L'Africain se tourna vers ses amis et lança dans sa langue natale l'équivalent de « Vous voyez ? Je vous l'avais bien dit ».

— La Chine vous plaît ? continua-t-il.

— Plus ou moins, répliqua Ruby.

— Nous, on s'amuse bien. (Il désigna ses camarades.) Equipe nationale de Volley-ball d'Ethiopie. Nous jouons ce soir au Stade des Travailleurs... Ça ne vous ennuie pas ?

Il venait de poser un papier et un crayon devant l'actrice.

Nous la regardâmes signer une demi-douzaine d'autographes.

— A bientôt, on se verra au bar, dit l'homme en souriant.

Puis il retourna vers les autres Ethiopiens s'asseoir à sa table.

— Ils sont *vraiment* baraqués, fit Nancy.

— Bon ! Où en étions-nous ? demanda Max.

— Au même point que tout à l'heure, dit Sonya. Nous essayons de persuader Moses de faire son métier.

— Je suis contre cette idée, décréta Fred.

— Moi aussi, affirma Natalie.

— Pourquoi ? voulut savoir Max.

— Je crois que Staughton est dans le vrai. Nous avons commencé ce voyage en groupe, nous devons continuer à fonctionner en groupe. Nous ne pouvons pas laisser un individu fourrer son nez dans nos affaires personnelles.

— Et puis comment savez-vous s'il est bon? intervint Reed.

— Il *est* bon, fit Max.

— Comment le *savez-vous*? insista Hadley.

— On a fait un papier sur lui.

— Oh! dit Reed, en me regardant comme si j'étais une sorte d'oiseau exotique.

— Ce n'est pas le problème, reprit Staughton. Je suis persuadé que Moses est un détective génial. Nous sommes tous géniaux. Mais nous ferions mieux de suivre l'exemple des Chinois — bien qu'ils ne soient pas extrêmement populaires en ce moment dans notre groupe — et d'apprendre à travailler en tant qu'unité.

— Qu'en pensez-vous, Ruby? demanda Sonya. Vous n'avez pas ouvert la bouche, sauf pour signer ces autographes.

— C'est vrai, dit Nancy. Et puis Ruby a joué dans une série policière à la télé avant de commencer à faire des films, n'est-ce pas, Ruby? *A girl called Sam*, c'était vous.

— Laissez ma carrière en dehors de ça, répliqua Ruby. Et puis on apprend autant le métier de détective en tournant un feuilleton que celui de mécanicien en faisant une pub pour Chrysler. Mais, si vous voulez mon avis, je crois que nous ne sommes pas prêts à remettre notre sort entre les mains de Moses, aussi fort soit-il. Je crois que nous devrions essayer encore tous ensemble, au moins pour une journée.

— C'est de la folie, décréta Max.

— Ecoutez, fis-je. Je n'ai aucune idée sur la manière de résoudre cette affaire, pas plus que vous. Alors ne vous excitez pas à mon sujet. Ça n'en vaut pas la peine.

A ce moment, Yen arriva. Près de lui se trouvait un homme en costume gris, qui devait peser cinquante kilos à peine et mesurer un mètre quarante-neuf avec sa casquette Mao. Mais la dureté de son expression lui donnait un poids qui compensait largement sa petite stature.

— Bonjour, dit Yen. Avez-vous fait un bon petit déjeuner?... Je voudrais vous présenter le camarade Huang, du Bureau de la Sécurité Publique. Le camarade Huang sera responsable des aspects criminels de l'affaire qui vous concerne, bien que Hu, Liu et moi-même restions à votre disposition pour vous assister si besoin est.

Le camarade Huang dit quelques mots à Yen en chinois.

— Le camarade Huang vous souhaite le bonjour et espère que cette affaire sera très rapidement résolue.

Un morceau de blanc d'œuf caoutchouteux restait suspendu au bout de ma fourchette.

CHAPITRE DIX-HUIT

— Allô, papa... On vient juste de recevoir ta pre-
mière carte postale. Ça a l'air chouette!
— Ouais, heu... est-ce que tu peux me passer ta
mère?
— Tu m'entends?
— Oui. Je t'adore, Jacob. Maintenant, passe-moi
ta mère, s'il te plaît.
— D'accord.
— Allô, Moses..., c'est vraiment toi..., de Pékin?
— Ouais.
— Comment est-ce?
— Pas génial.
— Pas génial? C'est incroyable! Est-ce que tu te
rends compte de ce qu'il m'a fallu...
— Suzanne!
— Quoi?
— Tais-toi et écoute!
— Quoi?
— Ecoute-moi et ne répète pas aux gosses ce que je
vais te dire!
— Je ne t'entends pas, Moses.
— Et comme ça???
— Ça va. Je t'entends.

— N'en parle pas aux gosses, mais il se pourrait que je reste en Chine un peu plus longtemps que prévu.

— Quoi?

— Tu as compris ce que je t'ai dit?

— Oui... Qu'est-il arrivé? Tu passes à l'Est ou quoi?

— Bon Dieu, non! Vas-tu m'écouter?

— D'accord, d'accord.

— Les Chinois nous ont mis aux arrêts. Nous pouvons nous déplacer dans Pékin, mais c'est tout. Ils croient que quelqu'un du groupe a volé un canard en or.

— Oh! Et ça dure depuis combien de temps?

— Depuis hier... Bon, je t'appelle pour que tu ne t'affoles pas au cas où tu verrais quelque chose dans les journaux, à cause de Ruby Crystal, de Natalie Levine et des autres... et pour que tu rassures les enfants, qu'ils sachent que je vais bien et qu'ils ne paniquent pas..., voilà. Maintenant, passe-les-moi — non, attends. Attends! Appelle Seymour Bittleman, l'ami de Sonya, et dis-lui ce que je t'ai raconté. Mais, pour l'amour du ciel, sois diplomate. Il risque la crise cardiaque... Bon, maintenant, passe-les-moi.

— Salut, papa.

— Salut, Simon.

— Tu as déjà vu la Grande Muraille?

— Non, pas encore.

— Oh!

— Salut, p'pa.

— Salut, Jacob.

— Pourquoi est-ce que maman a l'air aussi bouleversé?

— Oh! tu sais..., c'est à cause de la tante Sonya. Tu la connais. Elle voulait aller à Shanghai, mais je l'en ai dissuadée.

164

— C'est bien, p'pa.

Je leur racontai encore deux ou trois trucs avant de raccrocher. Puis je regardai la feuille de papier posé sur le bureau de ma chambre d'hôtel. Pour m'amuser, j'avais inscrit quatorze noms : Li Yu-ying, Ruby Crystal, Mike Sanchez, Harvey Walsh, Reed Hadley, Max Freed, Nancy Lemon, Nick Spitzler, Fred Lisle, Ana Tzu, Staughton Grey, Natalie Levine, Sonya Liberman et Moses Wine. J'avais aussi dressé une liste de motifs : l'argent, la vengeance, la colère, la frustration, le sabotage. L'argent était le plus évident, le plus logique aussi. Je repris la liste des noms et barrai Ana Tzu, qui n'était pas à Pékin le jour du vol, ainsi que Moses Wine, présumant que je ne souffrais pas d'amnésie. Certains noms me paraissaient plus suspects que d'autres. Je me préparai à les cocher quand on frappa à la porte. Je me levai et allai ouvrir. C'était Max.

— Où est Mike ? commença-t-il.

— Au bar. On a liquidé le Jack Daniels.

— Bien... Je veux t'engager. Quel est ton tarif en ce moment ?

— Ça dépend. Cent cinquante par jour plus les frais.

— Je te donne le double. Je ne sais plus quoi faire, Moses. Il faut que cette putain d'histoire soit réglée. C'est vital pour moi !

— Comme pour nous tous, non ?

— Allez, ton prix sera le mien. Le fric, ça me connaît, tu le sais.

Il tira son carnet de chèques de sa poche.

— Tu deviens vulgaire, Max.

— Je ne veux pas être accusé d'un truc que je n'ai pas fait.

— Qui t'accuse ?

— J'ai des ennemis dans le groupe.

— Ah! Et qui donc?

— Natalie Levine, par exemple. On a fait un grand papier sur elle il y a deux mois. C'était trois semaines avant qu'elle ne perde les élections.

— Ça fait un bout de temps que je n'ai pas lu ton canard, Max.

— « Natalie Levine, le Libéralisme en limousine. » Ça continuait avec la liste de ses commanditaires : des dirigeants de compagnies pétrolières, des promoteurs, des industriels qui possèdent trois mines d'étain en Afrique du Sud.

— Ts, ts, ts, fis-je.

— Alors?

Max tripotait *la Revue de Pékin*, attendant ma réponse.

— Laisse tomber, Max. Tu sais ce que penseraient les autres si je travaillais pour une seule personne du groupe.

— Tu n'es pas obligé de les mettre au courant.

— Tu ne crois pas qu'ils s'en apercevraient tout seuls?

— Merde, Moses, tu me dois bien quelque chose pour toute la pub gratuite que je t'ai donnée.

— Tu en veux pour ton argent, hein?

— Non, je n'en veux pas pour mon argent. Je n'ai simplement pas envie de finir mes jours dans une prison chinoise pour un crime que je n'ai pas commis... Oh! et puis va te faire foutre!

Il sortit en coup de vent, passant devant Reed Hadley qui s'apprêtait à entrer.

— Qu'est-ce qu'il voulait? demanda Reed.

Il suivit Max du regard jusqu'à ce qu'il disparaisse à l'angle du couloir, puis il ferma la porte.

— Je crois qu'il a peur.

Reed hocha la tête, faisant les cent pas dans la pièce. Il semblait lui aussi prêt à craquer. Il consentit enfin à s'arrêter et leva les yeux sur moi.

— Je ne sais pas comment dire ça sans avoir l'air de dénoncer mes petits copains, mais je crois que c'est Ruby.

— Ruby?

— Vous avez vu comment les yeux lui sortaient de la tête quand elle s'est trouvée devant ce truc?

— Elle n'était pas la seule.

— En tout cas, elle avait réellement envie de l'avoir. Je sais comment ça se passe, quand j'emmène un client voir un bout de terrain à Palm Desert ou à Rancho Mirage et qu'il a décidé de l'acheter à n'importe quel prix. Il se fait carotter jusqu'au trognon.

Hadley ne put réprimer un sourire, tandis qu'il continuait à me regarder, légèrement mal à l'aise.

— Et puis, reprit Reed, vous connaissez ce musée à Pasadena?

— Le musée Norton Simon?

Il hocha la tête.

— Ils ont exposé à l'automne dernier les plus grosses collections d'art de l'Extrême-Orient de toute la côte ouest... et vous devinez qui possédait la collection la plus impressionnante?

— Ruby Crystal?

— Soi-même!

— Nous savons tous que Ruby est une amie des arts.

J'aurais pu ajouter que le catalogue de l'exposition posé sur la table de son salon avait une marque à la page 34.

— Oui, mais ce que nous ne savons pas, c'est où elle est allée avec tous ses paquets en sortant du magasin de l'Amitié, hier. Elle a disparu pendant tout l'après-midi… et elle prétend qu'elle file tout son fric aux grandes causes sociales…

Il fit un demi-tour sur place et braqua son regard sur moi.

— Alors, qu'allez-vous faire ?

— Que vais-je faire à quel sujet ?

— Comment, à quel sujet ? Mais pour Ruby, bien sûr !

— Il y a d'autres suspects, Reed. Si mes souvenirs sont exacts, quelqu'un a inscrit « canard Han » en premier sur sa liste de desiderata, à Hong Kong.

— Ça n'a rien à voir !

— C'est vous qui le dites !

Cette réflexion appartenait à Mike qui se tenait debout dans l'embrasure de la porte. Il avait dû entendre Reed depuis le rez-de-chaussée.

— Vous essayez de prétendre que ça n'a rien à voir alors que…

— Je suis simplement un touriste !

— Tu parles !

Mike se tourna vers moi :

— Nous savons tous que c'est lui qui a fait le coup. C'est le suspect nº 1 du groupe !

— Qui dit ça ? bredouilla Reed.

— Comment, qui dit ça ? Mais tout le monde, *carajao* !

Mike se pencha vers moi. D'après son haleine, je devinai qu'il avait cherché, et trouvé, le meilleur brandy disponible en Chine.

— Pourquoi est-ce qu'on perd notre temps ? On devrait fouiller sa chambre !

— Les Chinois s'en sont déjà chargés. Qui plus est, nous avons rendez-vous au Bureau de liaison dans une demi-heure.

— Tu parles d'une affaire! Qu'est-ce que tu crois qu'ils vont nous dire au Bureau de liaison? De toute façon, ils nous prennent pour des sales communistes! Quel genre de détective es-tu? Fais quelque chose!

— Je ne peux rien faire pour le moment, Mike.

— Bon Dieu, il va s'en tirer les doigts dans le nez, et nous, on restera bloqués à Pékin!

— Sans la Rubia.

— Hé! minute, qu'est-ce que...

— Je crois que tous les membres de ce groupe ont *quelque chose* à cacher, Mike.

Je me levai, glissai la liste dans ma poche et les contournai prestement pour sortir.

En me dirigeant vers l'ascenseur, je rencontrai Ana Tzu. Elle souriait, fredonnant une chanson, et paraissait en forme. Je ne l'avais jamais vue aussi décontractée depuis le début du voyage.

— Comment était Canton? demandai-je.

— Je me sens beaucoup mieux, maintenant, dit-elle; ils m'ont soignée par acuponcture.

— Qu'est-ce qui n'allait pas?

— Ils n'ont pas voulu me le dire.

— Quoi?

— C'était très compliqué, continua-t-elle. Il a fallu beaucoup d'aiguilles.

— Vous avez vu votre famille? lui demandai-je.

Ana sourit.

CHAPITRE DIX-NEUF

Le Bureau de liaison américain à Pékin se trouve dans San Li Tun, un ghetto diplomatique aseptisé, au nord-ouest de la ville, composé de maisons basses, style ranch, accolées à une rangée de hauts bâtiments. C'est presque comme si les Chinois avaient créé leur propre enclave impérialiste à l'envers, consignant les étrangers dans une banlieue autonome, faite de supermarchés et de courts de tennis. Une sorte de Los Angeles miniature, sans autoroutes et sans panneaux publicitaires.

Le Bureau de liaison lui-même nous rappela la Californie du Sud. Les trois taxis que Yen nous avait appelés nous déposèrent devant une porte encadrée de deux palmiers en pots. Le bâtiment de parpaing, haut de deux étages, possédait une grande baie panoramique. Un vélo d'enfant, oublié par le gardien, était posé contre la porte du garage. On se serait cru dans une belle résidence bourgeoise de San Fernando Valley.

Dan McGraw, l'officier de liaison, prenait sa leçon de chinois quand nous arrivâmes. Karpel et Winston, deux délégués du ministère des Affaires étrangères, nous accueillirent. Ils nous firent entrer dans la maison avec les condoléances polies du croque-mort qui s'apprête à vous vendre la plus grosse concession du cimetière. Puis ils nous entraînèrent dans un salon confortable de style américain, où ils nous firent asseoir dans des fauteuils américains datant du début du siècle, afin que nous puissions contempler les tableaux modernes, américains, accrochés aux murs.

— Dieu merci, nous sommes chez nous ! dit Nancy Lemon tandis qu'un serviteur chinois en livrée blanche nous versait du « vrai café américain » dans un service en argent.

— Oui. Vous êtes embarqués dans une drôle d'aventure, dit Karpel.

— C'est une façon de voir les choses, répliqua Natalie.

— Dommage que vous ne soyez pas en fonction pour le moment, madame Levine, continua-t-il. Nous aurions pu déclencher le branle-bas de combat diplomatique et régler cette histoire en douceur.

— Vous avez misé sur le bon cheval, intervint Winston, qui fumait la pipe. Ce canard faisait partie du lot de découvertes archéologiques que les Chinois ont exhibé dans le monde entier.

— Non, il n'y était pas, rectifiai-je. Ils n'ont pas voulu le laisser sortir de Chine.

— Exact, dit Karpel. C'est encore pire.

Il sourit.

— Bientôt ils vous demanderont de faire votre autocritique, ajouta-t-il.

— Je ne crois pas, Bill, affirma Winston, le plus sérieusement du monde. Dommage, pour une fois, qu'ils ne puissent accuser la bande des Quatre.

— Nous voulons savoir ce que vous pouvez faire pour nous, messieurs, déclara Sonya.

Les deux hommes se regardèrent.

— Franchement, madame, commença Karpel, nous ne pouvons pas grand-chose. Comme je l'ai expliqué à

171

Freed hier soir, au téléphone, nous avons les mains liées pour diverses raisons. Qui plus est, je pense que vous savez que nous sommes actuellement engagés dans des négociations épineuses avec le gouvernement de ce pays, à propos de la normalisation de nos relations avec la Chine et de la préservation de nos intérêts légitimes à Taiwan.

— Et nous, que devenons-nous dans tout ça ? demanda Mike.

— Vous êtes dans une position difficile, admit Winston.

Il se pencha vers nous, agitant sa pipe qu'il tenait à la main.

— Ce que les Chinois essaient de faire, expliqua-t-il, c'est de vous pousser à vous engager dans leur propre processus légal. Aussi étrange que cela puisse paraître, ça revient tout simplement à faire sa police soi-même.

— Mais comment peuvent-ils arriver à ça ? demanda Reed, soudain agressif.

— En discutant du problème par petits groupes au niveau du quartier. C'est tout à fait faisable dans un Etat totalitaire. Les sanctions de groupe sont tellement importantes que personne ou presque n'oserait s'y opposer.

— Et n'espérez pas d'aide des avocats, ajouta Karpel. D'après un livre que j'ai lu sur le sujet, il y en a plus à Oakland, Californie, que dans toute la Chine. Les Chinois n'ont pas confiance dans les hommes de loi.

— Vous comprenez, ces gens sont habitués à une sorte d'amateurisme militant, poursuivit Winston, alors que nous, Américains, nous voulons que tout travail soit fait par un professionnel.

Quelques-uns d'entre nous hochèrent la tête. Je compris qu'on nous considérait comme les membres d'une quelconque sous-commission du ministère des

Affaires étrangères et qu'on nous donnait nos instructions.

— Reprenez du café, dit Karpel, désignant le service en argent, qui avait été laissé sur la table Chippendale.

À ce moment, Dan McGraw fit son entrée. C'était un homme affable, qui venait juste d'être affecté en Chine. Mais quelque chose dans les manières des deux types des Affaires étrangères — leur façon de se tenir, de ne pas le regarder en face — me donna à penser qu'ils n'aimaient pas McGraw.

— Quelle impression extraordinaire! Dire que quelqu'un dans cette pièce a réellement volé le canard, commença-t-il en nous serrant la main à tour de rôle. C'est un peu comme si nous nous trouvions dans un de ces romans policiers anglais... avec un avocat... (il regarda Nick), une politicienne... (il salua Natalie d'un signe de tête), une star de cinéma... (il sourit à Ruby) et l'éditeur d'un célèbre magazine... (il se tourna vers Max), sans parler des personnages secondaires tout aussi mystérieux. Cela ne vous ennuie pas si je vous appelle ainsi, n'est-ce pas? Bien que nous soyons dans un pays égalitaire. Pourtant, il me semble qu'il manque quelque chose. Où est Hercule Poirot?

— Ici, s'écria Max en levant mon bras comme si je venais de gagner les quarts de finale mi-lourds du Golden Gloves de Chine. Moses Wine, détective privé, ajouta-t-il.

— Epoustouflant, commenta McGraw.

— Oui, mais les petits malins du groupe ne veulent pas l'autoriser à mener son enquête.

— En a-t-il besoin? S'il est un détective digne de ce nom, il a déjà commencé ses recherches.

Brusquement, tout le monde se tut. Les regards convergèrent sur moi.

— Ne soyez pas paranos, fis-je.

— Bien sûr, vous hésitez, continua McGraw. Comme nous tous… Imaginez dans quelle position je me trouve : le pays le plus riche du monde hésite encore à reconnaître la légitimité du gouvernement de la nation la plus peuplée du monde, alors que ce gouvernement est en place depuis trente ans. Absurde, n'est-ce pas ?

Karpel et Winston donnaient l'impression de vouloir traverser le plancher. Pour un personnage officiel, McGraw était étonnamment franc.

— Je suis sûr que vous comprenez que M. McGraw vous parle en tant que simple citoyen, précisa Karpel, et non en tant que représentant officiel du gouvernement américain.

— Oh ! laissez tomber ça, Bill, fit McGraw. Nous sommes en Chine, à l'orée des années quatre-vingts, pas à une réunion du Club des Vieux Camarades à Kuala Lumpur.

— Ni à un meeting des syndicats à Harrisburg, Pennsylvanie, grommela Karpel, faisant grossièrement allusion à l'ancien poste de McGraw, qui avait été un célèbre médiateur syndical.

— Cela nous arrive souvent, expliqua McGraw, essayant de prendre l'incident à la légère. C'est ce qui se produit quand on nomme quelqu'un de l'extérieur… Bien, je suppose que vous êtes venus nous demander de faire l'impossible. Sauf, bien sûr, si vous affirmez qu'aucun d'entre vous n'a volé ce canard. Dans ce cas, nous *pourrions* vous aider.

Du regard, il parcourut l'assemblée, mais personne ne dit mot.

— Bon, pas d'amateurs, à ce que je vois. L'esprit de groupe n'a jamais été votre fort. (McGraw regarda sa montre.) J'aimerais vous dire de rester, mais c'est le jour de notre premier barbecue texan annuel pour les responsables et le personnel. Je me dois d'assister à l'événement.

— Il est hors de question que cela se passe autrement, dit Karpel.

McGraw hocha la tête et tendit le bras, indiquant la fin de l'entretien.

— Normalement, nous demandons aux groupes de nous donner leur impression sur la Chine, dit-il en nous reconduisant. Nous ne nous déplaçons pas beaucoup, vous comprenez. Vous êtes plus libres que nous d'aller et venir... Mais dans les circonstances présentes...

Il s'arrêta et nous regarda.

— Si j'étais à votre place, j'engagerais cet homme. (Il me donna une tape sur l'épaule et ouvrit lui-même la porte.) Si vous ne le faites pas, vous risquez d'être encore en Chine pour le Nouvel An. L'année prochaine, au fait, c'est l'Année du Cheval... Tenez-moi au courant.

Et la porte se referma derrière nous.

— L'Année du Cheval! grommela Sonya dès que nous fûmes dehors. Qui aurait cru que ces valets des classes dominantes soient aussi accrochés aux vieilles superstitions! (Elle se tourna vers nous.) Mais ce salaud a raison. Nous perdons notre temps. Nous n'arriverons à rien en tant que groupe. Alors, autant donner tout de suite carte blanche à Moses.

— Bon Dieu! s'exclama Reed, nous étions tombés d'accord pour...

— Pour quoi? fit Mike. Je me demande comment un réac comme vous a pu faire partie du voyage!

— Je suis membre de la branche de Palm Desert depuis trois ans, et je paie mes cotisations!

— Je donnerais n'importe quoi pour que vous y soyez en ce moment, à Palm Desert!

— Moi aussi!

— Alors laissez-le faire son travail, bon sang!

— Pas avant qu'elle ne m'ait répondu! (Reed désignait Ruby du doigt.) Je veux savoir où elle était hier après-midi.

— Est-ce que vous m'accusez... ?

— Je ne vous accuse de rien du tout. Je vous ai vue disparaître dans le quartier chinois...

— Le quartier chinois ?

— Appelez ça comme vous voudrez. Ça ne fait aucune différence à mes yeux. Je veux savoir ce que vous faisiez là-bas.

Il regardait Ruby durement. Elle semblait visiblement peu disposée à répondre.

— Alors ?

Elle ne dit rien. Bientôt toutes les têtes furent tournées vers elle.

— On m'avait donné l'adresse d'un acuponcteur, lâcha-t-elle.

— Un acuponcteur ? fit Sonya. Qu'est-ce qui ne va pas ?

— Rien... heu... je... (Ruby était rouge jusqu'aux oreilles.) J'ai entendu dire qu'il avait une méthode pour arrêter le vieillissement grâce aux aiguilles... pour enlever les rides.

— *Umbashrayen!* s'écria Sonya en se tapant le front de la paume de sa main. J'aurai tout entendu !

— C'était une erreur, dit Ruby. Je me sens stupide.

— Bon, est-ce qu'on peut le laisser faire son travail maintenant ? dit Mike, son regard voyageant de Reed à moi.

— D'accord, fit Reed à contrecœur. Si c'est nécessaire...

— Personne n'est opposé à cette idée ? demanda Sonya.

Elle jeta un coup d'œil à Staughton et à Ruby, qui avaient tous deux émis des objections auparavant, mais ils restèrent sans réaction. Sonya parut soulagée. Elle se tourna vers moi :

— Comment veux-tu procéder ?

— J'ai besoin de pouvoir discuter librement avec chacun d'entre vous en particulier. Cela mis à part, je ne sais pas trop ce qui va se passer. Je ne suis pas particulièrement habitué à ce genre d'affaire.

— Vous voulez être payé ? demanda Natalie sans faire le moindre effort pour dissimuler l'ironie de sa remarque.

— Ouais, répondis-je. Je veux que vous m'invitiez tous à dîner quand nous serons rentrés. Mais pas dans un restaurant chinois.

Nous nous entassâmes de nouveau dans les taxis et reprîmes le chemin de l'hôtel. Je n'exagérais pas en disant que je ne savais pas très bien par où commencer. En fait, je n'avais pas l'ombre d'une idée et je me demandais comment j'allais faire si par hasard il m'en venait une. Qui plus est, je ne pouvais comparer cette affaire à aucune de celles dont je m'étais chargé précédemment. En y réfléchissant, toute cette histoire avait un petit air bizarre. Qui avait pu faire ça ? Qui pouvait avoir eu envie de posséder ce canard au point de risquer la détention dans la société la plus étrange du monde ?

J'appuyai ma tête contre la vitre du taxi, essayant d'entrer dans le crâne de l'individu capable de commettre un tel acte. Pendant un moment, rien ne se produisit. Mon esprit restait vide. Puis, brusquement, quelque chose surgit. L'image brouillée d'une Porsche argentée fonçant sur Mulholland Drive. Et une phrase de Sitting Bull que je me rappelai avoir lue quelque part :

« Fais très attention à l'homme blanc, disait l'Indien, car il est étrange. Chez lui, l'amour de la possession est une maladie. »

CHAPITRE VINGT

Cet après-midi-là, je me rendis dans la chambre d'Harvey pour l'interviewer. Le garçon d'étage avait laissé du thé au jasmin brûlant dans un thermos à fleurs et nous bûmes pendant quelques instants sans parler. Finalement, je me décidai à rompre le silence.

— Je voulais commencer par toi, Harvey, dis-je, parce que tu es la dernière personne à avoir pu faire une chose pareille.

— Tu veux que j'arrête ça? demanda-t-il, parlant du magnétophone à cassette posé sur sa table qui distillait du Randy Newman.

— Tu aimes ce truc? fis-je. *Short People?*

— J'arrive à rentrer dedans... Hé, c'était plutôt flatteur, ce que tu as dit.

— Quoi?

— Que j'étais la dernière personne à avoir pu faire une chose pareille.

— Ouais, avec tes histoires de groupes et de machins, tu as probablement résolu toutes les contradictions matérialistes depuis longtemps... Tu as du Cat Stevens?

— Non, je l'ai laissé chez moi. Tu veux écouter *Paul Horn at the Taj Mahal?*

— Absolument.

Il éjecta la cassette de Newman et glissa l'autre prestement.

— Ecoute les aigus, dit-il ; ça me fait toujours penser à Krishnamurti.

— Tu es allé en Inde ? demandai-je.

— Uh-uh. Deux fois.

Je hochai la tête au rythme de la musique.

— Tu trouves que c'est bon ? fit Harvey. Tu devrais entendre ça sur la chaîne que j'ai chez moi.

— Qu'est-ce que tu as ?

— Une Akai AA-1050 quadriphonique avec quatre enceintes de monitoring Advent et un moog.

— Ah ! ouais... Comment tu l'as eue ?

— Par un de mes amis à L.A. qui est producteur de disques. Evidemment, j'ai dû me faire envoyer la platine d'Europe.

— Bien sûr.

— Une Bang et Olufsen, tu vois.

— Très bien... Tu as une vidéo ?

— Ouais..., j'en ai besoin pour mon boulot.

— Pour enregistrer tes... ?

— Mes séances de groupe... ouais. Ça aide les gens.

Je me renfonçai dans mon fauteuil et sirotai mon thé. Sur la table, près du magnétophone Sony de Harvey, je vis un Nikon FF muni d'un fish-eye, un flash électronique Vivitar, un zoom 100 × 300, une paire de jumelles Nikon, une calculatrice-réveil à quartz Casio CQ-I, un Polaroïd SX-70 et une caméra-son Canon. Harvey n'était pas venu en Chine les mains vides. Je me demandai s'il avait tout acheté pour l'occasion ou si la gestalt-thérapie à Santa Barbara rapportait autant que je me l'imaginais.

— A ton avis, qui a fait le coup ? demandai-je.

— Oh! là, j'en sais rien... Je veux dire que je peux deviner aussi bien que toi, mais que je n'ai pas envie de porter des accusations.

— Oh! qu'est-ce que ça peut foutre! dis-je. Vas-y, la porte est fermée. Personne ne nous écoute, à part les services secrets chinois.

Il ne répondit pas.

— Allez, Harvey, donne-moi un coup de main. Vous m'avez tous collé ce truc sur le dos. A moi de sauver tout le monde. Alors, aide-moi.

Il jeta un coup d'œil au magnétophone, puis l'arrêta.

— Bon, dit-il. Je crois que c'est Li Yu. Le jour où on est allé au Grand Monde, il m'a dit que son père avait été complètement dépouillé de ses biens par les communistes. Ils ont confisqué son usine et lui ont pris jusqu'au dernier sou.

— Qu'est-ce que ça veut dire?

— Ça veut dire qu'il croit que les Chinois lui doivent bien ça.

— Ce canard pourrait bien valoir une usine, fis-je, d'après ce que j'en sais. Bon, merci.

— Tu t'en vas?

— Je m'en vais, dis-je.

— Tu ne vas pas me poser de questions?

— Qu'est-ce que tu veux que je te demande? Tu as volé le canard?

— Non.

— C'est bien ce que je pensais, dis-je.

Et je sortis.

Je le croyais. Harvey était peut-être intéressé, mais il faisait partie, comme moi, des frappés de la machine et du gadget. Nous n'aurions pas hésité une seconde entre une Motobécane dix vitesses et un vieux canard de n'importe quelle dynastie.

Dans le couloir, je me demandai si je devais aller chez Li Yu immédiatement. Finalement, je décidai d'attendre et frappai chez Fred Lisle.

— Entrez.

Je poussai la porte. Fred n'était pas là, mais Staughton Grey, son compagnon de chambre, lisait le même numéro de *la Revue de Pékin* que celui que j'avais feuilleté l'autre soir.

— Où est Fred ? demandai-je.

— Avec Nancy, je présume. Qu'en pensez-vous ? Vous vouliez l'interroger ? Il fait un suspect idéal, fils de missionnaire, né en Chine...

— Il est fils de missionnaire ?

— Et le coin est plutôt athée de nos jours, n'est-ce pas ?

— On peut affirmer ça sans se tromper, dis-je, m'apprêtant à sortir. Désolé de vous avoir dérangé.

— Comment votre tante prend-elle tout ça ?

— Elle s'en tirera.

— Les vieux doivent se serrer les coudes.

Je m'arrêtai sur le seuil et le regardai.

— J'ai comme l'impression que vous vous êtes déjà rencontrés tous les deux... dans le bon vieux temps.

Grey se mit à rire.

— Vous ne l'auriez pas reconnue. Elle était très séduisante, mais têtue comme... (il se tut). Alors, quand allez-vous m'interroger ? Vous avez bien l'intention de le faire, n'est-ce pas ?

— Je ne saurais quoi vous demander.

— Ce que je faisais ce soir-là à Hong Kong, par exemple.

— Vous me l'avez déjà dit. Vous rendiez visite à un vieil ami du corps diplomatique britannique.

— Oui, très juste... Qu'allez-vous demander à Fred ?

— Vous m'avez donné la réponse — pourquoi Yen l'avait *spécialement* accueilli à son arrivée.

— Parce qu'il est fils de missionnaire, dit Nancy en entrant dans la chambre.

Elle était seule.

— Où est Fred? lui demandai-je.

— En train de se faire couper les cheveux, aussi bizarre que ça paraisse. Une coupe à la chinoise. Je préfère ne pas penser à la tête qu'il va avoir. (Elle posa une bouteille de mao-tai sur la table.) De toute façon, me dit-elle, il y a quelqu'un qui vous attend en bas. Dans le salon.

Je regardai ma montre. Il n'était que sept heures. Elle était rapide. J'avais déposé le message à peine une demi-heure plus tôt.

— A plus tard, fis-je.

— Souvenez-vous de la peine encourue pour le Sabotage de la Famille, dit Nancy en me faisant un clin d'œil.

Je fis un pas dans le couloir, puis m'arrêtai à nouveau.

— J'ai tout de même une question à vous poser, dis-je à Staughton. Après la visite du Jardin Fleuri, vous êtes allé au musée de la Révolution avec Li Yu?

— Oui.

— Il est resté avec vous tout le temps?

Staughton hocha la tête.

— Alors il n'aurait pas pu poster où cacher quelque chose.

— Pas à ma connaissance.

Je hochai la tête et sortis.

Cinq minutes plus tard, j'étais dans le hall. Je n'avais pas pensé que je serais aussi nerveux. Une sensation que je n'avais pas éprouvée depuis long-temps, mais que je reconnus immédiatement. C'était ce délicieux malaise qui vous prend juste avant de frapper à la porte de votre petite amie. La terrible et merveilleuse souffrance de l'adolescence. Dans les circonstances présentes, cela me parut totalement absurde. Mais cette sensation était là, et bien là, lorsque j'aperçus Liu à l'autre bout de la pièce, qui regardait une tapisserie représentant la Grande Muraille qu'elle avait dû voir des centaines de fois auparavant.

Je m'approchai d'elle en silence et lui dis avant qu'elle ne remarque ma présence :

— En Amérique, je vous aurais offert un verre.

— Habitudes bourgeoises, répondit-elle sans se retourner. Dans votre société, une rencontre entre un homme et une femme ne peut jamais être simple. Il y a toujours des... complications.

— Alors pas de verre.

— Je prendrai un soda à l'orange.

Elle se retourna et me sourit malicieusement. Je fis signe à un serveur qui prenait les commandes d'autres clients de l'hôtel. Nous nous installâmes face à face sous la tenture.

— Vous vouliez me voir ? demanda-t-elle.

— Oui. J'ai quelques questions à poser — et cette fois, il ne s'agit pas de la bande des Quatre.

— Oh ! mais vous ne devez pas oublier que la politique régit tout. Vous vous souvenez de ce que je vous ai dit à propos de « rouge et expert » ?

— Je l'espère.

— Et vous devez faire toujours la distinction entre les contradictions au sein du peuple et les contradictions avec l'ennemi.

— Les contradictions avec l'ennemi, hein ? Je n'en suis pas là, Ninotchka. Ici, à Pékin, on est aux abois. Quelques amis étrangers ne se sentent plus aussi amicaux, brusquement.

— C'est dommage. Mais quelqu'un a pris un canard. N'est-ce pas?

— Oui. Et j'ai été choisi pour le retrouver.

— Ah! le détective a trouvé son affaire.

— Je me demandais si vous pourriez m'aider.

— Mais comment?

— Je parle à beaucoup de gens au cours d'une enquête. J'aurais besoin de quelqu'un pour traduire.

— Hu fera peut-être cela pour vous.

— Son anglais n'est pas assez bon... et M. Yen sera trop occupé à pourvoir aux besoins du groupe.

Je la regardai, mais elle ne dit rien. De l'autre côté de la pièce, un couple d'Ethiopiens coinçaient Ruby près du stand de journaux.

— J'aurais aussi besoin d'autorisations pour voir certaines choses et aller dans des endroits interdits, continuai-je. Pour commencer, je veux retourner au Jardin Fleuri de l'Ouest demain matin.

— Ça ne sera certainement pas possible.

— Et je voudrais la collaboration de quelqu'un du Bureau de la Sécurité publique, quelqu'un qui sache se servir de la poudre blanche et du bloc encreur.

— Mais il n'y avait pas d'empreintes digitales, dit-elle. Nous avons déjà vérifié.

— Merci de m'avoir dit ça.

— Vous ne l'aviez pas demandé.

Nous restâmes un moment silencieux, nous regardant. Elle avait des yeux noisette très brillants et un teint jaune pâle tout à fait exquis, de la couleur d'une perle d'ambre pur tenue devant une source lumineuse.

— Ça pourrait devenir gênant, dis-je.

— Que voulez-vous dire?

— Rien.

— Vous feriez peut-être mieux de vous adresser à M. Hu.

— Oh! non. Non.

Soudain, elle se leva.

— Je vous verrai demain, dit-elle.

— Attendez! Encore une question. (Je me dépêchai d'en trouver une.) Quand avez-vous découvert le vol?

— A trois heures de l'après-midi. Les responsables du musée nous ont avertis.

— Nous avons quitté le musée à une heure environ. Ça laisse deux heures pendant lesquelles n'importe qui d'autre aurait pu voler le canard... Est-ce que vous pensez, comme le camarade Tseng, qu'aucun Chinois n'aurait pu le subtiliser?

— Le camarade Tseng est très sage.

— Alors pourquoi y a-t-il des cadenas sur toutes les bicyclettes garées devant l'hôtel?

Elle ouvrit la bouche pour me répondre.

— Attendez! Ne dites rien. Il y a toujours des ennemis de classe en Chine. Même sous la dictature du prolétariat, la lutte des classes continue.

Elle sourit. Je repris:

— Mais aucun Chinois — ennemi de classe ou non — ne se risquerait à voler un objet que les autres ne possèdent pas. Ça ne lui servirait qu'à se faire prendre. Exact?

— Exact.

— Maintenant, dites-moi pourquoi il y a des serrures aux portes de l'Hôtel de Pékin, alors qu'il n'y en avait pas à Shanghai ni à Canton.

— Parce que Pékin accueille beaucoup d'étrangers, répondit-elle.

Ce fut à mon tour de sourire.

— Avez-vous d'autres questions? demanda-t-elle.

Je fis non de la tête.

— *Dzy gen*, lança-t-elle en s'éloignant.

Elle n'avait fait que quelques pas lorsque je l'arrêtai.

— Liu… ?

— Oui ?

— J'ai encore une question à vous poser.

— Oui ?

— L'homme qui est mort dans la commune près de Canton, ce n'était pas un accident, n'est-ce pas ?

Elle attendit près d'une minute avant de répondre.

— Que croyez-vous ? dit-elle.

— Je parie que ce n'en était pas un.

— Les Américains adorent parier. *Dzy gen.*

— *Dzy gen,* Liu.

Je ne la quittai pas des yeux tandis qu'elle s'éloignait. Elle franchit la porte de service menant à l'aile ancienne de l'hôtel. Je traversai le salon et me dirigeai vers la sortie. La nuit était belle et chaude et j'avais envie d'aller faire une balade pour mettre mes idées en place. Je venais d'atteindre la porte quand un homme surgit de nulle part.

— Groupe d'étude n° 5 ? demanda-t-il.

— Oui.

— Il vous est interdit de quitter l'hôtel après six heures du soir.

Il sourit poliment et attendit que je rentre dans le bâtiment. C'était sans nul doute un des sbires du camarade Huang.

CHAPITRE VINGT ET UN

En retournant vers ma chambre, je m'arrêtai devant celle que Li Yu partageait avec Max Freed et décidai d'entrer. Assis sur leurs lits, les deux hommes étaient en train d'écrire des lettres.

— Voilà le Grand Méchant Loup, fit Max. Qui vient — tu vois?

— Je voulais parler à Li Yu une minute.

— Tu préfères que je sorte?

Max posa son papier et son stylo.

— Non…, tu peux rester.

— Des nouvelles du canard?

— Non. Li Yu, vous vous rappelez m'avoir raconté que votre père vous emmenait au Grand Monde lorsque vous étiez petit?

— Oui.

— Ça doit être un souvenir agréable?

— Oui…, plus ou moins.

— Que voulez-vous dire?

— J'adorais le Grand Monde. Mais mon père détestait y aller. Je crois qu'il m'y accompagnait par devoir.

— Je vois… Et ça vous mettait mal à l'aise?

— Oui, bien sûr. Je n'étais qu'un enfant.

— Qu'est devenu votre père?

— Il est mort.

— Où?

— A Chicago.

— A-t-il tout perdu? Après la Révolution.

— Oh! oui. Absolument tout.

— Quoi, plus précisément?

— Deux usines, une maison à Shanghai, une autre au bord de la mer, à Hangchow...

On frappa à la porte.

— Je réponds? demanda Max.

Je hochai la tête.

— Entrez, fit Max.

La porte s'ouvrit. C'était Mike Sanchez.

— Un appel téléphonique, me dit-il. Je crois que c'est pour toi.

— Je reviens dans une minute, dis-je à Li Yu.

Puis je traversai le couloir jusqu'à ma chambre. Le combiné était décroché. Je le pris et le collai contre mon oreille.

— Allô?

— Moses Wine? dit la voix à l'autre bout du fil. Elle appartenait à un Chinois.

— Oui.

— Allez clair et fleuri. Tout de suite.

— Quoi?

— Allez clair et fleuri. Tout de suite.

— Excusez-moi, mais je ne comprends pas.

— Allez clair et fleuri. Tout de suite.

— Hé! qu'est-ce que ça veut dire? Vous parlez anglais?

— Moses Wine?

— Oui. C'est moi, Moses Wine.

— Allez clair et fleuri. Tout de suite.

— Mais qu'est-ce que vous racontez? Que j'aille comment?

188

— Allez clair et fleuri. Tout de suite.

— Quoi ?

Il raccrocha. Je retournai dans la chambre de Li Yu.

— Qui était-ce ? demanda Max. Yen nous annonce que nous partons tous pour le Tibet ?

— Pas exactement. Li Yu, puis-je vous poser encore une ou deux questions ?

— Bien sûr.

— Est-ce que les communistes ont indemnisé votre père pour les usines ?

— Ils l'auraient peut-être fait, mais mon père refusait de s'amender.

— S'amender ?

— A cette époque, les communistes indemnisaient uniquement les gens de la bourgeoisie qui reconnaissaient s'être trompés et promettaient de soutenir la Révolution.

— S'était-il réellement trompé ?

— Les ouvriers de son usine n'étaient pratiquement pas payés et souvent battus. Quant à ses bénéfices, mon père les engrangeait dans des banques étrangères.

— Comment preniez-vous cela ?

— Comment l'auriez-vous pris, dit-il, si vous aviez découvert ce genre de choses à propos de votre père ?

— C'est bien ce que je pensais... Est-ce que les mots « clair et fleuri » signifient quelque chose de spécial pour vous, en chinois ?

— Ils signifient clair et fleuri.

L'évidence même. Qu'attendais-je de plus ?

— Li Yu, pourriez-vous venir avec moi une minute ?

— Que se passe-t-il ? demanda Max.

— Cool, Max. Okay ?

— Je peux peut-être aider ?

— Tu parles chinois ?

Li Yu et moi sortîmes de la chambre. Le gardien d'étage était à son poste, derrière son bureau, mais je passai délibérément devant lui et me dirigeai vers l'ascenseur. Li Yu me suivit.

— Où allons-nous ? demanda-t-il.

Je ne lui répondis pas tout de suite. J'appuyai sur le bouton du second étage et l'ascenseur commença sa descente.

— Je veux que vous trouviez ce que signifie « clair et fleuri ».

— Je ne comprends pas.

— Je ne suis pas sûr de comprendre moi-même, mais un Chinois m'a dit au téléphone : « Allez clair et fleuri. Tout de suite. »

L'ascenseur s'ouvrit au deuxième étage. Li Yu me regarda. Je bloquai la porte du pied pour l'empêcher de refermer.

— Il y a un gardien ici, dis-je à Li Yu. Chaque étage a le sien. J'attendrai pendant que vous irez lui demander ce que veut dire « clair et fleuri ».

Li Yu ne bougea pas.

— Vous êtes nerveux ?

Il hocha la tête.

— Vous n'avez rien à craindre, dis-je. Il ne vous reconnaîtra pas. Vous venez du septième.

— Je n'ai pas l'habitude de ce genre de choses, répondit Li Yu. Je suis professeur.

— Vous n'allez pas me dire que vous n'avez jamais jeté un coup d'œil en douce à la liste des promotions dans le bureau du directeur ?

Il ne sourit pas.

— Ecoutez, Li Yu, je le ferais bien moi-même, mais aucun de ces types ne parle anglais. Je serais immédiatement suspect.

— Vous vous rappelez que je vous ai dit à quel point j'étais surpris d'avoir eu l'autorisation d'entrer en Chine ? Vous n'avez pas idée de l'ordure qu'était réellement mon père.

— Non, mais je devine.

Il secoua la tête.

— Allez, Li Yu, je ne sais pas pourquoi je vous dis ça, mais j'ai l'impression qu'ils vous apprécieront plus à cause de ce geste… S'ils ne le font pas, c'est qu'ils n'en valent vraiment pas la peine.

Il se mordit la lèvre.

— Li Yu ! murmurai-je.

Sans lui laisser le temps de résister, je le poussai hors de l'ascenseur. Il se dirigea vers le gardien d'étage à l'autre bout du couloir. Quelques secondes plus tard, je les entendis parler en chinois. Ils n'avaient pas échangé plus de deux ou trois mots lorsque je vis Li Yu revenir en courant. Il semblait très agité et ne prononça pas un mot avant que les portes ne soient refermées. J'appuyai sur le bouton du septième étage.

— 223 Wang Fu Ching.

— C'est une adresse ?

— Oui. 223 Wang Fu Ching.

— Mais à quoi correspond-elle ?

— Je ne sais pas.

— Il n'a pas voulu vous dire ce que cela signifiait, « clair et fleuri » ?

— Je ne le lui ai pas demandé.

— Oh ! merde.

L'ascenseur s'arrêta au septième et Li Yu jaillit hors de la cabine. Il se retourna brusquement quand il vit que je ne l'avais pas suivi.

— Qu'est-ce que vous faites ? demanda-t-il.

— Je vais trouver le 223 Wang Fu Ching.

— Mais vous n'êtes pas censé...

Je hochai la tête, laissant la porte se refermer. En descendant, je tirai de ma poche un plan des rues de Pékin. La chance étant avec moi, je trouvai tout de suite Wang Fu Ching, une grande artère perpendiculaire à Chang-An sur la droite de l'hôtel. Dénicher le n° 223 n'allait pas être bien compliqué, mais je me demandai comment j'allais pouvoir quitter l'hôtel sans me faire repérer.

L'ascenseur s'arrêta au rez-de-chaussée. Je sortis en face du grand panneau rouge et or clamant : *NOUS AVONS DES AMIS DANS LE MONDE ENTIER*. Le salon était presque vide. Je le traversai en essayant d'avoir l'air sûr de moi et me dirigeai vers le stand de journaux. Là, je fis semblant de regarder les livres et les revues. Des poèmes de Mao en anglais étaient exposés dans la vitrine. J'en lus deux lignes. *L'armée rouge ne craint pas l'épreuve de la Longue Marche, elle se rit de dix mille montagnes et torrents*, et levai les yeux. Personne ne semblait s'intéresser à moi.

Je tournai à gauche et poussai vivement la porte menant à l'aile ancienne. Je me retrouvai dans un salon victorien en piteux état — tapis usés, meubles patinés. Un grand lustre de cristal trônait au centre de la pièce. Toutes ses lampes étaient allumées, sauf une. De l'autre côté de la salle, un couple d'employés de l'hôtel jouaient aux cartes. Ils me regardèrent étrangement, tandis que j'avançais vers eux. Mais je me contentai de tendre une carte postale et de l'agiter dans leur direction, désignant l'emplacement du timbre vide, tel un touriste imbécile cherchant un bureau de poste. Avant qu'ils aient pu me venir en aide, je passai une porte à double battant qui donnait sur les cuisines et enfilai une volée de marches aboutissant à un couloir sombre et étroit. Je n'avais aucune idée de l'endroit où je me trouvais, mais je décidai de me planquer sous la cage de l'escalier et d'attendre quelques minutes, afin de m'assurer que personne ne me suivait. Au bout d'un moment, j'émergeai de ma cachette et m'engouffrai dans le couloir. Il se terminait devant un ascenseur de service. Juste à côté, je vis une trappe. Je choisis cette voie et débouchai dans une allée derrière l'hôtel. Elle était fermée par une barrière cadenassée. Sans me préoccuper des piétons qui déambulaient, je pris mon élan et sautai par-dessus l'obstacle. Je me retrouvai dans Wang Fu Ching.

Il était presque dix heures du soir mais une grande animation régnait encore dans la rue. Je me mis en route, à la recherche du n° 223, passant devant un grand magasin d'Etat et un gigantesque marché qui recevait déjà les provisions du lendemain. Puis je traversai la rue et longeai une série de bâtiments moins impressionnants, petites boutiques engoncées dans des allées, près d'échoppes vendant des nouilles et des boulettes. Un magasin d'instruments traditionnels jouxtait un commerce de plaques de portes, ornées de tigres gravés. A l'intersection suivante, je trouvai le n° 223, une façade nue avec une simple vitre de verre armé, obscurcie par de la vapeur. Un panneau en chinois était accroché au-dessus de la vitrine et d'autres inscriptions, toujours en chinois, s'étalaient sur la porte. Ça ne m'aidait pas beaucoup.

Je reculai de quelques pas, essayant de rassembler assez de courage pour entrer, mais la porte s'ouvrit. Quelqu'un sortit. Depuis ce qui me parut être une salle d'attente, une douzaine de Chinois me dévisagèrent. Avec mon sourire le plus ingénu, j'entrai. Un jeune garçon d'environ seize ans s'approcha de moi et se mit à parler très vite. Je secouai la tête et plusieurs des hommes présents éclatèrent de rire. Le jeune homme plongea la main dans ce qui devait être une caisse et en sortit un ticket, qu'il me tendit. Je compris brusquement que j'étais censé payer et tirais une poignée de pièces de ma poche. Le garçon prit l'équivalent de quinze cents. Puis il me conduisit de l'autre côté d'une porte à battants, dans un couloir carrelé sur lequel s'ouvraient une série de pièces privées munies chacune d'une baignoire. A l'extrémité du corridor se trouvait une grande salle comprenant trois vastes bains communautaires. Une trentaine d'hommes s'y baignaient ou se reposaient sur des chaises longues en bois disposées autour des piscines. Clair et fleuri était l'épithète d'un établissement de bains chinois.

Le jeune garçon m'ouvrit la porte d'une des salles privées, mais je fis non de la tête et désignai les bains publics. Il me regarda comme si j'étais fou — j'avais dû payer pour une baignoire personnelle — puis haussa les épaules et me conduisit là où je voulais aller. Il étala une serviette sur l'une des chaises longues, me tendit une paire de sandales et me montra l'endroit où l'on se changeait. Je m'y rendis et commençai à me déshabiller. Plusieurs Chinois me regardaient depuis les piscines. J'étais sans doute le premier Visage Pâle qu'ils aient jamais vu dans cet endroit.

Tout en continuant mon strip-tease, j'inspectai la salle, me demandai qui m'avait envoyé ici et ce que j'étais censé y chercher. Apparemment, rien ne semblait avoir de sens. Je terminai mon déshabillage, enfilai les sandales et me dirigeai vers les bains. L'eau des trois piscines n'était pas à la même température : un doigt de pied trempé dans la première suffit à démontrer qu'elle était d'au moins dix degrés trop chaude pour tout diable d'étranger qui se respecte. Deux hommes souriaient. Ils semblaient s'amuser beaucoup. Je me laissais glisser dans la seconde piscine. Elle était encore très chaude, aussi brûlante que celle où je m'étais trempé un jour, à Desert Hot Springs. Quarante-cinq degrés au moins.

Cette piscine centrale était la plus fréquentée. Une quinzaine d'hommes y barbotaient tout en se savonnant dans un nuage de vapeur. Quelqu'un me passa un pain de savon brun et je commençai à me frotter. La plupart des Chinois — travailleurs appartenant à des équipes de nuit qui faisaient un détour avant de rentrer chez eux, étudiants qui cherchaient à se changer les idées après une soirée de révision — semblaient très détendus. L'endroit n'était pas luxueux, mais il luisait de propreté, et l'atmosphère était simple et amicale. Malgré les circonstances étranges qui m'avaient conduit ici, je commençais moi-même à me sentir très bien lorsque je crus reconnaître quelqu'un à l'autre bout de la piscine. Peut-être était-ce dû à ce voile raciste à travers lequel nos yeux perçoivent tous les visages jaunes. Pourtant l'homme me regardait fixement. Tout d'abord, je ne le reconnus pas. Etait-ce quelqu'un que j'avais vu dans une usine? Ou un guide? Où avais-je déjà rencontré ce type d'une vingtaine d'années, pas spécialement beau, aux muscles durs et bien découplés?

Brusquement, je sus. C'était l'un des « mauvais éléments », celui-là même qui nous avait jeté une pierre à Shanghai. Qu'est-ce qu'il fabriquait à Pékin? D'après la façon dont il me dévisageait, je conclus qu'il m'avait reconnu. Pendant un dixième de seconde, je ne sus que faire. Devais-je me jeter sur lui? L'éclabousser? Plonger? Finalement, je choisis de lui sourire, de le saluer d'un signe de tête innocent comme si je ne l'avais pas reconnu. C'était un risque à courir. Il me répondit par un froncement de sourcils. J'eus une mimique triste, celle du touriste vexé de ne

pas être apprécié des autochtones. Puis je me détournai et me savonnai les bras et la poitrine, l'air de rien.

Les autres baigneurs me regardaient étrangement,
comme s'ils se rendaient compte pour la première fois
qu'il y avait une présence blanche parmi eux. Je leur
adressai un signe de tête, en essayant de rester calme,
mais mon cœur battait la chamade. Je m'attendais à ce
que le mauvais élément passe à l'attaque. Au bout de
quelques minutes, il grimpa hors de la piscine et se
dirigea vers l'endroit où se trouvaient ses vêtements. Il
m'observait du coin de l'œil tout en s'essuyant. Je ne
levai pas les yeux et ne modifiai en rien mon attitude.
Il s'habilla rapidement et se dirigea vers la porte. Je
continuai à me savonner, persuadé qu'il allait revenir
s'assurer que je ne m'apprêtais pas à le suivre. Je ne
m'étais pas trompé. Deux minutes plus tard il était
debout dans l'embrasure de la porte et me regardait
fixement. Je choisis ce moment pour attraper un autre
pain de savon et le passer sur mon cou et ma tête en
faisant bien mousser. Puis je frappai dans mes mains et
commençai à m'astiquer des pieds à la tête. Les
Chinois pensèrent que c'était l'habitude étrangère la
plus bizarre qu'ils aient jamais vue. L'homme debout
près de la porte eut un sourire ironique et partit.

Je plongeai sous l'eau, me rinçai et bondis hors de la
piscine. Puis je courus vers mes vêtements et les enfilai
sans prendre le temps de me sécher. Sous les regards
médusés des autres clients, je sortis de l'établissement
complètement trempé.

J'arrivai juste à temps pour voir le mauvais élément
s'éloigner à bicyclette. Je me lançai à sa poursuite,
courant sur le trottoir à quelques dizaines de mètres de
lui. D'habitude, j'étais plus discret dans mes filatures,
mais je n'avais pas le choix. De toute façon il m'était

difficile de passer inaperçu. J'avais du mal à ne pas perdre ma proie de vue dans la nuit. Heureusement pour moi, il ne pédalait pas vite et n'allait pas très loin. Au bout de quelques centaines de mètres, il mit pied à terre et traversa la rue. Puis il franchit le portail de ce qui semblait être un parc. Je le suivis, mais, lorsque je pénétrai à mon tour dans le jardin, il avait disparu. Devant moi une série d'allées partaient en serpentant entre arbres et buissons. A ma gauche, la lune éclairait de larges parapets de brique qui se reflétaient dans un plan d'eau. Si mon sens de l'orientation ne me trompait pas, les parapets devaient être l'arrière de la Cité Interdite et la pièce d'eau les douves qui l'entouraient.

Soudain, à dix mètres de moi, j'entendis un cri plaintif. Un homme se tenait au bord du fossé et chantait une ancienne chanson chinoise qui ressemblait à un *canto hondo* espagnol. Un peu plus loin, toujours au bord de l'eau, quelqu'un jouait de la trompette. Cette musique-là était plus moderne, une sorte de croisement entre le jazz des années trente et les marches traditionnelles. Je suivis une des allées, comme si j'étais attiré par la musique, quand quelque chose surgit de l'obscurité et fonça vers moi.

Je vis un poignard étinceler à la lueur de la lune, une lame fondre sur moi.

A la dernière seconde, je me jetai à terre et roulai vers les buissons.

Je ressortis de l'autre côté du taillis, tremblant de tous mes membres. Je vis des gens non loin de là et me dirigeai rapidement vers eux. Près d'un mur de pierre, un groupe d'hommes s'exerçaient aux arts martiaux. Quelques-uns d'entre eux avaient les cheveux longs à la Beatles. Je n'avais pas vu cela depuis Hong Kong. Un peu plus loin, des vélos étaient appuyés deux par deux contre des piles de briques de construction et on pouvait apercevoir deux paires de jambes entremêlées. De toute évidence, je me trouvais dans une partie de la Chine où l'on n'emmenait pas les touristes.

Je continuai à avancer sous une rangée de lampadaires et passai de l'autre côté du fossé. Je vis le joueur de trompette. Il était assis sur un rocher, son instrument pointant vers l'eau. Près de lui, deux types parlaient à l'abri d'un buisson. Le premier des deux était un homme chauve et trapu, vêtu d'un T-shirt jaune. L'autre était le mauvais élément. Ils se disputaient et le chauve fit mine de s'en aller. L'autre voyou l'attrapa au collet et le tira vers lui, levant sa main disponible en une manchette menaçante. Puis ils eurent quelques mots violents qui couvrirent un instant le son de la trompette. Je me cachai derrière le buisson et m'approchai. A cet instant, le chauve fit un pas en arrière, tira une liasse de billets et les donna un par un au mauvais élément. A l'illustration représentant des travailleurs et des paysans, je vis qu'il s'agissait de billets de dix yuans, les plus grosses coupures existant en Chine populaire.

CHAPITRE VINGT-DEUX

— Bon Dieu, où étais-tu passé ? dit Mike à la minute même où je franchissais le seuil de notre chambre.

— Je suis allé prendre un bain, répondis-je. Attends une seconde.

Je me dirigeai vers la salle de bains, pour remettre un peu d'ordre dans ma tenue.

— Au cas où tu ne le saurais pas, tu es dans la merde jusqu'au cou. Le camarade Huang t'a cherché partout.

— Le camarade Huang ?

— Ouais, il était là il y a une heure. Yen l'accompagnait, pour traduire. J'ai dit que je n'avais aucune idée de l'endroit où tu te trouvais.

Je revins dans la chambre.

— Est-ce qu'il savait que j'avais quitté l'hôtel ?

— Non, pas encore.

Dire que je m'étais donné un mal de chien pour ne pas me faire repérer.

— Il veut te voir immédiatement.

— A minuit moins le quart ?

— Il m'a ordonné de t'envoyer au neuvième étage, dès ton retour.

Mike me regardait avec un sourire légèrement

moqueur, comme s'il était content de me voir dans le pétrin.

— Tu n'aurais pas piqué le canard, par hasard? demanda-t-il.

— Si, répondis-je. Le masque de Toutankhamon aussi.

Je sortis et me dirigeai vers l'ascenseur. J'appuyai rageusement sur le bouton d'appel. Le neuvième étage était entièrement vide, et je parcourus le couloir dans presque toute sa longueur avant de repérer une lueur sous l'une des portes. Je revins sur mes pas et frappai.

— Entrez, dit une voix neutre.

Je poussai la porte et pénétrai dans une salle de conférences. Le camarade Huang était assis à la tête d'une longue table, en compagnie de Yen, de Liu et d'un autre cadre que je ne reconnus pas. Tante Sonya se trouvait à l'autre bout de la table. Elle paraissait bouleversée. Huang me fit signe de m'installer, puis dit quelques mots et se tourna vers Yen, qui traduisit.

— Bonsoir, monsieur Wine. Nous vous attendions.

— Désolé.

— Où étiez-vous?

— J'étais sorti me promener.

Yen fronça les sourcils et traduisit ma réponse à Huang.

— Et où vous êtes-vous promené, monsieur Wine?

— Je ne sais pas. Je n'arrive pas à lire le nom des rues.

— Vous comprenez, bien sûr, qu'aucun des membres de votre groupe n'est autorisé à quitter l'hôtel après six heures du soir?

— Oui, heu!... j'ai dû oublier.

Yen s'entretint avec Huang à nouveau. Leur conférence dura un peu plus longtemps cette fois-ci.

— Le camarade Huang dit que le camarade Soon de la Sécurité publique vous a rappelé ce point du règlement à dix-neuf heures quinze, très précisément, heure à laquelle vous avez tenté de sortir de l'hôtel par la porte principale.

— C'est exact, fis-je. Je, heu... J'aurais dû m'en douter. Je n'y peux rien, c'est dans ma nature — ce que vous appelez individualisme bourgeois. Il fallait absolument que je sorte pour voir un peu les choses par moi-même.

Je jetai un coup d'œil à Liu, qui ne broncha pas.

— Et qu'avez-vous vu, monsieur Wine ?

— Oh! vous savez, rien d'extraordinaire. Pékin la nuit : des gens qui se promènent, en mangeant des nouilles. J'ai regardé quelques vitrines... et je me suis arrêté au Mémorial de Mao.

Yen fronça à nouveau les sourcils et traduisit mes paroles. Je savais qu'elles ne seraient pas très convaincantes en chinois. Elles ne l'étaient déjà pas en anglais. Huang sortit un crayon de la poche de sa veste grise et se mit à gesticuler avec emphase.

— Le camarade Huang tient à vous rappeler qu'un grand privilège a été accordé à votre groupe. Vous avez été traités en vrais amis étrangers.

— Je comprends.

— Il veut aussi vous signaler que vous êtes investi d'une responsabilité spéciale, en tant que personne choisie par votre groupe pour retrouver l'objet manquant. Vous devez donc être exemplaire en tous points, au-dessus de tout reproche. Comme l'a écrit le Président Mao, un cadre doit être modeste et prudent et se garder de l'arrogance et de l'impétuosité. Il doit être pénétré de l'esprit d'autocritique.

Je regardai Liu. Elle observait Yen tandis qu'il traduisait le discours de Huang. Le responsable de la

Sécurité s'interrompit et prit une enveloppe. Mes yeux se posèrent ensuite sur Sonya. L'angoisse était peinte sur son visage.

— Alors voulez-vous nous dire maintenant où vous êtes allé, monsieur Wine? dit Yen.

Je commençai à fabriquer une vague réponse quand Liu se mit à parler en chinois. Yen lui répondit sèchement. Elle continua, mais Huang interrompit brutalement la conversation en tendant l'enveloppe à Yen.

Le guide me regarda.

— Malheureusement, nous devons faire face à un problème urgent, dit-il. Cette lettre est arrivée par câble à l'Hôtel de Pékin vers vingt heures. Elle vous est destinée.

Il me tendit l'enveloppe. Je l'ouvris. Elle contenait deux feuilles de papier. La première était un ordre de paiement à mon nom pour la somme de quinze mille dollars. La seconde était une note courte, écrite sur un papier à lettre élégant et personnalisé. Elle disait: *Merci d'avance. Arthur Lemon.*

Ma première impulsion fut d'éclater d'un rire hystérique, mais un regard me suffit à constater que personne ne partageait mon sens de l'humour.

— Nous espérons que vous avez une explication à nous fournir, monsieur Wine.

— Oui, bien sûr. Arthur Lemon est le mari de Nancy Lemon.

— Nous savons cela.

— A Los Angeles, il a voulu m'engager pour surveiller sa femme.

— Surveiller sa femme?

— Oui, hum!... s'assurer qu'elle ne commettrait pas de sabotage de la famille.

— Je vous ai dit qu'il s'occupait de ce genre de choses..., vous vous rappelez? interrompit Sonya.

202

Yen fit son rapport à Huang. Je me tournai vers Liu, mais elle évita mon regard.

— Et que lui avez-vous répondu? demanda Yen.

— Je lui ai dit que ça concernait sa femme. Je ne voulais pas me mêler de ça.

— Pourtant il vous a envoyé quinze mille dollars…

— Il est riche.

Je haussai les épaules. Je savais que cela paraissait absurde. Même aux Etats-Unis, des honoraires pareils auraient été absurdes. En Chine cela devait faire l'effet d'un premier versement pour l'achat du navire de marbre de l'Impératrice.

— Assez riche pour acheter un canard de la Dynastie Han? dit Yen.

— Peut-être.

— Où étiez-vous, ce soir, monsieur Wine.

— Je vous l'ai dit, je me suis promené dans Pékin.

Yen ne me quittait pas des yeux. Je savais qu'il ne me croyait pas, mais je décidai de me taire pour le moment. Après ce qui parut être un silence excessif, Huang se remit à parler. Sa voix était monotone et très basse, presque inaudible. Il ne brandissait plus son crayon. Il ne bougeait pas. Ses yeux étaient braqués droit devant lui. Ils ne cillaient pas.

— Notre point de départ, traduisit Yen, est de servir le peuple de tout notre cœur et de ne jamais nous éloigner, même pour un instant, des masses, d'agir toujours dans l'intérêt du peuple et non dans celui d'un individu ou d'un groupe restreint.

Il s'arrêta pour laisser Huang continuer. Je passai ma main dans mes cheveux. Ils étaient encore humides. Je me demandai s'ils l'avaient remarqué. Une tache sombre s'étalait sur le devant de ma chemise.

— Les masses, reprit Yen, et elles seules, constituent un véritable bastion qu'aucune force au monde ne peut détruire, ni les propriétaires, ni les riches paysans, ni les contre-révolutionnaires, ni les mauvais éléments, ni les droitistes, ni les renégats, ni les agents de l'ennemi, ni les suppôts du capitalisme non repentis. Le Parti est le serviteur des masses. C'est pourquoi nous devons suivre les règles de discipline suivantes : 1. — l'individu est subordonné à l'organisation ; 2. — la minorité est subordonnée à la majorité ; 3. — le niveau inférieur est subordonné au niveau supérieur ; 4. — tous les membres sont subordonnés au Comité central. Quiconque viole ces règles brise l'unité du Parti.

Il s'arrêta à nouveau. Je pris une profonde inspiration. Cette rhétorique commençait à me déprimer. Yen et Huang ressemblaient à des personnages tirés d'un film de propagande chinois des années cinquante — le Péril jaune prêt à mourir pour son Président. Même Liu me faisait cette impression. Et Sonya, en bout de table, était leur dupe pathétique.

— Aussi, monsieur Wine, les organismes d'Etat doivent-ils pratiquer le centralisme démocratique. Ils doivent s'appuyer sur les masses, et leur personnel est tenu de servir le peuple. Pour ces raisons nous avons décidé de changer notre ligne de conduite. Votre groupe n'a plus qu'une journée pour rendre le canard. S'il n'est pas restitué, nous n'aurons pas d'autre choix que de vous mettre en détention préventive et confier cette affaire à la branche du Bureau de la Sécurité publique spécialisée dans le traitement des affaires criminelles et des jugements de groupe.

Je jetai un coup d'œil à Sonya.

— Qui plus est, monsieur Wine, continua Yen, vous n'êtes plus autorisé, vous personnellement, à quitter ce bâtiment, à moins d'être accompagné par un officier du Bureau de la Sécurité publique ou par un guide du Service de Voyages internationaux.

Sur ces paroles, Huang et le cadre qui n'avait rien dit se levèrent et sortirent de la pièce. Yen et Liu restèrent quelques instants, puis Yen se mit debout. Pendant un dixième de seconde, je crus que Liu allait le laisser partir seul, mais elle repoussa sa chaise et nous souhaita bonne nuit.

— Et mon autorisation pour retourner au Jardin fleuri de l'Ouest? lui demandai-je en l'arrêtant à la porte.

— M. Hu vous y emmènera, dit-elle. (Elle désigna le chèque.) N'oubliez pas ça.

Et elle sortit. Sonya et moi restâmes seuls.

— J'aurais voulu que le camarade Tseng soit là.

— Quelle différence cela aurait-il fait?

— J'aime bien le camarade Tseng.

— Ils sont tous pareils, Sonya. Ils portent les mêmes choses, apprennent les mêmes choses, disent les mêmes choses et font les mêmes choses.

— Mais ces choses sont bonnes.

— Sonya, comment peux-tu encore dire ça?

— Tu es si jeune.

— Je ne vois pas le rapport.

— Tu es si jeune, répéta-t-elle comme une litanie funèbre.

— Et comment, je suis jeune! Et si c'est ça être jeune, je veux le rester toute ma vie!

— Où étais-tu?

— Ça ne te regarde pas.

— Oh! alors, c'est comme ça, hein?

— Tu croyais que j'allais te le dire? Tu courrais probablement le répéter au camarade Tseng et nous passerions le reste de nos jours dans un camp de travaux forcés.

— Tu penses vraiment qu'ils sont tous pareils?

— Non, je vais te dire quelque chose. Je ne pense pas qu'ils soient tous pareils. Certains sont des merdes fascistes, les autres sont des merdes tout court!

— Moses!

Elle paraissait mortifiée.

— Okay... okay..., fis-je.

— Sale petit raciste!

— D'accord..., d'accord. Je suis raciste... Non, je veux dire que je ne suis pas raciste. En tout cas, je ne veux pas l'être. Mais qui que je sois, ton cher camarade Tseng nous a sans doute joué un tour de cochon.

— Qu'est-ce que tu essaies de dire?

— Il nous a affirmé qu'aucun Chinois ne volerait un objet précieux.

— Et alors? Tu as découvert le contraire?

— Je ne sais pas. Mais je suis sûr que le mauvais élément qui a ramassé un paquet de billets de dix yuans près des douves de la Cité interdite, ce soir, n'était pas Jessie James.

CHAPITRE VINGT-TROIS

Cette nuit-là, je me souvins de mes rêves. D'habitude, je ne me les rappelle jamais, mais je me réveillai plusieurs fois, pour regarder les murs, et me forçai à me les remémorer.

Ça se passait il y a longtemps, dans les années trente probablement, et je me trouvais dans une ville chinoise. Shanghai peut-être. Je ne sais pas ce que j'y faisais. J'étais une sorte de reporter, et je buvais du gin accoudé à un bar de chêne, entouré d'un tas d'Anglais en veste de tweed, écoutant leurs ragots, leurs blagues salaces et lamentables. Un petit serveur chinois entra et me tira par la manche, en me disant quelque chose comme : « Venez, patron, elle est là. Venez, patron. » Nous sortîmes du bar par la porte de derrière, où un rickshaw nous attendait. Le conducteur me fit un petit salut en portant la main à son chapeau et je grimpai à côté d'une Chinoise vêtue avec une grande élégance. Un voile couvrait son visage.

— Nous devons faire vite, dit-elle, sinon mon mari va nous trouver.

Elle posa sa main sur la mienne tandis que le conducteur pédalait, nous entraînant à travers les rues de la ville, vers la campagne. Je ne me rappelle pas ce que nous nous sommes dit, mais il devait y avoir une guerre. Des camions de la Croix-Rouge, transportant des mutilés, passaient en convois sur la route.

Nous arrivâmes dans une villa près d'un lac, où nous fûmes accueillis par la servante de la femme qui m'accompagnait. Elle nous tint la porte et nous entrâmes dans un salon décoré de paravents et d'antiquités précieuses. La femme retira son voile. C'était Liu, bien sûr. Je la pris dans mes bras.

Le reste de mon rêve se déroula à toute vitesse. Nous étions en train de manger, puis de faire l'amour sur un lit de cuivre recouvert d'une courtepointe de soie pourpre. Dehors, il pleuvait. Nous avions fait l'amour plusieurs fois, trois ou quatre peut-être, quand Liu sauta à bas du lit et se précipita vers la fenêtre.

— Habille-toi, hurla-t-elle. Ils arrivent.

— Qui? Ton mari?

— Non, les communistes. Ils ne doivent pas nous voir.

— Ne sois pas bête.

Je souris et voulus la serrer contre moi, mais elle avait déjà enfilé sa robe. Je compris qu'elle était sérieuse. Je me levai, m'approchai d'elle et la tins par la taille tandis qu'elle jetait un coup d'œil dehors, entre les rideaux.

— Quelque chose qui cloche? demandai-je.

Elle se tourna vers moi. Son visage exprimait la terreur. Elle se jeta dans mes bras.

— Laisse-moi t'emmener loin d'ici, dis-je en l'entourant de mes bras.

A cet instant il y eut un bruit mat, suivi d'un tintement. On lui avait tiré dans le dos. Un jet de sang inonda la courtepointe. Je me réveillai en sursaut.

Dans la seconde version du rêve, je disais :

— Quelque chose qui cloche?

Et elle répondit :

— Non, je suis communiste, moi aussi.

Puis elle se tournait vers moi, un revolver à la main, et me tirait dans le ventre.

Cette fois-là, je me redressai dans mon lit, regardant fixement le poste de télévision inerte. Mike Sanchez ronflait comme un bienheureux dans l'autre lit. Je dus rester éveillé pendant près d'une heure, que je passai à remâcher mes sombres pensées, à m'allonger inutilement, puis à me rasseoir devant la télé. Ensuite je fis mon troisième rêve.

J'étais enfant et je regardais, avec Sonya et ma mère, les auditions de McCarthy sur notre poste miniature Du Mont.

— Cet homme est le mal incarné ! dit Sonya, son index pointé vers la télé.

— Le mal incarné, répéta ma mère.

— Il est mauvais, dit Sonya, très mauvais.

— Très mauvais, répéta ma mère.

— Pire que mauvais, dit Sonya. C'est le mauvais des mauvais !

— Hé ! mesdames, attendez une minute ! (McCarthy se détourna de son interlocuteur et nous fit face.) Lâchez-moi un peu la jambe. Certaines de ces personnes sont peut-être *vraiment* communistes. Que dites-vous de ça ?

— Rien, fit Sonya.

— Je suis désolé, madame, répondit McCarthy, mais ces gens prônent le renversement par la violence du gouvernement américain.

— Et alors ? dit Sonya. La belle affaire !

— La belle affaire ? Vous avez raison, pour une affaire, c'en est même une sacrée. C'est de votre vie qu'il s'agit, ma vieille !... Et vous, ma poulette ? (Il se tourna vers ma mère qui était plus élégante que Sonya et avait dix ans de moins qu'elle.) Voulez-vous dans votre gouvernement des types qui ont juré allégeance à un pouvoir étranger ?

— Eh bien..., dit ma mère, assez équivoque.

— Vous voyez. (McCarthy se tourna vers Sonya.) Poulette sait, elle. Etre communiste, c'est s'éloigner de ceux qui vous sont chers, embrasser les masses et jeter aux orties votre véritable amour, c'est obéir à un commissaire sans visage et insulter vos propres parents !

— Abraham ! (Ma mère appela mon père. Il entra calmement dans le salon, portant un grand livre de droit.) Est-ce que McCarthy dit la vérité ?

— Oui, ma chérie, répondit mon père.

Je m'éveillai dans des sueurs froides. Et en retard d'une demi-heure pour le petit déjeuner.

Néanmoins, ce n'était pas vraiment un désastre. Les nouveaux ordres du camarade Tseng avaient déjà fait le tour du groupe et, je l'appris plus tard, ma popularité était en baisse. Heureusement, ils avaient déjà tous quitté la table quand j'arrivai dans la salle à manger. J'avalai une tasse de mauvais café et passai au salon, à la recherche de M. Hu. Il n'était pas là. Je laissai un message à la réception et m'installai dans le salon pour lire les dernières nouvelles, en anglais, de l'agence Tsinhua. *(Un paysan, en Chine de l'Est, bat le record de production de blé. Une petite province de montagne donne l'exemple en modernisant les Services des Postes et Télécommunications de sa propre initiative.)* J'étais plongé dans le récit passionnant de la réception marquant le dix-septième anniversaire de l'indépendance de la République du Gabon quand je me rendis compte que quelqu'un était assis en face de moi. C'était Liu.

— Vous êtes prêt ? dit-elle.

— Où est M. Hu ?

— M. Hu a pris un jour de congé. Il n'a jamais eu l'occasion de visiter la Grande Muraille ; il est donc parti avec l'équipe de volley éthiopienne... Vous êtes déçu ?

— A votre avis ?

— Vous êtes peut-être fatigué de ma compagnie?

— Ça m'étonnerait, dis-je.

Elle se leva et me fit signe de la suivre. En sortant, je vis M. Yen qui nous observait depuis le salon.

Un taxi nous attendait en bas du perron, mais Liu hésita.

— Et si nous marchions? proposa-t-elle. C'est meilleur pour la santé.

— Oui, bien meilleur, fis-je.

Elle sourit et nous commençâmes à descendre Chang-An en direction de la Cité interdite, maintenant entre nous la distance d'une voiture — ou peut-être était-ce celle d'un petit bus.

— Comment allez-vous dépenser votre argent? demanda-t-elle.

— Quel argent?

— Celui que vous avez reçu hier.

— Oh! ça. Je ne l'encaisserai pas. De toute façon, il n'est pas à moi. Je n'ai rien fait pour ce type.

— Certains membres de votre groupe auront peut-être une autre opinion.

Je ris.

— Quelle est votre opinion, à vous. Vous croyez que j'ai volé le canard?

— Ce n'est pas à moi de décider. (Elle frappa dans ses mains en un geste de surprise quand un trio de limousines nous dépassa à vive allure.) Regardez! dit-elle, tout excitée. Ils vont au palais de l'Assemblée du Peuple pour le Onzième Congrès du Parti!

De l'autre côté de Tien-An Men, je vis effectivement un grand nombre de limousines, garées devant le palais du Peuple. Les forces de l'armée de libération formaient un *cordon sanitaire* entre les masses groupées sur la place et les cadres qui descendaient de voiture.

— Ça vous rend heureuse? demandai-je.

— Notre pays a traversé une grande période de crise — les tremblements de terre à Tientsin et Tangshan, la mort de trois grands leaders — et pourtant nous sommes toujours ensemble. La Révolution continue !

Elle obliqua à droite, vers la Cité interdite. Je ne tentai pas de rester à sa hauteur. J'avais passé ma vie d'adulte à considérer le nationalisme comme l'une des émotions humaines les plus avilissantes. Son ultra-patriotisme chinois l'éloignait de moi.

Nous passâmes la porte du Midi, puis continuâmes par la Rivière des Eaux d'Or vers notre destination, le Jardin fleuri de l'Ouest. Par rapport à notre première visite, la Cité interdite était pratiquement vide aujourd'hui. C'est ainsi que je l'imaginais au xixe siècle « avec juste quelques courtisans décadents » qui complotaient derrière les murs du palais.

Personne aux alentours du Jardin fleuri. Liu monta les marches du perron devant moi et tira la porte. Elle était fermée.

— Nous allons attendre, dit-elle.

Debout sur la dernière marche, elle guettait l'arrivée du gardien. Sa beauté semblait d'une exquise simplicité devant les ornements artificiels de la porte. J'eus envie de lui prendre la main, ou de la toucher, ou de n'importe quoi d'autre, mais la sévérité des mœurs sociales, la crainte des conséquences, pour moi comme pour elle, ou simplement ma propre timidité m'empêchèrent de le faire.

— J'espère que vous ne garderez pas un mauvais souvenir de la Chine, dit-elle.

— Je ne sais pas quels souvenirs j'en garderai. Ce n'est pas encore fini.

— Non, ce n'est pas encore fini.

Le gardien vint déverrouiller la porte. Il la poussa et s'écarta pour nous laisser entrer.

— Je me souviendrai de vous, fis-je.

— Oui?

— Oui.

Elle sourit et détourna son regard. Je la suivis dans le pavillon. Le gardien resta debout près de la porte, comme une sentinelle, ou un chaperon.

— Alors, voilà comment procède un détective, dit-elle d'une voix qui redevenait sarcastique, tandis que je tournais en rond, scrutant le piédestal vide où quelques jours auparavant, le canard Han avait planté ses pattes de cornaline.

— L'individualisme bourgeois à l'état brut, dis-je. Je travaille seul, ou je vis seul... « Dans ces rues mauvaises, un homme doit descendre, qui n'est pas mauvais lui-même, qui n'est ni souillé ni effrayé. Il doit être le meilleur homme de son monde, et un homme assez bon pour tous les autres mondes. Il est le héros, il est tout. »

Liu éclata de rire.

— Qui a dit ça?

— Raymond Chandler. Vous trouvez ça drôle?

— Non, j'ai de la peine pour lui.

— Pourquoi?

— Comment un seul homme peut-il être tout?

Je la regardai. Je faillis lui parler du Président Mao, mais je me doutais de ce qu'allait être sa réponse. De toute façon ça n'avait rien à voir avec la question. Liu avait raison.

— Eh bien, dit-elle en indiquant le piédestal. Qu'avez-vous découvert?

— Rien.

— Rien?

— Non. D'ailleurs je ne m'attendais pas à découvrir quoi que ce soit.

— Pourquoi?

— Quelque chose dans cette affaire me tracasse

depuis le début. (Je souris.) C'est une réplique de détective.

— Qu'est-ce qui vous tracasse?

— Que quelqu'un puisse se risquer à voler un objet de valeur appartenant au Gouvernement chinois — un objet exposé aux yeux de tous — dix-huit heures avant de quitter la Chine, et espérer s'en tirer.

— J'imagine que le ou la coupable l'a expédié hors du pays.

— C'est une procédure risquée... mais même si cela était, pourquoi n'a-t-il, ou elle, pas pensé que les autorités découvriraient le vol à temps et nous empêcheraient de partir?

— Il pensait peut-être que le Jardin fleuri de l'Ouest resterait fermé.

— Peut-être, dis-je, mais c'est une hypothèse assez vague.

— Quoi, alors?

— Je ne sais pas.

— Ah! le détective est... désorienté?

— Confondu est le mot juste.

Elle eut un sourire espiègle.

— Dans notre société, nous organiserions une réunion de combat.

— Dans votre société je pourrais bien être envoyé dans les provinces pour cinq ans de travaux forcés.

— Ça vous ferait du bien. Vous apprendriez peut-être à vous identifier à la masse des travailleurs et à leurs problèmes.

— Allons, allons.

— Cela vous déplaît? Tout le monde n'a pas l'argent ou le temps nécessaire pour faire le tour du monde et étudier les révolutions des autres. La prochaine fois vous irez peut-être à Cuba ou au Viêt-nam?

— Vous n'allez tout de même pas jusqu'à penser que j'ai volé le canard?

Elle haussa les épaules, me laissant le bénéfice du doute.

— Ouais, bon, vous avez probablement raison. Je suis une sorte de voyeur de gauche. J'ai toujours été comme ça. Et je suis aussi un consommateur américain, qui vient en Chine pour acheter une révolution... mais j'ai une question à vous poser.

— Laquelle?

Je m'approchai d'elle et désignai le gardien d'un hochement de tête.

— Est-ce qu'il parle anglais?

— Je ne crois pas, répondit-elle.

Mais je compris qu'elle n'en était pas sûre. Je me dirigeai vers le fond du pavillon. Au bout de quelques secondes Liu me suivit. Je l'attendis.

— Qui m'a envoyé au « Clair et fleuri »? demandai-je lorsqu'elle fut près de moi.

— Quoi?

— Qui m'a envoyé aux bains « Clair et fleuri »?

— Je ne comprends pas.

— Je suis sorti hier soir parce que quelqu'un m'a téléphoné pour me dire d'aller aux bains « Clair et fleuri ».

— Qui était-ce?

— Un Chinois, qui ne parlait pas très bien l'anglais.

— Et vous y êtes allé?

— Oui..., et devinez qui j'y ai trouvé.

— Je ne sais pas.

— L'un des mauvais éléments de Shanghai. Il a tenté de faire prendre l'air à mes tripes. Je l'ai suivi jusqu'aux douves, derrière la Cité interdite. Là, un type a déposé un gros paquet de yuans dans ses mains.

— L'autre homme était-il américain ou chinois?

— Chinois. Et ne me dites pas qu'il y a encore des ennemis de classe dans ce pays. Si j'entends encore une fois cette phrase, j'organise une campagne pour la restauration du capitalisme!

Liu jeta un coup d'œil au gardien. Il nous tournait le dos.

— Et vous croyez qu'il a volé le canard? demanda-t-elle.

— Pourquoi pas?

— Vous l'avez vu?

— Non.

— Alors vous ne pouvez pas en être sûr.

— Exact.

Liu regarda à nouveau le gardien. Cette fois-ci il nous faisait face, serrant dans sa main un grand trousseau de clés.

— Avez-vous vu tout ce que vous aviez besoin de voir? demanda-t-elle. Nous devons partir.

Je hochai la tête et nous sortîmes du pavillon. Nous marchâmes quelques minutes, sans parler.

— Vous devez consulter les membres de votre groupe, finit-elle par dire.

— Pourquoi?

— Vous devez consulter les membres de votre groupe. Ils ont des choses à vous apprendre.

— Est-ce que vous essayez de me dire quelque chose?

— Il est temps de pousser l'enquête plus loin.

— Vous êtes bien en train d'essayer de me dire quelque chose!

Elle hocha la tête. Nous traversâmes la Cité interdite, en direction de la porte du Midi. Je tentai de comprendre ce qu'elle avait voulu dire, et constatai encore une fois que ce pays était celui des signes, de la rhétorique ronflante masquant des mouvements subtils.

Tout en Chine, du Politburo jusqu'au plus petit quartier, est soumis à un éternel changement. Les Chinois semblent préférer que les choses se passent ainsi. Etre détective dans ce pays serait un métier périlleux. Au moment où l'on croit tenir la solution, les conditions de l'enquête se transforment du tout au tout, et les résultats sont remis en question. Un se divise toujours en deux. Evidemment, il y a des bons côtés. Dans un monde en perpétuel mouvement, on ne peut jamais se tromper. Il suffit d'attendre, et toutes les hypothèses fausses finissent un jour par devenir vraies.

Je souris à Liu tandis que nous franchissions la porte puis tournions dans Chang-An. Presque involontairement, je me mis à fredonner.

— Qu'est-ce que vous chantez? demanda-t-elle. C'est une chanson américaine?

— Oui.

— Dites-moi les paroles. Je ne connais aucune chanson américaine, à part *Turkey in The Straw*.

Je rougis, me rendant brusquement compte de ce que je chantais.

— Je crois qu'il ne vaut mieux pas. Les chansons américaines sont plutôt étranges. Nous n'avons pas encore eu de Révolution culturelle.

— Ça ne fait rien, dites-les-moi quand même, insista-t-elle, s'arrêtant sur le trottoir, à mi-chemin entre l'hôtel et la Cité interdite.

— Je ne suis pas sûr de me les rappeler. (Je chantai dans ma tête les paroles de *On a Slow Boat to China* — un truc du genre: je veux te garder dans mes bras à jamais, rien que pour moi tout seul. Pas vraiment l'idéal pour faire sa cour en bon prolétaire.) Non, je ne me les rappelle pas, fis-je. De toute façon, c'est une vieille chanson. Des années quarante. Ça ne vous plairait pas.

— Mais j'adore les vieilles choses. Un jour j'ai vu un film qui s'appelait *la Reine Christine*.

— Garbo! J'ai lu quelque part que Chang Ching se

faisait projeter les films de Garbo dans le sous-sol de sa villa. C'est vrai ?

— Je ne sais pas. Quelles sont les chansons que les gens aiment en ce moment ? demanda-t-elle très vite.

— La plupart parlent d'amour, d'une manière ou d'une autre. Ça a toujours été comme ça. Seulement, maintenant, on utilise une pédale wah-wah et un moog.

— Un moog ?

— Un truc électronique.

— L'amour électronique. Ça ne paraît pas très naturel.

Un homme passa près de nous, portant un panier d'osier accroché au manche d'une pelle. Il nous jeta un coup d'œil curieux.

— La plupart de nos chansons parlent des luttes des travailleurs et de l'unité de la Chine. C'est ce qui est le plus important pour nous.

— L'amour aussi est important.

— Oui. Mais ce n'est qu'une partie de la vie.

— Pour nous l'amour est tout. L'amour et le succès.

— Tout pour soi et presque rien pour les autres.

— Pour soi et pour ceux que l'on aime.

— Cela paraît être un monde très privé.

— C'en est un.

Nous nous regardâmes. Un vent vif se leva, poussant les premières feuilles d'automne sur Chang-An. Ses yeux se détournèrent puis revinrent se poser sur moi.

— Certaines choses ne sont pas faciles, Moses.

— Je sais, dis-je.

Elle hocha la tête et repartit en direction de l'hôtel. Je marchai à ses côtés, mon cœur battant au rythme d'une mélodie chinoise que je ne comprenais pas.

— Vous vous souvenez de la chanson de paysans que j'avais chantée pour le groupe ? demanda-t-elle.

— A propos de l'empereur de Jade ? J'ai aussi oublié les paroles de celle-là.

— Plus d'empereur de Jade au ciel. Plus de roi Dragon sur la terre. Je suis le roi Dragon. Et l'empereur de Jade. Faites place, collines et montagnes, j'arrive.

— Ce n'est pas *On a Slow Boat to China*, dis-je.

— Les mots sont importants. Vous devez les étudier. (Elle s'arrêta devant le perron de l'hôtel.) Etudiez-les avec beaucoup d'attention.

Un groupe de cheiks arabes s'installait dans une limousine.

Plus d'empereur de Jade au ciel, pensai-je. Ça n'avait pas de sens. Je l'avais vu de mes propres yeux. A moins que… Mais c'était trop incroyable. Je restai là un moment sans dire un mot, regardant Liu.

— Faites attention, Moses, dit-elle, sinon nous courrons tous les deux un grand danger.

Elle entra très vite dans l'hôtel.

CHAPITRE VINGT-QUATRE

Ce qui me laissait perplexe, ce n'était pas uniquement la signification des paroles, mais le moment auquel elle les avait chantées pour la première fois. Les Chinois sont très préoccupés par ça : qui a dit quoi à qui et quand. D'après ma fidèle *Revue de Pékin*, Chang Ching affirme que Mao lui aurait recommandé « d'agir selon les principes établis ». Ce qui signifie, je pense, continuer la Révolution culturelle en prenant le pouvoir avec ses amis. Mais, comme nous le savons tous, Mao n'a jamais prononcé une telle phrase. Au contraire, il a dit : « Pratiquez le marxisme, non le révisionnisme ; unissez-vous, ne vous divisez pas ; soyez ouverts et loyaux, ne conspirez pas, n'intriguez pas. » En fait, le 28 décembre 1974, il a même déclaré : « Chang Ching a de grandes ambitions, n'est-ce pas ? Mon opinion est qu'elle en a. » Puis : « N'entretenez pas d'activité de faction. Ceux qui le font s'écrouleront... Mettez fin à votre bande des Quatre. » Plus tard il a dit à Hua Kuofeng, alors *Vice*-Président : « Avec vous au pouvoir, je me sens tranquille. »

A moins qu'il n'ait dit tout autre chose. Ces prétendues déclarations n'étaient qu'une broussaille de rumeurs, aussi dense que dix-huit minutes et demie de bandes de Watergate emmêlées et deux fois plus longue.

Je n'étais certainement pas près de défricher cette broussaille-là, ni une autre d'ailleurs, lorsque je suivis Liu dans le salon, passant devant le camarade Huang et son assistant. J'adressai à la jeune femme un signe de tête neutre et me dirigeai vers l'ascenseur. Un homme en costume de tweed s'approcha de moi.

— Monsieur Wine.

— Oui.

— Pierre de Bretteville, agence France-Presse... Puis-je vous parler quelques minutes ?

— Pas maintenant, fis-je.

Je le contournai pour entrer dans l'ascenseur et appuyai sur le bouton du septième étage.

La plupart des membres du groupe étaient dans leur chambre, boudant comme des marins privés de liberté trois heures après être entrés au port. Reed Hadley fut le premier à me remarquer. Il jaillit dans le couloir, avec un furieux :

— Alors, vous l'avez rendu ?

— Non, je l'ai mangé, dis-je. Les Chinois sont réputés pour leurs canards.

— Je tiens à vous dire que je viens d'envoyer un câble à mon député — Digby Williamson de San Bernardino — pour l'informer de ce qui se passe ici. Et ne croyez pas que je n'ai pas mentionné votre nom ! (Hadley fonça sur moi, l'index tendu.) Soyez sûr que j'obtiendrai des résultats ! je contribue aux campagnes de ce type depuis qu'il a brigué la direction du conseil d'élèves de son collège !

Je l'ignorai et entrai dans ma chambre. Si ce Babbitt du Désert de Mojave était un avant-goût de ce qui m'attendait au cas où je suivrais le conseil de Liu — à savoir, consulter le groupe — j'étais prêt à voter individualiste jusqu'à ce que mon bras tombe dans l'urne.

— Je convoque une assemblée du groupe, dis-je à Mike Sanchez.

— Tu ne peux pas faire ça, répondit-il. Ils t'ont viré ce matin au petit déjeuner.

— Parfait. Convoque-les, toi.

Sanchez me regarda.

— Tu te rends ?

Mais il savait à quoi s'en tenir. Il se leva et sortit. Dix minutes plus tard, ils étaient tous assemblés dans la chambre, m'observant avec des expressions allant du mépris au soupçon. J'essayai de ne pas y faire attention et commençai à leur révéler ce qui m'était arrivé la veille. En temps normal je gardais les détails d'une enquête secrets jusqu'à sa conclusion, mais si je devais fonctionner en tant que membre d'un groupe et jouer au détective coopératif, il ne me restait plus qu'à cracher le morceau en entier — enfin presque en entier.

— Tu es sûr que c'est le même que celui du Grand Monde ? demanda Harvey lorsque j'eus terminé.

— Celui du Grand Monde et du musée des Expositions.

— Où est-il allé ensuite ?

— Je l'ai suivi jusqu'à la gare. Il est monté dans un train pour Shanghai.

— Mais tu n'as pas reconnu le type qui lui a donné l'argent ? dit Max.

Je secouai la tête.

— Cet homme-là, en tout cas, sait qui a le canard, fit Ana.

— N'en soyez pas si certaine, affirma Ruby.

— Exact, intervint Fred. Ça pourrait être un receleur, simplement.

— Ce qui nous éloigne encore du canard.

— Ouais. Et pourquoi aurait-on voulu prévenir Moses? demanda Natalie.

— Comment pouvons-nous être certains qu'il dit la vérité à propos de ce coup de fil? dit Reed. Tout ce que nous savons, c'est qu'il a touché quinze mille dollars. Après tout il a peut-être inventé cette histoire de toutes pièces uniquement pour éloigner les soupçons.

— Ça ne m'étonnerait pas, déclara Nancy.

Elle était sur la défensive depuis le petit déjeuner, où tous les membres du groupe avaient appris que son mari m'avait envoyé un chèque.

— Je l'ai vu aller répondre au téléphone, dit Max, prenant ma défense.

— Et c'est moi qui lui ai obtenu l'adresse, déclara Li Yu. Ça s'est vraiment passé comme ça. Je vous le jure.

— Alors qui a filé du fric à ce maudit « mauvais élément »? voulut savoir Harvey.

— Et d'abord, comment être sûr que ça a un rapport quelconque avec le canard? dit Nick.

— Ça a bien un rapport avec quelque chose, dit Staughton.

Cette réflexion mit fin, momentanément, à la conversation. L'exercice de détection de groupe auquel nous nous livrions me rendait nerveux. J'avais déjà deux ou trois longueurs d'avance sur les autres, mais je préférais me taire. Ça me rappelait les réunions de parents d'élèves, quand j'attendais qu'un autre type exprime ce que je pensais, pour ne pas avoir l'air de me mettre en avant. En général, je ne m'en sortais pas très bien : je me tortillai d'impatience sur ma chaise pendant que deux nigauds passaient quarante-cinq minutes à se demander si les gosses n'usaient pas trop de gommes en cours d'instruction sociale.

— Il y a trois solutions, fit Nick, profitant de la trêve. Un : l'un d'entre nous a volé le canard, ou a aidé à le voler ; dans ce cas, il ou elle a payé son dû au mauvais élément. Deux : un Chinois a volé le canard et a filé du fric au mauvais élément. Trois : cet argent n'a rien à voir avec le canard.

— Je ne vous suis pas, dit Harvey.

— Oh ! arrête ! lança Mike, levant les yeux au plafond.

— Bon, si l'un d'entre nous a volé le canard, continua Nick, ça pourrait être à première vue pour deux raisons : l'intérêt, ou l'hostilité idéologique. Si je regarde les personnes présentes, je constate que le terrain est favorable aux deux possibilités. Et les individus concernés feraient bien de se préparer à se défendre à la cour du Peuple.

— Mais si c'est un Chinois qui a pris le canard, commença Max.

— Impossible, décréta Sonya.

— Oh ! arrêtez ça, hein ? rétorqua Max.

— Ils ne font pas les choses par intérêt, insista Sonya.

— Vous y croyez encore ? (Max se pencha vivement vers elle.) Qu'est-ce que vous pensez qu'il était en train de faire, ce mauvais élément, alors ? Il révisait peut-être ses tables de multiplication pour la foire de Canton ?

— Bon, alors supposons, reprit Nick, qu'un Chinois ait volé le canard...

— Nous avons déjà parlé de ça, Nick, intervint Staughton. D'accord, il y a des mauvais éléments, et toutes sortes de choses, mais un objet comme ce canard serait complètement inutilisable, pour des raisons évidentes.

— A moins qu'ils le vendent à un Américain, fit Nick.

— Mais lequel ? dit Staughton.

— Et voilà, ça recommence ! s'écria Max.

— Attendez ! Attendez ! dit Nancy. (Elle sautait sur son siège.) Il y a une autre raison pour laquelle un Chinois aurait pu voler le canard !

Tout le monde se tut, attendant. Enfin, nous commencions à arriver aux choses sérieuses. Je souris, me sentant un peu comme le leader d'un des groupes d'Harvey. La Chine et la Californie n'étaient peut-être pas aussi éloignées l'une de l'autre, après tout. A Esalen, on avait aussi ses petites réunions de combat.

— Laquelle ? grogna Nick impatiemment, comme s'il s'attendait à voir Nancy pondre quelque chose d'aussi palpitant que la dernière recette de *Woman's Day*.

— Nous retenir ici, dit-elle.

— Nous quoi ?

— Nous retenir ici, répéta Nancy. Nous allions partir le lendemain.

— Mais pour quelle raison ?

Elle haussa les épaules.

— Pour nous faire changer d'avis sur la Chine. La plupart des gens du groupe ont une piètre opinion de ce pays.

Nick lui jeta un regard foudroyant.

— Vous voulez rire ou quoi ? Vous essayez de nous dire que voler des objets et accuser les étrangers est une politique d'Etat, destinée à faire *mieux* apprécier la Chine aux visiteurs ?

— Il a raison, dit Staughton. Ça n'a aucun sens. Depuis que je milite dans les mouvements progressistes — de la naissance du syndicalisme jusqu'à nos jours — les gens n'ont cessé de chercher des raisons compliquées pour tout expliquer. En général, la solution est très simple.

— Ah! oui? Eh bien donnez-la! dit Sonya d'un ton accusateur.

— Comment le saurais-je? répliqua Staughton, pris de court. Ça dépend de la situation, n'est-ce pas?

— N'est-ce pas? répéta Sonya avec une ironie plus méchante que d'habitude. Je pensais que votre longue expérience des « mouvements progressistes » vous permettait d'avoir un aperçu immédiat des contradictions historiques de toutes les époques!

— Ecoutez, intervint Harvey, s'il s'agit d'animosité personnelle, autant vider votre sac tout de suite.

— Laissez tomber, dit Sonya.

Le téléphone sonna. Je décrochai.

— Allô.

— Allô, monsieur Wine?

— Oui.

— Ici Craig Williams, du *Toronto Globe and Mail*. Je voudrais vous poser quelques questions au sujet de votre groupe qui est détenu par les Chinois.

— Pas maintenant, merci.

— Et Mme Liberman? Accepterait-elle de parler?

— Il faudrait le lui demander.

— Et Natalie Levine? persista-t-il.

— Au revoir, monsieur Williams.

— Je serai au bar si vous changez d'avis, l'entendis-je dire en raccrochant.

— Il m'a appelé toute la matinée, dit Ruby.

— Liu et le Français, renchérit Fred. Plus on parlera de nous, plus nous serons en sécurité.

— Vous voulez parier? fit Max. C'est exactement le contraire!

— Oh! va te faire foutre! s'écria Mike. Tout ce que tu veux, c'est garder l'exclusivité pour ton magazine. Je t'ai entendu les appeler ce matin!

226

— C'était mon comptable!

— Bien sûr!

— Arrêtez, fis-je, on verra ça plus tard. Pour le moment nous devrions discuter de ce qu'a dit Nancy. Supposez qu'un Chinois ait vraiment volé la statuette pour nous retenir ici?

— Oh! non, encore ça! s'écria Nick. C'est l'idée la plus stupide que j'ai jamais entendue.

— Dito, ajouta Max.

— La discussion de groupe, c'est très bien, continua Harvey, mais il faut savoir avancer.

— Avancer vers quoi? demandai-je.

— Vers le prochain sujet.

— Qui est?

— Comment allons-nous sortir d'ici!

Il y eut un silence. Du regard, je fis le tour de la chambre. L'atmosphère y était tendue, claustrophobe. Pour la première fois, je touchais vraiment du doigt le fait que nous puissions rester ici des mois — peut-être des années. Les Chinois étaient patients. Mao n'avait-il pas dit que c'était seulement la première de mille autres Révolutions culturelles? N'y avait-il pas ce panneau qui proclamait: DIX MILLE ANNÉES DE VIE AU GLORIEUX ET IMPECCABLE PARTI COMMUNISTE CHINOIS.

— Quand est-ce que je vais revoir mes enfants?

Mike écrasa son poing sur la table.

— Tes enfants? dit Max. Moi, j'ai...

— Oh! la ferme avec ton putain de magazine! s'écria Mike.

— Pour qui tu te prends? Tu as passé la moitié du voyage à essayer de savoir qui n'avait pas payé! Tu as sans doute volé le canard pour rembourser ton hypothèque, espèce de sale...

— Métèque? (Mike se dressa d'un bond.) Ou bien est-ce que tu préfères macaque? Ça te plaît, *gabacho*?

Mike fit un pas vers Max, qui protégea son visage de ses bras.

— Hé ! du calme, dit Natalie en se levant elle aussi.

— Occupe-toi de tes oignons, *hermana,* hein ? Qui est-ce qui paie ce trou de cent mille dollars dans ta campagne ?

— Vous pensez que je volerais un objet d'art pour...

— Vous devez prouver votre innocence comme tout le monde !

— C'est comme ça ? Alors, et le collectionneur, là ? (Natalie se tourna vers Hadley.) Il se conduit comme s'il était le représentant pour la Chine de tous les magasins d'antiquités à l'ouest du New Jersey !

— Je ne suis pas le seul collectionneur. La communiste préférée d'Hollywood possède plus de jade que quiconque dans cette pièce !

— Vous croyez que je suis venue en chercher ici ? demanda Ruby. Et notre ami missionnaire de l'Institut luthérien, alors ? Il aurait pas mal de choses à nous dire.

— Quoi, par exemple ? voulut savoir Fred Lisle.

— Vous êtes tellement furieux que la Chine soit perdue pour Jésus que vous n'hésiteriez pas à dérober toute la Cité interdite, si vous en aviez l'occasion !

— Ne soyez pas ridicule ! Hé ! attendez un peu ! Et elle, alors ? (Fred désigna Ana Tzu.) Elle n'est pas nette avec ses histoires de santé depuis notre arrivée à Hong Kong. Personne ici ne peut croire une minute qu'elle a vraiment été malade !

— Vous n'avez pas le droit ! s'écria Ana en se redressant, elle aussi.

Tout le groupe était debout à présent, hurlant et gesticulant de diverses façons.

— Eh bien, montrez-nous les rapports médicaux, dit Fred. Allez !

— Je n'ai pas à vous montrer quoi que ce soit si je n'en ai pas envie.

— Je me moque de ce dont vous avez envie, ma vieille ! Il est question de se bouger le cul pour réintégrer les USA !

— C'est pas comme ça qu'on y arrivera ! dit Max.

Il sortit un joint de sa poche et l'alluma avec une poche d'allumettes neuve.

— Bon Dieu de merde ! s'écria Nick. Ce type fait tout pour qu'on reste bloqué ici jusqu'à la fin de nos jours !

— Eteignez ça ! ordonna Sonya.

— Allez, Max, dit Harvey.

— Oh ! allez vous faire foutre ! décréta Fred en sortant de la chambre.

Tout le monde se tut. La colère rentrée, qui avait été centrée sur moi au début de la réunion, était maintenant diffuse, lançant ses tentacules dans toutes les directions, puis s'annulant, pour finir par stabiliser l'atmosphère au niveau d'une hostilité généralisée. Quelles que fussent les expériences de groupe traversées par ces gens, ils ne pouvaient fonctionner en tant qu'unité structurée ni même en tant qu'ensemble vaguement relié. Ils étaient américains. Nous étions américains.

Sans autre commentaire, je me levai et sortis. Il n'y avait personne dans le couloir. Je me dirigeai vers la chambre de Max et poussai la porte. Il était à l'intérieur, suçant son joint en contemplant le plafond.

— Où as-tu trouvé ces allumettes ? lui demandai-je.

— Quelles allumettes ?

— Quelles allumettes ? Celles qui sont dans ta main, abruti.

— Oh !...

Il ouvrit son poing serré et laissa tomber la pochette.

— Comment le saurais-je?

— Ce sont tes allumettes, Max. Tu allumes tes joints avec. Qui d'autre saurait où tu les as trouvées ?

— Eh bien, heu… (Il fit tourner la pochette entre ses doigts.) Je ne m'en souviens pas.

— Tu les as eues à Pékin?

— Probablement.

— Elles viennent de Hong Kong.

— Uhuh…

— Mais tu les as trouvées à Pékin?

— Ouais, dit-il, en m'adressant un sourire de défoncé. L'affaire se complique, hein?

— Comment sais-tu que tu ne les as pas fourrées dans ta poche à Hong Kong et que tu ne les as pas trimbalées quelques jours sans t'en rendre compte?

— D'abord, je ne suis jamais allé à cet endroit. (Il désigna l'inscription sur la pochette.) Ensuite, je n'avais plus de feu le soir où on est arrivé à Pékin. Je le sais parce que je suis devenu dingue en essayant d'allumer un joint dans les toilettes. Finalement, j'ai envoyé le garçon d'étage me chercher du feu. (Il rit tout seul.) Pense un peu à ça — notre première nuit à Pékin.

— Alors, tu ne te rappelles pas où tu l'as trouvée.

Il secoua la tête et m'offrit le joint, mais je le repoussai d'un geste de la main.

— Pense, Max. Fais travailler ton cerveau ramolli et essaie de te rappeler. Si c'était une question concernant le Tout-Frisco tu t'en souviendrais immédiatement. Je suis sûr que tu pourrais me dire en deux secondes le nom de l'endroit où tu as déjeuné avec Gore Vidal pour la dernière fois.

— La Caravelle, à New York.

— Bien. Maintenant, rappelle-toi où tu as trouvé ces putains d'allumettes.

— A l'ambassade.

— Quoi?

— Tu sais…, le Bureau de liaison américain, quand on a rencontré tous ces imbéciles des Affaires étrangères. Je l'ai ramassée sur la table, près de la cafetière.

— Tu en es sûr?

— Bien sûr que j'en suis sûr. (Il se redressa.) Mais pourquoi est-ce que tu fais tout ce foin pour une malheureuse pochette du Peninsula?

— Parce que c'est un indice, shmuck.

— Je sais. Evidemment que c'est un indice. Pour qui tu me prends — un baba bouffé par la dope qui n'arrive même pas à suivre la logique d'un détective minable? Mais un indice de quoi?

— Je n'en sais rien, dis-je.

Je ramassai les allumettes et sortis.

Quand je réintégrai ma chambre, le groupe était déjà en train de se disperser. Je regardai ma montre. Nous étions en début d'après-midi. Il restait donc quatre ou cinq heures avant que le camarade Huang ne mette sa menace à exécution, coffrant les membres du Groupe d'étude n° 5 — c'était tout de même très peu. Je tripotai la pochette d'allumettes, la fourrai dans ma poche et me rendis dans la chambre de Staughton Grey. A travers une fissure de la porte, je vis que Staughton était en train de se déshabiller — un vieil homme se mettant en pyjama pour sa sieste. Je frappai néanmoins.

— Entrez… Oh! c'est notre détective à la retraite.

— On est bien peu de chose, dis-je.

— Oui…, bien, que puis-je faire pour vous? Vous le voyez, je m'apprêtai à m'allonger un moment. Les vieilles gens, comme votre tante et moi-même, ont besoin de se reposer de temps en temps.

— Désolé de vous déranger. Je me demandais simplement si je pouvais vous taper une cigarette.

— Je ne fume pas.

— Ah! oui, répliquai-je en m'apprêtant à sortir. J'avais oublié.

— Je croyais que vous ne fumiez pas non plus.

— Ça m'arrive de temps en temps, fis-je. Quand je suis sous pression.

Il me regarda bizarrement tandis que je refermais la porte derrière moi.

De retour dans le couloir, je fonçai vers l'ascenseur et appuyai sur le bouton de descente. Au rez-de-chaussée, je me dirigeai vers le bar.

— Craig Williams? dis-je, m'adressant à l'un des quatre hommes accrochés au comptoir.

Le plus petit d'entre eux, un blond grassouillet vêtu d'une veste de toile à côtes, se retourna.

— Moses Wine, déclarai-je en tendant la main. Désolé d'avoir été aussi sec au téléphone, mais les choses sont plutôt dures ici depuis quelque temps... Qu'est-ce que vous buvez?

— Gin tonic.

— Deux, dis-je au barman, qui versa chichement le gin, ajouta le tonic et plaça les verres devant nous.

Je payai, l'équivalent de vingt cents pour la paire, et les emportai vers une table, suivi par Williams.

— Canadien? lui demandai-je.

Il hocha la tête.

— Ils n'autorisent pas les journalistes yankees à rester ici. Le règlement, vous savez. Je suis le seul Nord-Américain du coin. Deux Français aussi. Et quelques autres.

Je sirotai mon gin tonic.

— Pas mauvais, hein? dit-il. Dommage qu'il y en ait si peu. Le seul bar décent de toute la Chine, et ils vident les clients à dix heures un quart le samedi soir! Ces gens sont des professionnels du puritanisme.

232

— On peut dire ça... Tiens, voilà la concurrence.

Je désignai de Bretteville, de l'AFP, qui poursuivait Nick Spitzler à travers le salon. D'après ce que je savais de l'amitié que Nick portait aux journalistes, le Français n'avait pas une chance.

— Ah! oui, lui, dit Williams. Ce cher Pierre..., il ferait n'importe quoi pour un scoop.

— Les loups se bouffent entre eux pour un papier, même en République populaire?

— Plutôt, oui. Les étrangers, dans cette ville, c'est comme un vilain ongle incarné. Et les ragots, c'est quelque chose — c'est la cité la plus incestueuse à l'est du Manitoba.

Il avala son verre en deux gorgées et jeta un coup d'œil autour de lui.

— Vous devez avoir un mal fou à obtenir les nouvelles.

— Vous voulez dire que c'est impossible! Ces gens sont tellement discrets qu'ils refuseraient même de vous dire combien de boulettes ils ont mangées à midi.

— Vous parlez chinois?

— Non.

— Vous voyagez beaucoup dans le pays?

— Quand l'envie m'en prend — mais qui pourrait en avoir envie? Partout où vous allez, c'est la même chose... excepté à Kweilin. C'est un endroit superbe. Evidemment j'ai mes informateurs. (Williams jeta de nouveau un coup d'œil au salon, puis se pencha vers moi.) Eh bien, Wine, dites-moi tout. Cette histoire paraît incroyablement bizarre. Quelqu'un du groupe a-t-il vraiment volé l'oiseau?

— Si seulement je le savais.

— Vous n'avez aucune idée?

Je baissai les yeux vers mon verre et plissai les lèvres, essayant d'avoir l'air du type qui en sait plus qu'il n'en dit.

— Je crois que je suis sur une piste, dis-je.

— Laquelle ?

— Je ne peux pas en parler.

— Allez, vieux. Crachez le morceau. Vous connaissez le proverbe : « Un prêté pour un rendu. »

— Est-ce que cette affaire est déjà connue aux Etats-Unis ?

— J'imagine que oui. J'ai balancé l'information sur la ligne. Tout le monde peut la capter. Ça fera du bruit avec Ruby Crystal dans le coup et tout ça.

Williams arborait un curieux sourire, et son visage exprimait un besoin pathétique. Ainsi, c'était là un de ces observateurs chinois, pensai-je. Un de ces types dont on lisait la prose en buvant le café du matin pour savoir la vérité sur la vie de l'autre côté du Rideau de Bambou.

— Que croyez-vous pouvoir faire pour moi, Craig ? demandai-je.

— Eh bien…, je pourrais vous parler de ce qui se passe dans le milieu ici.

— Quoi, par exemple ?

— Le groupe d'assassins contre-révolutionnaires de la province de Honan, pour commencer. (Il hocha la tête plusieurs fois pour bien insister sur l'importance de ses révélations.) Ils dévalisaient les banques dans toute la province ; finalement les autorités ont fait placarder leurs portraits un peu partout, avec une récompense pour leur capture. Seulement ils n'ont jamais été pris.

— Ça s'est passé quand ?

— Oh ! heu…, il y a cinq ou six ans.

— Quoi d'autre ?

— Eh bien, heu…, vous savez, on raconte certaines histoires.

— Comme ?

234

— Comme celle du diplomate allemand qui a été accosté par une prostituée l'année dernière, à quelques centaines de mètres seulement du palais du Peuple.

— Elle était chinoise?

— C'est ce qu'on dit. Bien sûr je ne l'affirmerai pas. Ce n'est qu'une rumeur.

— Oh! Ecoutez, heu…, Craig. Ça suffira pour le milieu. Mais il y a *quelque chose* que vous pouvez faire pour moi.

— Quoi? Quoi?

— Et, en échange, je vous promets l'exclusivité sur cette histoire. Vous devrez me faire confiance, bien entendu. Et attendre. Mais vous serez le premier à l'avoir.

Il m'observa un peu plus longtemps que je ne l'aurais voulu.

— Okay…, lâchez tout.

— Comment obtenez-vous l'autorisation de vous rendre à Shanghai?

— J'appelle le Service de Voyages et je leur dis que je veux partir. Si c'est pour une grande ville, il n'y a généralement pas de problème. Ils se contentent de m'assigner un guide.

— Combien de temps vous faut-il pour arranger ça?

— Je ne sais pas. (Il me regarda.) Où voulez-vous en venir?

— Pourriez-vous avoir l'autorisation ce soir?

— Ce soir?

— Ouais, vous savez, il y a un train qui part vers sept heures, je crois.

— Vous voulez que j'aille à Shanghai?

— Non, Craig. Pas du tout.

J'attendis quelques instants. Le serveur passa près

de nous. Dans le salon, j'aperçus l'équipe de volley éthiopienne. Ils étaient rudement élégants dans leurs survêtements orange et noir.

— Qu'est-ce que vous voulez alors? demanda Craig.

— Je veux aller à Shanghai avec *vos* papiers.

— Jésus Marie Joseph!

CHAPITRE VINGT-CINQ

Quand je lui offris ma carte VISA en garantie, Williams ne trouva pas ça très drôle. En fait, il me fallut quarante minutes épuisantes pour le persuader d'accepter le marché. Ce qui acheva de le convaincre, ce fut ma promesse de dire que j'avais volé les papiers si j'étais pris. Après tout, expliquai-je, ça ne ferait pas beaucoup de différence pour moi à ce stade-là. Les carottes seraient cuites de toute façon. Il resta sans réponse devant un tel argument, mais je voyais bien qu'il hésitait encore. Je n'aurais pas été surpris s'il était revenu sur sa parole et n'avait pas déposé l'enveloppe derrière le cache-pot en porcelaine du septième étage, un peu plus tard dans l'après-midi.

Lorsque je le quittai, je me rendis au salon et décrochai l'un des téléphones de l'hôtel, placés près de la réception.

— L'opératrice parlant anglais, s'il vous plaît.

Une série de bip suivit un long grésillement tandis qu'on faisait les branchements nécessaires.

— Oui?

— Allô..., vous parlez anglais?

— Oui?

— Je voudrais entrer en communication avec la

chambre de l'un des guides du Service de Voyages, Liu Jo-yun.

— Les guides n'ont pas de téléphone dans leur chambre, s'il vous plaît.

— Eh bien, heu, y aurait-il un moyen de lui parler ?

— Oui ?

— C'est une urgence…, heu…, une affaire très importante pour notre groupe.

Il n'y eut pas de réponse. Le silence à l'autre bout du fil trahissait une sorte d'impatience. Les téléphones privés étaient relativement nouveaux en Chine. De toute façon, on les considérait comme des instruments bourgeois de nature douteuse. Ils étaient surtout utilisés par les étrangers du quartier diplomatique. Très peu de citoyens chinois en possédaient. Il n'existait même pas d'annuaire de Pékin, m'avait appris le type de la réception pas plus tard que la veille. Mais il n'avait pas pu me dire pourquoi. J'allais réitérer mon appel lorsque j'entendis encore quelques bip, suivis d'un bourdonnement familier, aussi suspect que le bruit que j'entendais régulièrement à l'époque où je m'occupais du téléphone dans le bureau de la SDS, à Berkeley, en 67. On s'amusait beaucoup avec les communications en ce temps-là. Un jour, j'avais fait un numéro local et j'avais branché le magnéto sur lequel étaient enregistrés les cinq actes de *Timon d'Athènes* par la Royal Shakespeare Company. Une sorte de programme de développement culturel pour le FBI.

— Allô ! Qui est à l'appareil ?

— Bonjour, madame Liu. Moses Wine.

— Oh !

Elle paraissait hésitante.

— Groupe d'étude n° 5… C'est au sujet de ces timbres chinois que vous avez promis de m'aider à trouver pour mes enfants.

— Des timbres?

— Oui, vous n'avez pas oublié, n'est-ce pas? Je voudrais leur rapporter une collection de timbres de la République populaire.

— Il y a beaucoup de timbres.

— Je sais... Vous deviez m'aider à les choisir.

— Choisir?

Son anglais semblait lui faire brusquement défaut. Ma ruse la plongeait peut-être dans la confusion la plus totale.

— Vous deviez les prendre. A cinq heures aujourd'hui. Ça vous convient, n'est-ce pas? Cinq heures, aujourd'hui, insistai-je. Je vous retrouverai dans le salon... D'accord?

Il y eut un silence.

— Dans le salon. A cinq heures, répétai-je. Pour les timbres.

— Je ne sais pas, dit-elle.

Puis il y eut un clic. Je regardai l'employé de la réception qui se trouvait à quelques pas de moi.

— Timbres, par là, dit-il en désignant le stand des livres.

Je le remerciai d'un hochement de tête et pris la direction qu'il m'indiquait.

Mais lorsque je me retrouvai de l'autre côté du salon, j'en ai profité pour sortir à nouveau de l'hôtel. Ce fut plus facile cette fois. Une importante délégation de travailleurs de l'industrie algérienne traversait le hall. Je fis semblant de les suivre vers l'ascenseur, contournai le bar au dernier moment et disparus dans l'ancienne section. Avant que quiconque ait pu me remarquer, je descendis les marches qui menaient à la trappe et émergeai dans l'allée derrière l'hôtel. Cette fois-ci, le portail était ouvert. Je me dirigeai droit dans Wang Fu Ching.

Les Chinois, habitués à voir des étrangers dans ce quartier, ne firent pas spécialement attention à moi. Je tournai dans une rue transversale, puis une autre et tombai dans Chang-An, à quelques centaines de mètres de l'hôtel. Là, je grimpai dans un bus qui allait vers l'est, en direction du quartier diplomatique. Le bus était bondé, les passagers se pressaient, debout entre les sièges, et sur la plate-forme arrière. Je m'accrochai de mon mieux lorsqu'un jeune homme se leva et m'offrit son siège. Je n'avais pas d'autre choix que celui d'accepter. Tout le monde autour de moi faisait preuve d'une sollicitude souriante envers l'hôte étranger. Je m'assis donc et regardai par la fenêtre tandis que nous roulions dans Chang-An, passant devant de belles résidences chinoises. Des travailleurs s'activaient à en réparer la maçonnerie, sous le chaud soleil de l'après-midi. Une femme poussait un bébé dans un landau en bambou, croisant un groupe d'écoliers, de la maternelle probablement, assis autour de leur institutrice sur des petites chaises placées en plein milieu de trottoir. Brusquement, une bouffée de colère m'inonda. Les événements récents m'avaient privé de mon voyage en Chine — en tout cas de la partie conventionnelle du séjour. J'eus l'envie irrépressible de mettre fin à ce non-sens, de sauter du bus et d'établir le contact avec ces gens immédiatement. Ou de me mettre à discuter avec les passagers du bus. Mais, bien sûr, c'était impossible. En fait de contact, je pouvais juste leur sourire et parler par gestes. Je restais cloué à mon siège, broyant du noir. Nous atteignîmes le quartier diplomatique. Je saluai le jeune homme qui m'avait cédé sa place et descendis, je regardai le bus s'éloigner.

Le Bureau de liaison n'était qu'à quelques centaines de mètres. Je me forçai à marcher lentement, afin de pouvoir réfléchir et mettre au point une stratégie, mais je me retrouvai devant l'entrée du bâtiment en quelques minutes. Je fis semblant d'ignorer le portier qui me détaillait des pieds à la tête, visiblement troublé de voir quelqu'un arriver à pied, et non pas en limousine, ou au moins en taxi.

J'appuyai sur la sonnette et une femme de chambre vint m'ouvrir. Elle était vêtue du costume noir traditionnel et du petit tablier blanc. J'éprouvai alors un choc culturel momentané, qui m'entraîna hors de la Chine. Pendant quelques secondes je crus être aux Etats-Unis, en train de mener une enquête de routine à Van Nuys ou North Hollywood, ou encore de m'occuper d'une affiche de garde d'enfants à Woodland Hills.

— Vous cherchez quelqu'un, dit la femme de chambre en un anglais soigneusement articulé.

— Oui. M. Karpel ou M. Winston.

— De la part de qui ?

— Mon nom est M. Wine. Du Groupe d'étude n° 5.

Elle disparut dans la maison. Par la fenêtre, je la vis discuter avec une personne qui se trouvait dans le salon. Elle revint immédiatement.

— M. Karpel et M. Winston absents.

— Où sont-ils ?

— En visite. Loin.

— Je vois. Savez-vous quand ils rentreront ?

— Je ne sais pas.

— Y a-t-il quelqu'un d'autre que je pourrais voir ? M. McGraw, par exemple ?

— Il faut rendez-vous pour voir M. McGraw.

— C'est très important.

— Vous laissez votre nom. Pour rendez-vous.

— Je vous ai déjà donné mon nom.

— Quoi?

— J'ai dit que je vous avais déjà donné mon nom. Moses Wine. Groupe d'étude n° 5.

— Oui. Laissez nom, pour rendez-vous.

Elle me claqua la porte au nez. De l'autre côté de la pelouse, l'expression soupçonneuse du gardien était devenue franchement mauvaise.

— A tout à l'heure, Chuck, lui dis-je en lui faisant un signe de la main.

Je passai en sautillant devant lui, non sans lui avoir adressé un clin d'œil. Je remontai le col de ma veste tandis que je me remettais en route un œil braqué droit devant moi, l'autre regardant de côté. J'avais repris le rôle du privé de L.A. En partie parce que le quartier diplomatique me paraissait familier, mais surtout parce que je ne m'étais jamais senti autant hors de mon élément de toute ma vie. En fait, je n'avais jamais *été* autant hors de mon élément de toute ma vie.

Suivant mon instinct, je traversai derrière le magasin de l'Amitié et tournai dans la rue suivante, revenant sur mes pas. Un portail de fer forgé gardait l'arrière du Bureau de liaison. Je jetai un coup d'œil autour de moi, puis grimpai en haut de la grille, me laissant tomber derrière un massif de poinsettias, près du garage. J'allais me diriger vers la porte de derrière lorsque j'entendis une série de sons gutturaux à quelques mètres de moi.

— *Wo yào liaŋ gé zùo wèi*… Une table pour deux s'il vous plaît… *Wo yào liang gè zùo wèi*… Une table pour deux s'il vous plaît… *Wo de mei guò dà xiao shî*… Ma taille en Amérique est… *Wo de mei guó dà xiao shî*… Ma taille en Amérique est…

Je jetai un coup d'œil par-dessus une branche et vis McGraw arpentant la cour en manches de chemise, travaillant son chinois d'après des fiches.

— *Wo yào daì zhè ge*… Je vais l'emporter… *Wo yào daì zhè ge.*

— On dirait que vous faites des progrès, dis-je en émergeant de derrière les poinsettias.

Pendant un instant, le chef de liaison sembla totalement déconcerté, mais il me reconnut très vite.

— Oh! le détective… Et comment vont les choses à l'Hôtel de Pékin?

— Pas très bien. Au train où ça va, vous parlerez couramment le tibétain avant que nous soyons sortis d'ici.

— Ne vous avancez pas trop, trop. Ils m'ont fait commencer les idéogrammes et je n'ai même pas encore maîtrisé l'alphabet. (Il me montra une fiche.) Regardez ça. On prononce tous les « X » ch, les « Q » tch et les « C » ts!

— La seule chose que je sache dire, c'est *dzy gen.*

— Oh! je connais, ça veut dire à bientôt! (Il rassembla les cartes et les rangea dans sa poche.) Que puis-je faire pour vous?

— Pour commencer, vous pourriez me dire pourquoi votre femme de chambre défend cet endroit comme si c'était le palais du tsar.

— Chin?

— Ça doit être son nom.

— Elle n'est pas comme ça d'habitude.

— Je ne sais pas comment elle est, mais d'après ce qu'elle raconte, Karpel et Winston sont en vacances et essayer de vous voir est aussi compliqué que d'obtenir la première audience avec le pape le dimanche de Pâques.

McGraw parut troublé.

— Winston est effectivement absent, dit McGraw lentement. Qu'avez-vous en tête?

— Vraiment, je ne sais pas. Juste une vague idée.

— Vous avez certainement une bonne raison pour escalader le portail du Bureau de liaison. C'est bien ainsi que vous êtes entré, n'est-ce pas?

McGraw me dévisagea un moment, puis ramassa une brouette qui traînait sur le bord de la pelouse. Il se mit à la pousser jusqu'à l'appentis. De toute évidence il était du genre vie au grand air et n'appréciait guère l'oisiveté. Pas étonnant qu'il se plaise en Chine.

— Où est allé Winston? demandai-je en le suivant.

— Hangchow…, avec son épouse.

— C'est drôle. J'aurais parié pour Hong Kong.

— Qu'est-ce qui vous fait penser ça?

— L'hôtel Peninsula. Est-ce qu'il n'y va pas régulièrement?

— Pas que je sache... Pourquoi?

— Oh! j'ai entendu dire que vos gars appréciaient cet endroit.

Il se retourna et me regarda à nouveau.

— Je ne suis pas très au courant. Je ne suis ici que depuis un mois.

— Hé! que se passe-t-il? dit une voix tranchante de l'autre côté de la pelouse.

C'était Karpel qui se dirigeait vers nous.

— Vous n'avez pas le droit d'être ici, me dit-il en me regardant de haut en bas, comme un sergent. Vous allez nous attirer des ennuis.

— Quel est le problème? demanda McGraw.

— Il lui est interdit de quitter l'Hôtel de Pékin, sauf en compagnie d'un guide.

— Comment le savez-vous?

— La Sécurité publique nous a prévenus. Il y a un rapport sur votre bureau.

Karpel semblait angoissé.

— Je ne l'avais pas vu.

— En tout cas, nous ne pouvons pas le garder ici,

c'est certain. Ce genre de choses risque de compromettre toutes sortes de négociations complexes.

— Oui, je suppose, fit McGraw.

— J'ai dit à Chin de l'éloigner. (Karpel posa sa main sur mon dos et commença à me pousser.) Allez, vous. Dehors.

— Doucement, mon vieux, hein?

— Doucement? Estimez-vous heureux que nous ne vous donnions pas aux Chinois.

Karpel me poussa violemment. Je me retournai et regardai McGraw, toujours debout près de la brouette l'air désemparé.

— Vous auriez dû prendre rendez-vous, dit-il.

Quand j'arrivai à l'hôtel, Yen faisait les cent pas dans le salon. Je ne pensais pas qu'il m'avait vu rentrer mais, pour en être plus sûr, je commandai un verre au bar et me dirigeai vers une table, le nez dans une autre dépêche de l'agence Tsinhua. Je me laissai tomber sur une chaise et m'absorbai dans ma lecture. Il ne fallut pas longtemps pour que Yen s'approche et s'installe à côté de moi.

— Eh bien, Moses, commença-t-il. J'ai entendu dire que vos amis vous avaient virés.

Il semblait content de sa maîtrise de l'argot.

— Ce n'est ni la première fois ni la dernière.

— Je vous cherchais, où étiez-vous?

— Je lisais. Dans l'ancien bâtiment. (Je fis un geste vague en direction de l'autre aile.) Il y a un problème?

— Non. Je me demandais simplement si vous aviez une idée pour le canard.

— Non, je n'en ai pas, fis-je, levant à peine les yeux de la dépêche.

— Vous savez, personnellement, je vous souhaite bonne chance.

— Merci, Yen.

— Je voudrais que vous quittiez la Chine le plus vite possible.

Je vis Liu entrer dans le salon de l'autre côté du bar. Elle était ponctuelle. Cinq heures pile. Mais quand elle me vit en compagnie de Yen, elle se raidit. Je me demandai si elle allait faire demi-tour et sortir.

— Je suis très étonné qu'un membre de votre groupe ait pu faire une chose semblable, continua Yen. Malheureusement, vous serez bientôt tous aux arrêts, ce qui entravera considérablement votre enquête, sans aucun doute. Dans ces circonstances, je tiens à vous offrir mon assistance. Vous pouvez faire appel à moi à tout moment. Je me chargerai des affaires hors de votre portée, à l'extérieur de l'hôtel.

Je regardai Yen. Que savait-il au juste ? Est-ce que Liu lui avait parlé du mauvais élément ? Je n'aurais pas dû lui faire confiance. C'était bêtement sentimental. Je jetai un coup d'œil à Liu qui était debout près de la réception, de dos, puis revins à Yen.

— Merci quand même, fis-je. Mais, vous l'avez dit, je suis viré.

Je me levai et me dirigeai vers Liu. Je passai devant elle comme si de rien n'était et montai dans l'ascenseur. Du pied, j'empêchai la porte de se refermer et attendis jusqu'à ce que j'entende des pas. Puis je libérai le battant et appuyai sur le bouton du troisième. Je sortis et fonçai droit sur le gardien d'étage.

— Vous parlez anglais ? lui demandai-je.

Une expression vide fut sa réponse.

Il n'en changea pas quand il me vit retourner vers l'ascenseur et rester planté là, à surveiller le panneau lumineux comme si c'était le symbole sacré d'une religion mystérieuse. L'indicateur ne changea pas. J'estimai à dix contre une mes chances d'être suivi par Liu et à bien moins que ça mon pouvoir de persuasion. Mais je ne voyais pas l'intérêt de partir sans elle.

Quelqu'un entra dans l'ascenseur au rez-de-chaussée et je regardai les chiffres grimper — un, deux, trois... quatre, cinq, six, sept, huit. La question était réglée. Tout mon allant s'évapora en un instant. Dans le fond, cette affaire ne me concernait pas plus que les autres. Autant prendre une retraite anticipée et laisser la nature ou le matérialisme dialectique suivre leur cours.

Le type de l'étage se remit à me dévisager comme si j'étais un de ces dingues d'étrangers quand je m'approchai de l'ascenseur et appuyai sur le bouton d'appel. Je regardai les chiffres redescendre — huit, sept, six, cinq, quatre, trois. La porte s'ouvrit. Je fis un pas en avant.

— Montez au quatrième, dit une voix derrière moi.

Je hochai la tête et entrai dans l'ascenseur.

Liu était montée par l'escalier.

— Vous avez quelque chose contre le troisième ? lui demandai-je quand nous nous retrouvâmes, à l'étage au-dessus.

— Non, rien, dit-elle. Mais vous y étiez en premier.

— Oui. Exact.

Elle était plus prudente que moi.

— Que voulez-vous.

— Shanghai.

— Shanghai ?

— Oui. Je veux aller à Shanghai ce soir.

Elle m'observa comme si j'étais un malade mental.

— Je veux que vous veniez avec moi.

Liu rejeta la tête en arrière et éclata de rire. Elle débita un truc en chinois, sans doute un vieux proverbe du style : « Prenez garde aux fous à la peau blanche » ou encore « Un homme viendra de l'Ouest qui te noiera dans la Rivière Jaune ! »

— Je pense que j'aurai besoin d'un guide, expliquai-je.

— Vous avez besoin d'autre chose, aussi. De l'autorisation de quitter Pékin.

— Vous voulez dire officiellement?

— Oui, officiellement. Ce qui est inimaginable dans votre situation.

— Dans celle de Moses Wine, oui. Etant donné les dispositions d'esprit du camarade Huang... Mais pas pour Craig Williams du *Toronto Globe and Mail*, n'est-ce pas?

Je sortis une enveloppe et la tendis à Liu.

— Il ne vous ressemble pas beaucoup, dit-elle en examinant les documents qui se trouvaient à l'intérieur.

— Je croyais que nous étions tous semblables.

— Ce n'est pas drôle.

— Ouais... Vous avez raison. Je porterai un chapeau.

Elle rangea le papier dans l'enveloppe et me la rendit.

— Ça n'a aucune importance. C'est impossible, de toute façon.

— Impossible?

— Oui, impossible... Et je ne sais pas pourquoi vous voulez aller à Shanghai.

— Pour attraper le mauvais élément.

— Et comment comptez-vous vous y prendre?

— Je ne sais pas. Ecoutez, Liu, nous n'avons plus le temps de jouer à ces jeux. Votre Sécurité publique nous met aux arrêts et prépare notre procès. Un petit fumier du Bureau de liaison me traite comme un lépreux et presque tous les membres du groupe se haïssent cordialement — tout ça parce qu'un canard a disparu. Pendant ce temps, à Shanghai, il y a un mauvais élément qui pourrait, je dis bien pourrait, résoudre tous nos problèmes. Je voudrais aller le voir.

— Alors, allez-y... Vous êtes tellement doué pour entrer et sortir de n'importe quel endroit... Vous pourriez vous glisser dans le train, vous cacher dans des bagages ou quelque chose comme ça.

— Et comment vais-je l'interroger, en grec ou en italien? A supposer que je le trouve.

— Justement, comment comptez-vous lui mettre la main dessus?

— Vous êtes de Shanghai. Je pensais que vous pourriez m'aider.

— Il y a dix millions d'habitants à Shanghai.

— Et d'après ce que vous nous avez dit, ils sont tous soigneusement organisés en brigades d'usine, équipes de production, jeunes pionniers, Gardes Rouges, co-mités trois-en-un, sections ALP, et que sais-je encore, excepté une minuscule poignée de malheureux mau-vais éléments qui errent à l'abandon idéologique, tels des coqs sauvages dans un poulailler communautaire. Ils ne devraient pas être difficiles à localiser.

Elle fit demi-tour et se dirigea vers l'ascenseur.

— Qu'est-ce que vous faites? dis-je.

— Je me suis trompée.

— Quoi?

— Vous ne comprendrez jamais la Chine.

— Qu'est-ce que ça...

— Votre esprit est tellement obscurci par l'idéolo-gie bourgeoise que vous ne serez jamais capable de voir quoi que ce soit objectivement.

— Hé! attendez une minute, camarade. (Je lui saisis le bras avant qu'elle n'ait pu appuyer sur le bouton d'appel.) Celui qui ne voit pas les choses objectivement n'est peut-être pas celui qu'on croit.

— Je ne pense pas.

— Et la seule chose qui m'obscurcisse l'esprit ici, c'est vous.

Elle se retourna et me regarda. Je lui lâchai le bras.

— Voilà une raison supplémentaire pour que je n'aille pas à Shanghai.

— C'est possible, dis-je. Mais vous n'avez pas le choix.

— Je n'ai pas le choix?

— Non.

— Et pourquoi?

— Parce que si vous refusez, je dirai la vérité au camarade Huang.

— Et quelle est la vérité?

— Vous le savez mieux que moi.

— Vraiment?

— Oui.

— Que sais-je mieux que vous?

— Que vous avez pris le canard.

Le gardien d'étage passa devant nous, poussant un chariot empli de serviettes.

CHAPITRE VINGT-SIX

Ce soir-là, Tien-An Men ressemblait à un camp militaire. Des milliers de gens étaient assemblés par petits groupes sur la vaste place, bavardant ou jouant aux cartes, assis sur des tabourets posés temporairement sur le ciment. Il y avait une atmosphère d'attente feutrée, liée sans doute à la réunion du Onzième Congrès du Parti dans le Grand Palais qui, d'après ce qu'on disait, touchait à sa fin. De l'endroit où je me trouvais, au pied du Mémorial de Mao, le nombre des soldats de l'armée de Libération du Peuple qui gardaient l'entrée du palais semblait avoir doublé depuis le matin. Plusieurs limousines noires étaient garées le long du trottoir, derrière les troupes, et une demi-douzaine de blindés flanquaient la file de véhicules.

Il n'était pas difficile de deviner les raisons de ces précautions. Société en apparence placide et organisée, la Chine est en fait secouée par des révolutions régulières. En 1975, Tien-An Men avait été le théâtre de violentes confrontations, les supporters du bien-aimé Chou En-lai manifestant contre l'éclipse temporaire de leur héros. Cela pourrait se reproduire à tout moment. A cause de qui… ? De la bande des Quatre ?

Je contrôlai l'heure à ma montre. Il était six heures

vingt-six. J'avais donné rendez-vous à Liu à six heures et demie devant le Mémorial de Mao plutôt qu'à l'hôtel, de façon à pouvoir gagner la gare sans éveiller les soupçons. J'apercevais déjà une silhouette, la sienne sans aucun doute, qui se dirigeait vers moi à travers l'immense place. Elle portait l'un de ces sacs de vinyle noir que les guides du Service de Voyages semblaient trimbaler partout avec eux, et marchait en regardant le sol. Lorsqu'elle ne fut plus qu'à une centaine de mètres de moi, je vis qu'il s'agissait bien de Liu. J'avoue que j'avais songé à la dénoncer. Cela aurait été si simple, et très chinois — sacrifier l'individu aux besoins du groupe. Mais je savais que beaucoup d'autres choses étaient en jeu, qu'elle avait fait cela dans un but précis, et qu'il me faudrait aller jusqu'au bout. Et puis il y avait aussi les sentiments étranges que j'éprouvais pour elle.

Juste à ce moment, elle tourna à gauche, prenant Fan Ti Lu qui longe le portail de l'ancienne ville. Je la suivis à distance respectable, certain que les Chinois qui rentraient chez eux, à pied ou à vélo, ne feraient pas de rapprochement entre nous deux. Bientôt, j'aperçus la gare, étrange amalgame de réalisme socialiste et d'architecture traditionnelle chinoise. Encore quelques mètres et je pus entendre *l'Internationale* diffusée par des haut-parleurs fixés sur l'avant-toit. Ses paroles me laissent généralement une impression ambiguë, mais le romantisme inébranlable de sa mélodie finit toujours par me prendre au ventre. Je me demandai ce que devait ressentir Liu en conduisant ce révisionniste nouvelle version jusqu'aux marches de la gare de Pékin.

Lorsque j'entrai, je la vis qui m'attendait dans le hall, à moitié cachée derrière une colonne.

— Restez ici, dit-elle.

Elle traversa le hall en direction des guichets. Il y en avait une douzaine, mais seuls deux d'entre eux étaient ouverts. Je la vis gesticuler à l'intention du vendeur de billets, lui glissant mes faux papiers et le paquet de yuans que je lui avais donné. Il examina ma carte attentivement, notant les informations sur des formulaires élaborés. A l'autre bout du hall, un groupe d'étrangers — des Slaves sans doute — attendaient impatiemment leur guide, tandis que les haut-parleurs annonçaient le départ d'un train, de ce ton suraigu qui caractérise les Chinois. Je vis des gens se diriger à la queue leu leu vers les quais.

Puis Liu me fit signe, et je la suivis vers les portes qui menaient aux trains. Elle montra mes papiers au contrôleur avant que je sois assez près pour lui permettre de constater les différences existant entre mon visage et celui du propriétaire de la carte. Il me fit un signe de tête et je franchis le portail, me retrouvant sur le quai. Devant moi s'étirait le Shanghai Express, une locomotive Diesel d'un vert luisant, décorée d'une étoile rouge, et suivie de treize ou quatorze voitures. Pendant un moment, je perdis Liu dans la foule des voyageurs qui se pressaient, se bousculaient ou faisaient leurs adieux. Finalement, je l'aperçus, six wagons plus loin, alors qu'elle attrapait la barre d'appui et se hissait à l'intérieur du train. Je fonçai vers elle, heurtant deux officiers de l'ALP, qui me regardèrent curieusement. Je les dépassai et m'éloignai d'une démarche qui tenait plus du sprint que de la balade.

Je grimpai dans la voiture. Liu se frayait un chemin dans le couloir. C'était un wagon de première classe au confort datant d'une autre ère — cloisons lambrissées et compartiments séparés. Les deux premiers étaient occupés par les Slaves, le suivant par quatre cadres déjà plongés dans leurs paperasses. Les deux d'après étaient vides. J'avançai jusqu'au dernier où je vis Liu assise en face d'un vieux monsieur qui fumait une cigarette en buvant du thé. Je m'assis près d'elle et me servis aussi une tasse de thé. Il y eut deux sifflements brefs et le train démarra. Nous étions en route pour Shanghai.

Je ne savais pas si j'étais censé parler à Liu, ni même paraître remarquer sa présence, mais nous étions partis depuis à peine deux minutes quand elle m'adressa la parole.

— Vous devez garder cela, me dit-elle en me tendant mes « papiers » et mon ticket.

Le vieux monsieur me sourit et posa une question à Liu. Elle répondit brièvement.

— Qu'est-ce qu'il voulait ?

— Savoir qui vous étiez. Je lui ai dit que vous étiez journaliste et canadien.

J'adressai un signe de tête au vieux, qui se lança dans un discours passionné, fendant l'air de sa cigarette avant de balancer un crachat en guise de conclusion, dans le crachoir qui se trouvait à ses pieds.

— Qu'est-ce qu'il raconte ? demandai-je.

— Soyez prudent quand vous nourrissez l'ours, sinon il se retournera et vous mordra.

— Quoi ?

— Il veut dire que les Canadiens ne devraient pas vendre de blé aux Russes. L'impérialisme social des Soviétiques est la plus grande menace actuelle pour la paix mondiale.

— Dites-lui que je suis totalement d'accord avec lui.

— C'est faux. Vous vous en moquez éperdument.

— Qu'est-ce que c'est censé signifier ?

— Que vous êtes une personne cynique et égocentrique.

254

— Hé! attendez une minute...

— Vous n'avez pas besoin de servir le peuple d'un quelconque pays. Vous ne pensez qu'à vous-même.

— Qu'en savez-vous?

— Je vous ai observé.

— Vous m'avez observé? Et comment faites-vous ça? Vous voyez dans ma tête, peut-être?

Elle ne répondit pas.

— Dites à ce pékin ce que je vous ai demandé de lui dire.

— Pékin?

— Lui! (Je désignai l'homme du doigt.)

Liu me lança un regard furieux et traduisit. Le vieux monsieur approuva d'un hochement de tête. Le train traversait à présent les faubourgs de la capitale, prenant de la vitesse.

— Vous devriez peut-être le faire sortir d'ici, dis-je.

— Pourquoi?

— Pour plus de sécurité. Les deux compartiments suivants sont vides.

— Vous n'êtes pas quelqu'un de bon, répondit-elle.

— Ah! non! Ne recommencez pas avec ça! (Je donnais un coup de poing sur la table, pour l'emphase, renversant le thé. Le vieil homme sursauta et leva les yeux sur nous.) Ecoutez, je sais que je vous ai forcée à faire ça, mais vous êtes autant responsable que moi de ce qui se passe, peut-être même plus. Et si vous voulez la bagarre, nous ferions vraiment mieux de le sortir d'ici!

— Je ne cherche pas la bagarre, dit-elle en sortant un livre de son sac.

Je jetai un coup d'œil par la fenêtre. Il faisait presque nuit et je discernais à peine la silhouette de ce qui devait être des communes agricoles, parsemant çà et là le paysage.

— Combien de temps dure le voyage? demandai-je.

— Seize heures.

— Vous auriez dû me prévenir. Ça fait des années que j'ai envie de lire Proust.

— Estimez-vous heureux. L'année dernière, avant le diesel, il durait vingt-cinq heures.

— Qu'est-ce que vous lisez?

— Le cinquième volume des œuvres du Président Mao.

— Evidemment.

Elle me jeta un regard neutre.

— Il y a beaucoup à étudier là-dedans. Je suis sûre que, *vous*, vous aimez les romans policiers.

— Non, je n'aime pas ça. En général, ils sacrifient tout à l'intrigue.

Mais elle ne m'écoutait plus. Elle était plongée dans les pages du Volume cinq. Je me demandai combien de fois elle l'avait déjà lu, combien de fois elle en avait discuté en séance spéciale. Il fallait pour cela une discipline vraiment particulière. Je m'émerveillais de cette constance, tout comme je m'émerveillais jadis devant mes camarades de collège qui devaient lire des dizaines de fois *The Faerie Queen* ou *l'Epopée de Gilgamesh* pour satisfaire leur directeur de thèse.

Un serveur ouvrit la porte du compartiment et passa la tête à l'intérieur.

— Il est l'heure du dîner, dit Liu. Vous devez y aller.

Le vieil homme se leva et sortit.

— Vous ne venez pas? lui demandai-je.

— Non. Je vais lire.

— Vous n'aurez pas faim?

Elle haussa les épaules. Je vis le groupe de Slaves remonter le couloir. Ils me faisaient penser à une convention de syndicalistes de Newark.

— C'est trop dangereux, hein ?

— Tout est trop dangereux. C'était trop dangereux de venir, c'est trop dangereux pour moi d'être ici, trop dangereux pour vous, pour votre groupe… Dangereux pour la Chine et pour l'Amérique.

— Pour la Chine et pour l'Amérique ?

— Nous vivons dans un monde de grand chauvinisme.

— Quel rapport ?

— Il y a un poème de Mao : *Des fourmis sur le caroubier se donnent l'air important des grandes nations. Et les éphémères complotent, délicats, pour ébranler l'arbre géant. Le vent d'ouest éparpille les feuilles dans Chang-An. Et les flèches volent, frémissantes.*

— Voudriez-vous, heu… parler anglais ?

— Mais je suis chinoise.

— Je n'avais pas remarqué.

— Ah ! la célèbre ironie de Moses Wine.

— Pas vraiment célèbre.

— Vous vous trompez. Nous avons beaucoup entendu parler de vous en Chine. Les membres influents de la section traduction étudient tous les numéros de *Modern Times* avec la plus grande attention.

Je regardai Liu. Ainsi cette réputation, fabriquée par les médias, m'avait précédé en Chine. Je n'étais pas uniquement une fiche de renseignements vitaux, établie d'après une demande de visa, mais MOSES WINE — LE PRIVÉ DES ANNÉES 60 ! Je me demandai ce que cela pouvait signifier pour les Chinois. En tout cas ça voulait certainement dire quelque chose pour Liu.

— C'est pour cela que vous avez pris le canard, n'est-ce pas ? demandai-je.

— Oui et non.

— Quelle autre raison pourrait-il y avoir ? Nancy Lemon avait raison. Celui qui a volé le canard ne l'a pas fait pour s'enrichir. Il — enfin elle — l'a fait pour nous retenir en Chine…, me retenir en Chine.

— Mais comment avez-vous su que c'était moi ? dit-elle.

La locomotive siffla tandis que le train traversait un pont. Dans la vitre noire, je vis le reflet du serveur en veste blanche qui remontait le couloir.

— Je vous l'ai dit, je n'arrivais pas à croire qu'un membre du groupe ait pu être aussi inconscient…, et puis vous passiez votre temps à essayer de m'avertir.

— Moi ?

— Oui. Seulement je n'écoutais pas. Comme le jour où nous étions dans la Cité interdite, juste avant qu'on dérobe le canard, et que vous paraissiez si insouciante à propos de notre départ. Et plus tard au restaurant, lorsque j'ai dit que c'était mon dernier repas en Chine et que vous avez suggéré le contraire. Et la chanson qui dit que l'empereur de Jade n'existe pas — vous l'avez chantée le jour de notre arrivée. C'est comme si vous aviez tout prévu depuis le début.

— D'une certaine manière…

— Vous n'êtes pas une très bonne criminelle, Liu.

— Peut-être ne voulais-je pas en être une.

— Non. Vous vouliez simplement vous payer un détective américain. Mais, ce que je ne comprends pas, c'est pourquoi.

Elle se leva.

— Allons dîner.

— Pas avant que vous ne m'ayez tout expliqué.

— Il vaut mieux que nous ne sachions pas certaines choses l'un sur l'autre.

Elle fit glisser la targette et ouvrit la porte du compartiment.

Nous sortîmes.

— Au fait, dis-je, merci pour l'avertissement.

— L'avertissement ?

— La carte postale que vous avez laissée dans ma chambre à Shanghai. Ça m'a servi.

— De rien.

Je la suivis le long du couloir jusqu'au wagon-restaurant, décoré dans le style des autres voitures : boiseries, nappe blanche et bouquets de fleurs. Deux groupes d'étrangers et quelques Chinois étaient déjà attablés. J'avançai dans l'allée centrale lorsque j'aperçus les membres de l'équipe de volley éthiopienne. Je détournai brusquement les yeux, feignant de ne pas avoir remarqué leur expression de surprise. Je rejoignis rapidement Liu et m'assis en face d'elle à la dernière table, tournant le dos au reste du wagon. Le train amorça un virage. Par la fenêtre, je pus voir l'intérieur du wagon suivant, où de nombreux Chinois étaient assis sur des bancs, serrés les uns contre les autres. L'équivalent d'un wagon de seconde classe, dans une société sans classe.

— Vous les connaissez ? demanda Liu.

— Les Ethiopiens ? Ils étaient à l'Hôtel de Pékin. Quelques-uns d'entre eux ont poursuivi Ruby Crystal de leurs assiduités.

— Je crois qu'ils vous ont reconnu.

— Quelle importance ?

Elle ne répondit pas. Le serveur arrivait, avec des sodas à l'orange et de la Tsingtao. Je choisis la bière. Liu hésita, puis opta elle aussi pour la bière. Je levai mon verre.

— A quoi trinquons-nous ? A l'amitié ?

— Oui. A l'amitié, dit-elle.

Le serveur revint avec des hors-d'œuvre et des plats de crevettes kung p'ao et de porc szechuan. Liu sourit en me voyant dévorer. Vint ensuite un mets composé de quelque chose de visqueux, que je ne pus me résoudre à toucher.

— Ce sont des méduses, expliqua Liu. (Je la regardai saisir un morceau de substance gluante et le porter à ses lèvres.) Vous devez y goûter, ajouta-t-elle. Il faut toujours expérimenter par soi-même.

— C'est le Président Mao qui a dit ça?

— Non, mais il a dit...

— Oui, je sais. « Si l'on veut acquérir des connaissances, il faut prendre part à la pratique qui transforme la réalité. Si l'on veut connaître le goût d'une poire, il faut la transformer en la goûtant. » Ça vous concerne aussi.

— Le Président Mao a toujours conseillé au révolutionnaire d'être sélectif.

— Exact.

Je serrai les dents et avalai un morceau de méduse, que je fis descendre avec une bonne gorgée de Tsingtao. Le serveur remplit nos verres et nous continuâmes à boire. Derrière nous, les Ethiopiens commençaient à devenir bruyants. Deux d'entre eux se tenaient debout dans l'allée le verre à la main. Je les entendis mentionner un match contre l'Equipe Numéro Deux des Travailleurs de Pékin, ainsi qu'un score, mais je ne pus savoir qui avait gagné. De toute façon, je n'étais pas sûr que les Ethiopiens s'en souciaient.

L'un d'entre eux s'écroula sur notre table, une bouteille de vin de prune à la main.

— L'amitié d'abord, la compétition ensuite, dit-il. Vous savez, c'est ce qu'on dit ici, en Chine : « L'amitié d'abord, la compétition ensuite! »

— Ça me paraît une bonne devise, fis-je. Je n'ai jamais gagné à quoi que ce soit.

L'Ethiopien rit et versa du vin dans mon verre.

— Belle Chinoise. (Il désigna Liu.) Comment as-tu dégoté une aussi belle fille dans cet endroit ?

— Elle ne m'appartient pas. Nous sommes en Chine. Personne ne possède qui que ce soit, ici.

— Non. Mais tu es avec elle. Première fois que je vois un étranger avec une Chinoise. Comment fais-tu ?

— J'ai de la chance, sans doute.

— D'où tu viens, mon vieux ?

— Du monde.

— Oh ! allez, vieux. Moi je suis d'Addis-Abeba. Et toi ?

— Canada, grommelai-je.

Il me fixait d'un air sceptique, penché légèrement en arrière, le sourcil levé. Il devait bien mesurer un mètre quatre-vingt-dix. Le train s'engagea sur un pont. J'aperçus la silhouette d'un bateau, en bas, sur la rivière.

— Tu es américain, dit-il.

Je haussai les épaules. Il se tourna et dit quelque chose aux autres, dans sa langue. Un des types lui répondit.

— Tu es américain, répéta-t-il.

Tous les Ethiopiens s'étaient tournés vers moi et m'observaient d'un œil sévère.

— Américain, insista-t-il.

Le mot résonna dans ma tête tandis que son regard, soudain empli de toute l'amertume du tiers monde, se plantait dans le mien. Je ne suis pas responsable de ça, pas responsable, voulus-je lui crier. Et puis ce n'était pas aussi terrible qu'ils le pensaient. Il y avait aussi des bons côtés, des compensations. Mais je ne pus ouvrir la bouche.

— Qu'est-ce que tu fais là ? demanda l'Ethiopien.

Le groupe de Slaves s'était aussi retourné vers moi.

Je regardai Liu. Elle avait les yeux baissés sur son assiette et paraissait inquiète. Elle tenait toujours ses baguettes immobiles dans son bol de riz.

— Des affaires, dis-je.

— Des affaires?

— Oui, pour une compagnie américaine qui exporte des produits de Shanghai.

— Mais où est le reste de ton groupe?

— A Pékin.

— Et pourquoi dis-tu que tu es canadien?

— Eh bien, je...

— Tout cela n'est pas nécessaire, coupa Liu. Si vous voulez une explication, je vais vous la donner. C'est un étranger indésirable et je l'escorte hors de Chine.

— Oh! je vois, dit l'Ethiopien, échangeant un regard avec ses compatriotes avant de se retourner vers Liu. Qu'est-ce qu'il a fait?

— Des choses offensant la morale du peuple chinois. Il est impossible d'en discuter. (L'Ethiopien me fixa d'un air stupéfait.) Et maintenant, si vous voulez bien nous excuser... (Liu me fit un signe de tête et nous nous levâmes.) Je dois m'assurer qu'il retourne à son compartiment.

Elle posa quelques yuans sur la table et me conduisit hors du wagon-restaurant. J'entendis les Ethiopiens murmurer tandis que nous passions dans la voiture suivante.

Les lits étaient déjà préparés lorsque nous revînmes à notre compartiment. Le vieil homme, qui nous avait précédés, était en train d'ouvrir son sac de couchage. Liu se planta devant lui, les mains sur la couchette qu'il avait choisie, et se mit à lui parler en chinois. L'homme parut furieux. Il commença à crier et Liu lui répondit sur le même ton. Il posa son sac sur le lit. Liu

l'enleva. Il sortit son pyjama. Liu lui saisit le poignet.
Ils s'insultèrent encore quelques minutes. Le ton montait. Finalement, l'homme leva les bras au ciel,
referma son sac et sortit du compartiment en claquant
la porte derrière lui.

— Qu'est-ce qui s'est passé? demandai-je.

— Il ne voulait pas partir.

— J'ai cru comprendre ça.

— Je lui ai dit que les Canadiens faisaient beaucoup
de cauchemars et qu'ils ronflaient toute la nuit comme
des chevaux.

— Merci.

Je souris.

— C'était pour des raisons de sécurité. Ne vous
faites pas d'idées fausses.

— Qui, moi? Je n'ai rien dit.

Elle haussa les épaules.

— Les Américains sont des obsédés.

— Qu'en savez-vous?

— Il y en avait un, dans le groupe de mai. Il
s'asseyait systématiquement à côté de moi dans le car,
et me murmurait des choses à l'oreille, en essayant de
glisser sa main sous mes fesses. Ensuite, il me caressait
la cuisse et me disait que j'étais la plus jolie bolche-
vique depuis la seconde femme de Trotski.

— Qui était ce type?

— Un historien marxiste de l'Université de
Chicago.

Elle eut un sourire espiègle et posa sa valise sur la
couchette supérieure. Puis elle se détourna et
commença à se déshabiller.

Je sortis mon pyjama et déboutonnai ma chemise.
Le train tanguait et j'étais légèrement essoufflé. Je
sentis un nœud se former dans mon estomac, comme à
l'école de danse, quand j'étais enfant. Ou à Berkeley,
lorsque j'allais dîner à Chinatown.

— Vous êtes un homme étrange, Moses, dit-elle. On ne croirait pas que vous êtes le neveu de Sonya Liberman.

— Pourquoi?

— Elle consacre sa vie à un monde meilleur. Parfois, cela vous est difficile.

— Parfois.

J'aperçus un carré de peau ambrée quand elle ôta son chemisier et enfila sa chemise de nuit.

— Mais vous êtes bon.

Elle grimpa sur la couchette du haut et éteignit la lumière.

— Soyez prudent avec ces mauvais éléments, Moses. Ils ont étudié les arts martiaux.

— Et ils se baladent armés.

— Bonne nuit.

— Bonne nuit.

Je restai debout quelques instants dans l'obscurité. Au-dehors, la Chine défilait. Difficile de croire que j'étais vraiment dans ce pays, à l'autre bout du monde, roulant dans la nuit vers une mission que je comprenais à peine, pour des raisons qui m'étaient encore plus obscures. Je me dis que j'avais réagi par automatisme, que j'étais détective par impulsion et que le sentiment ambivalent que m'inspirait mon métier n'était en fait qu'une forme de complaisance, ce qu'en Chine on appellerait de « l'hésitation bourgeoise », le genre d'émotion de luxe que les masses ne peuvent s'offrir. Je pensai que finalement chercher la vérité sous la surface était une occupation honorable, une tentative valable étant donné les choix mis à notre disposition — même sous le déguisement clinquant du privé.

Mais cette impulsion qui me pousse à agir n'est pas simple. Elle se présente sous différentes formes, dont

264

certaines sont puissantes, et d'autres évanescentes. Dans cette affaire, la plus puissante de ces formes était de toute évidence la femme qui se trouvait dans ce lit, à vingt centimètres de mon visage — cette femme-dragon en costume Mao, sans maquillage, qui avait volé le canard pour me forcer à accomplir des tâches obscures.

Je me glissai sur le lit du bas et restai allongé un moment, oscillant au rythme du train, les yeux braqués vers sa couchette. Sa présence était très réelle. Je savais qu'elle ne dormait pas. Je l'entendais respirer, remuer. L'air du sud était épais, palpable. J'avais tellement envie d'elle que je pouvais presque sentir le goût de ses cuisses à travers la planche du lit.

— Liu…?
— … Oui?
— Je…
— Oui?
Je me tus.
— Quelque chose ne va pas?
— Non.
Le train freina, s'arrêtant à une gare.
— Où sommes-nous?
— Lin Nan.
— Vous pouvez dormir?
— Quoi?
— Est-ce que vous arrivez à dormir? répétai-je.
— Je ne sais pas. Je ne suis couchée que depuis deux minutes.
Le train eut un soubresaut en se rangeant le long du quai.
— Quelle importance cela a-t-il? dit-elle.
— Je ne sais pas… Aucune, je pense.
— Avez-vous d'autres questions?
— Je suppose que non.

— Si vous voulez coucher avec moi, vous devez le dire.

Je me redressai.

— Bien sûr que je veux coucher avec vous.

— Pourquoi?

— Pourquoi???

— Oui, pourquoi?

— Pourquoi? Parce que... ça devrait être évident, Liu. Je trouve que vous êtes une femme très séduisante.

— Et alors?

— Comment, et alors? Ça veut dire quelque chose, ça, non? Belle, séduisante, brillante — exceptionnelle en tous points. En Amérique, je dirais que je suis fou de vous.

— Qu'est-ce que ça veut dire?

— Je viens juste de vous le dire.

— En Chine, nous choisissons nos compagnons d'après leur ligne politique.

— Je sais, Liu.

— Votre ligne politique n'est pas bonne. Quelles que soient vos sympathies, vous êtes toujours un membre de l'élite réactionnaire.

— Je sais, Liu.

— Votre esprit est infecté par la maladie de l'individualisme.

— Je sais.

— Et du matérialisme.

— Oui.

— Je comprends pourquoi vous avez envie de moi, même si vous ne vous en rendez pas compte.

— Pourquoi?

Un contrôleur passa devant notre fenêtre, pressant quelques passagers attardés sur le quai. La plupart semblaient être des fermiers, des paysans. J'aperçus une femme sous un lampadaire, portant un panier d'échalotes pour son mari qui partait.

— Pour parler franchement, je suis ce que vous n'avez pas.

— Ça, c'est certain.

— Non. Je ne voulais pas parler de ça... je représente quelque chose pour vous.

— Quoi?

— Une sorte d'objet.

— Un objet?

— Pour Moses Wine, un simple souvenir de Chine. Même un canard de jade de la dynastie Han ne signifierait pas grand-chose. Tandis que le fait d'avoir couché avec une guide communiste et chinoise!...

— Oh! arrêtez!

— Vous croyez que je plaisante?

— J'espère que vous plaisantez!

— Alors que suis-je pour vous? Vous ne me connaissez pas. Je ne suis qu'un symbole à vos yeux.

— De quoi?

— De l'Orient..., de la nouvelle Chine..., de quelque chose en tout cas. Une bonne histoire à raconter à vos amis à votre retour.

— C'est tout, n'est-ce pas?

— Non, ce n'est pas tout.

— Qu'y a-t-il encore?

— Vous êtes attiré par moi parce que vous pensez que vous ne pouvez pas m'avoir..., parce que j'appartiens à une société beaucoup plus moraliste que la vôtre.

— Peut-être.

— Nous devons faire des sacrifices pour construire la nouvelle société, renoncer à notre plaisir personnel pour le bien de tous.

— Je sais.

— Mais vous ne savez pas ce que ça signifie ! Vous n'imaginez pas à quel point c'est dur !

Sa voix, soudain, exprimait de la souffrance, devenait une accusation, un cri.

— Comment pourrais-je le savoir, Liu ? Qu'est-ce que vous essayez de me dire ?

— Vous êtes divorcé ?

— Oui.

— Dans votre pays, il vous suffit de claquer vos doigts pour être séparé de votre conjoint.

— Plus ou moins.

— Pour moi, ce n'est pas si simple.

— Pour vous ?

— Mon mari et moi ne nous entendons pas. Nous n'avons pas d'enfant et nous ne dormons plus ensemble depuis des années. J'ai déposé une demande il y a quatre ans...

— Et ?

— Et je n'ai toujours pas de réponse.

Le train s'arrêta net. Je levai les yeux vers la couchette de Liu. J'avais envie de lui poser des questions, mais je savais que ce n'était pas le moment. Je restai allongé en silence, tandis que des gens passaient dans le couloir, cherchant leur compartiment.

— Est-ce que vous comprenez à quel point ceci serait difficile pour moi, dit-elle.

— Sabotage de la famille ?

— Oui..., je perdrais mon travail... ou peut-être pire encore... peut-être...

— Mais vous avez déjà pris ce risque.

— Oui.

Le train siffla et s'engouffra dans un tunnel.

Il y eut un autre long silence. Le compartiment parut se refermer autour de nous.

Le train émergea du tunnel. Un pâle rayon de lune

illumina l'intérieur de notre « chambre ». Je distinguai le lavabo et les étroits placards près de la porte.

Liu glissa sa main sur le rebord de sa couchette.

Je tendis le bras et ma main se posa sur la sienne.

Deux jambes, sous une large chemise de nuit de coton, passèrent par-dessus bord.

La Chine, la Chine, la Chine.

CHAPITRE VINGT-SEPT

— Ils nous cherchent.

J'ouvris les yeux et vis Liu, debout près de moi. Nous roulions sur une plate-forme surélevée s'étirant entre des rues étroites. Des parcelles de terres cultivées apparaissaient entre les bâtiments, des complexes d'habitation récents de trois ou quatre étages.

— Comment le savez-vous ?

— J'ai entendu quelqu'un parler au contrôleur à Nankin. Les Ethiopiens étaient avec lui. Je ne crois pas qu'ils aient gobé mon histoire.

— Où sommes-nous ?

— A Shanghai… dans le quartier nord.

Je me redressai brusquement.

— Ils vont nous attendre à la gare. Où pouvonsnous descendre ?

— Dans trois kilomètres. Le train ralentit près du Huang Pu.

J'enfilai mon pantalon et me dirigeai vers la fenêtre. Le train abordait un virage. Je vis la rivière au loin, les premiers rayons du soleil levant perçant le brouillard dans lequel baignaient les austères façades allemandes du Bund. Je sentis Liu à mes côtés. Elle paraissait hagarde, épuisée. Elle n'avait pas dû fermer l'œil depuis qu'elle avait quitté ma couchette. Je voulus passer mon bras autour de sa taille, mais elle s'écarta de moi, évitant mon regard.

Je me retournai et ouvris la porte du couloir. L'un des Ethiopiens fumait debout près des W.-C. Le train siffla deux fois et pénétra dans une zone plus peuplée. Mais il ne ralentit pas. J'eus la vision du camarade Huang, entouré de ses cohortes, nous attendant à la gare de Shanghai, de deux limousines noires garées près des quais, vitres fermées, prêtes à nous emporter vers un camp de concentration de Mandchourie, avec des commissaires et des fils barbelés, comme dans un mauvais film de guerre coréen. Mais sauter aurait été de la folie.

Je me tournai à nouveau vers Liu. Je vis sur son visage une résignation qui me fit sursauter, un calme asiatique que je ne pouvais comprendre, comme si ses glandes sécrétaient un mystérieux tranquillisant au lieu d'adrénaline.

Puis le train commença à ralentir. Nous approchions d'un remblai poussiéreux qui descendait jusqu'à un terrain vague. Une série d'allées s'enfonçaient entre des entrepôts de brique. On se serait cru dans une ville industrielle du Massachusetts.

— C'est là?

Liu hocha la tête et passa devant moi, je la suivis. L'Ethiopien nous jeta un regard soupçonneux, puis se lança à notre poursuite. Je l'entendis nous crier de nous arrêter. Je passai la porte de communication avec le wagon suivant, puis me retournai brusquement, repoussant le battant contre la cage thoracique de notre poursuivant. Il s'étala sur la moquette du couloir. Je propulsai Liu dans l'autre voiture et verrouillai la porte derrière moi.

L'unique serveur du wagon-restaurant nous regarda

d'un air effaré. Liu voulut le raisonner, mais je l'attrapai par le collet et le jetai dans la voiture précédente. Nous continuâmes à courir et débouchâmes sur la plate-forme arrière. Vu de l'extérieur, le train semblait rouler deux fois plus vite. Liu me jeta un regard incertain.

— Sautez la tête la première et roulez-vous en boule.

— Comment savez-vous ça?

— Je l'ai vu faire au cinéma.

— Toujours vos plaisanteries, dit-elle.

— Je vous en prie, Liu. Nous n'avons pas le choix.

Je lui pressai la main. Elle se détourna. Le vent soufflait sur son visage.

A ce moment-là, elle sauta, me laissant seul à contempler le sol sous mes pieds. Il filait devant mes yeux, toutes ses aspérités brouillées comme les mots sur le label d'un 78 tours.

Je regardai en arrière, et vis Liu rebondir le long du talus, semblable à une boîte de conserve échappée de sa chaîne d'emballage. Puis je m'élançai. Le sol me sauta à la figure. Je m'y écrasai et rebondis, glissant en bas de la pente sur le flanc. Du gravier déchirait ma chemise et mes mains. Je sentis quelque chose de pointu s'enfoncer dans mon genou. Ma chute fut stoppée par une brouette renversée. Je cherchai Liu du regard. Elle était assise à vingt mètres de moi et se tenait la jambe.

— Tout va bien?

Elle ne répondit pas, mais se mit debout et se dirigea en boitant vers une allée. Du sang giclait d'une profonde entaille dans son mollet. A l'entrée de l'allée, elle trébucha, s'écroulant contre un mur.

Je courus vers elle, arrachai un morceau de ma chemise et m'agenouillai à ses côtés.

— Il vous faut un docteur, dis-je en faisant un garrot du morceau d'étoffe.

— Non, non. Vous devez continuer.

— Je laisse tomber. Je vous emmène à l'hôpital.

Je commençai à glisser mes bras sous ses aisselles pour la porter, mais elle me saisit la main.

— Non. Je vous en prie. Allez. On s'occupera de moi plus tard..., après.

— Après quoi ? C'est de la folie, Liu ! Je n'ai pas la moindre idée de ce qui se passe ici !

— Vous allez mettre la main sur le mauvais élément.

— Oui, mais pour quelle raison ?

Liu prit une profonde inspiration et ferma les yeux. Sa peau ambrée devenait blanche sous la souffrance. Elle tremblait légèrement. Je tremblai moi aussi en songeant à la cicatrice que cette blessure allait laisser sur sa jambe, en admettant qu'elle ait la chance de s'en tirer à si bon compte.

Elle désigna une cabane un peu plus loin.

— Je vous attendrai là. Ramenez-moi le mauvais élément. Nous devons prouver qu'il travaille pour Yen.

— Pour Yen ?

— Oui.

— Je ne comprends pas.

— Ça fait des années qu'il s'emploie à discréditer notre pays aux yeux des étrangers. D'abord les Français et les Anglais. Maintenant, les Américains. Il utilise toutes les méthodes possibles.

— Yen ? répétai-je.

— Oui, Yen.

Elle appuya ses paumes sur le sol et se traîna jusqu'à la cabane. J'ouvris la porte et l'aidai à entrer. A l'intérieur se trouvaient des étagères chargées d'ustensiles de cuisine.

— Alors tout ce qui s'est produit — le coup de l'escalade du mur, les attaques des mauvais éléments — tout ça avait été soigneusement préparé ? Par Yen ?

— Oui. Même l'histoire de Fred Lisle qui aurait demandé à être logé dans la chambre de Nancy Lemon.

Je souris. Pas étonnant que Fred ait aussi mal pris mon discours. Mais mon hilarité disparut brusquement. Yen était un homme habile, qui étudiait soigneusement ses victimes et jouait sur leur vulnérabilité. Et je ne m'étais jamais senti aussi vulnérable qu'à cet instant.

— Pourquoi se donne-t-il tout ce mal ? demandai-je.

— Afin de saboter les relations entre nos pays... d'empêcher la normalisation des rapports entre la Chine et l'Amérique.

— Pour le compte de qui ?

— De nos ennemis.

— Ceux de Taiwan ?

— Peut-être..., à moins qu'il ne s'agisse des Russes.

— Mais je ne comprends pas. Pourquoi avez-vous besoin de moi ? Pourquoi ne l'accusez-vous pas vous-même, tout simplement ?

— D'abord parce que je pense qu'il a un complice américain. Quelqu'un qui a apporté de l'argent. Vous devez découvrir son identité. Mais surtout à cause de ce que je suis.

— Vous voulez parler de la classe dont vous êtes issue.

Elle secoua la tête.

— De quoi, alors ?

— Il n'est pas important que vous le sachiez.

— Liu !

— Vous ne comprendriez pas.

— Bon Dieu! Ça m'est égal de ne pas comprendre. Je veux simplement savoir ce qui se passe!

— Ce n'est pas bien que vous sachiez cela.

— Et ce n'est pas bien de vous terrer dans une cabane poussiéreuse pendant que la gangrène s'installe dans votre jambe! Maintenant dites-moi pourquoi vous ne pouviez pas vous charger de ça vous-même.

— A cause d'elle, grommela Liu.

— D'elle?

Liu ferma à nouveau les yeux.

— Il y a de l'eau dans le sac.

J'ôtai la sacoche de son épaule et en sortis un thermos de plastique. Je l'ouvris et portai le goulot à ses lèvres. Liu but pendant plusieurs secondes. Puis elle rouvrit les yeux.

— J'ai travaillé pour elle pendant sept ans!

— Pour qui? Bon sang, Liu! Pour quoi?

— La camarade Chiang Ching... j'ai été son interprète personnelle depuis la Révolution culturelle jusqu'à l'écrasement de la bande des Quatre. Personne ne voudrait m'écouter aujourd'hui.

— Non, effectivement.

Je donnai encore de l'eau à Liu. Pas étonnant qu'elle ait eu des problèmes pour divorcer. Et c'était probablement la moindre des brimades qu'elle avait eu à subir.

Une mouche se posa sur son nez. Elle la chassa. « Chassons tous ces insectes nuisibles », pensai-je en me rappelant le poème de Mao. « Notre force est irrésistible! »

Voilà à quoi aboutissait cette révolution — à une femme forcée de mentir, de risquer le tout pour le tout afin de défendre cette fameuse Révolution contre elle-même. Contradictions. Encore des contradictions, toujours des contradictions. Une se divise inévitablement en deux. Mao avait dit qu'il y aurait ceux qui brandiraient le drapeau rouge pour attaquer le drapeau rouge. Maintenant c'était l'inverse. Il avait aussi dit qu'une révolution était un dîner de gala. Et il ne se trompait pas sur ce point. En regardant Liu, je doutai qu'elle puisse jamais parvenir jusqu'au chariot de hors-d'œuvre.

Je doutai aussi qu'elle en ait envie. Je m'émerveillais de son dévouement, mais il me troublait. Peut-être étais-je simplement incapable de franchir le fossé qui me séparait du Service du Peuple. Peut-être étais-je pourri jusqu'au noyau. Impossible de le savoir. J'étais confronté une fois de plus à la vieille métaphore des boîtes chinoises s'ouvrant l'une après l'autre, sans fin. Seulement, à présent, je me trouvais devant des boîtes de plus en plus petites, que je regardai diminuer jusqu'à devenir invisibles, comme un étudiant perplexe cherchant à apercevoir des détails infimes que son microscope à électrons ne peut capter.

— Vous devez partir, dit Liu.

Je hochai la tête.

— Prenez ma main…, je vous en prie.

Je la serrai dans la mienne.

— Soyez prudent, Moses. Yen est capable de tout… Cet homme, qui est mort dans la commune, il travaillait pour moi.

CHAPITRE VINGT-HUIT

J'entrai à l'hôtel Jin Jiang au milieu d'un groupe de touristes français. Le parfum capiteux des femmes semblait déplacé, presque obscène en Chine. Je m'engouffrai à leur suite dans l'ascenseur et montai, espérant que personne ne remarquerait cet Américain sale, au visage égratigné et à la chemise déchirée. C'était un risque calculé, bien entendu, mais je pensais que le dernier endroit où les autorités me chercheraient serait précisément le centre nerveux du tourisme socialiste à Shanghai. Je savais aussi que j'aurais besoin d'une nouvelle identité, d'un déguisement destiné à dissimuler mon apparence « classe moyenne occidentale ».

L'ascenseur s'ouvrit au troisième et je sortis, abandonnant les Français. Je passai devant le gardien d'étage sans lever les yeux et tournai l'angle du couloir. Là, je fis une pause, attendant de voir s'il allait me suivre, puis poussai la première porte. Elle n'était pas fermée à clé, évidemment. Je vis un magnéto posé sur le bureau, ainsi qu'une caméra Beaulieu. J'ouvris la penderie. Quatre ou cinq costumes sombres de coupe européenne y étaient accrochés. J'essayai l'une des vestes et me regardai dans la glace. Elle m'allait plutôt bien, mais comme déguisement ce n'était pas fameux. Je refermai la porte derrière moi et passai à la chambre suivante. Elle était occupée par des femmes qui, à elles deux, semblaient avoir emporté tous les modèles de la dernière collection Dior. De toute évidence, je n'étais pas dans le bon coin.

J'attendis que le gardien s'éloigne et fonçai à l'autre bout du couloir. La première porte que j'essayai était fermée à clé. Qu'est-ce que ça signifiait. Hérésie ? Manque de confiance ? La suivante en tout cas s'ouvrit sans problème. Au début, je crus que la chambre était inoccupée. Il n'y avait rien sur le bureau et le lit ne semblait pas avoir été défait. Mais lorsque j'ouvris l'armoire, je trouvai tout ce dont j'avais besoin. Elle était bourrée à craquer de vêtements arabes. Je pris la première djellaba qui me tomba sous la main et la glissai par-dessus mes habits. Elle m'allait comme un gant. Puis je trouvai une kéfia rouge et blanc et me plantai devant la glace pour l'ajuster.

Je souris. Je dois admettre que mon allure me plaisait assez. Cela me rappelait mes ancêtres. Et je pense que je jouissais de l'ironie de la situation : Moses Wine, Juif américain, vêtu d'un costume que j'identifiai immédiatement comme étant celui de l'Organisation de Libération de la Palestine.

Mon premier test fut le gardien d'étage et je le passai haut la main, lui adressant un « Salaam » poli avant de monter dans l'ascenseur.

Le hall ne présenta pas plus de difficulté. Je le traversai lentement, toujours pour me tester, prenant le temps de regarder les cartes postales au bureau de l'hôtel. La femme qui se trouvait derrière le comptoir eut la bonté de me désigner plusieurs photos représentant la raffinerie de Taching avec des commentaires en arabe. Je refusai poliment et sortis.

Une fois dehors, j'empruntai la rue de Nankin en direction du Hall d'Exposition industriel. Il y avait peu de chance pour que le mauvais élément donne une seconde représentation au profit d'un autre groupe, mais c'était la seule piste que je possédais dans cette ville de dix millions d'habitants. D'après ma carte, j'avais un bon bout de chemin à faire, mais je pourrais toujours profiter de l'occasion pour réfléchir. Et après les confessions de Liu, j'avais pas mal de sujets de réflexion. Mais j'éprouvais un mal fou à me concentrer. Je ne cessai de penser à elle terrée dans cette cabane, à sa jambe blessée qui devenait de plus en plus douloureuse au fur et à mesure que la chaleur montait sous le toit de tôle ondulée. Par trois fois, je faillis faire demi-tour et retourner auprès d'elle, mais pourquoi ? Pour satisfaire mes propres besoins, mon propre désir irrésistible d'être auprès d'elle, même si sa cause et la mienne étaient mieux servies par ma présence ici à la recherche du mauvais élément et des moyens de traîner Yen et ses complices devant la justice.

Mais quelle justice ? Et justice pour quoi ? N'intriguez pas, ne conspirez pas. Unissez-vous, ne vous divisez pas. Soyez francs et loyaux. Mettez un terme à votre bande des Quatre. Evitez le divisionnisme, le révisionnisme, l'ismémisme. Tout cela tournait dans ma tête. L'idée que Liu avait passé sept ans de sa vie avec Chiang Ching me paraissait incroyable — sept ans avec l'épouse de Mao, la femme qui avait essayé de mettre la Chine sens dessus dessous en purgeant la culture révolutionnaire, tout en se faisant projeter les films de Garbo. Le moins qu'on puisse dire, c'est qu'elle n'avait pas dû s'ennuyer.

Avant de la quitter, j'avais voulu demander à Liu de me parler de Chiang Ching, mais l'ambiance n'était pas propice à ce genre de questions. Pourtant la curiosité me dévorait. C'était peut-être le détective en moi qui était incapable de résister à l'un des crimes contemporains les plus étonnants. Chiang Ching était-elle ou non coupable de sabotage ? Etait-elle une idéaliste désirant changer l'essence même de la nature humaine, une propagandiste habile qui avait passé sa vie à manipuler les idéologies à son avantage, une nouvelle impératrice décidée à régner intellectuellement et politiquement sur la Chine ? C'était une énigme fascinante. Même en ce moment, tandis que j'arpentais la rue de Nankin, mon esprit revenait sur une image, une photo que j'avais vue dans *Time* représentant la jeune actrice pénétrant dans la base rouge de Yenan, en 1937. Elle était presque aussi belle, alors, que son idole, Garbo. Qu'avaient pu penser ces hommes, ces célibataires austères enfermés dans leur réduit radical, quand cette dame de Shanghai était apparue parmi eux ? Pas étonnant que leur dirigeant ait désobéi à sa propre doctrine en s'appropriant cette femme. Pas étonnant que les autres aient résisté pour finir par vouer un véritable culte à la nouvelle épouse. Pas étonnant que, dans son vieil âge, le leader ait soutenu l'ascension de sa femme, puis l'ait désavouée. Pas étonnant…, pas étonnant… Chiang Ching a de grandes ambitions.

La contre-attaque avait été vitriolique. Vicieuse.

Ou bien était-ce simplement un problème de libération de la femme ? Comment savoir avec les Chinois qui possèdent un caractère spécial pour désigner la mort pendant le coït ? Et je présume, bien que je ne puisse en jurer, que ce n'est pas la femme qui meurt.

Je tournai au coin de la rue et aperçus enfin le Hall des Expositions. Une demi-douzaine de cars étaient garés autour d'un vaste patio de béton. Un guide armé d'un mégaphone pressait un groupe d'environ soixante Japonais qui marchaient en rang, en agitant des petits drapeaux blancs sous l'œil amusé des Chinois. Je les suivis à l'intérieur du Hall, m'arrêtant pour acheter un billet à vingt fen au guichet de l'entrée. Je vis mon image dans la vitre de la petite cabine et sursautai. J'avais oublié mon déguisement. Par la tombe d'Allah! murmurai-je en saluant mon reflet. Puis j'allai rejoindre les Japonais. Il ne s'était écoulé que quatre jours depuis ma première visite, mais j'avais l'impression que tous ces événements s'étaient déroulés plusieurs semaines auparavant. Je ne me rappelais pratiquement pas les objets exposés. Ils semblaient avoir été arrangés différemment, changés ou modernisés.

Les Japonais descendirent les marches menant à la salle principale qui était bourrée de turbines et de générateurs. Je leur emboîtai le pas, avançant prudemment de peur de trébucher sur ma robe. Un groupe d'étudiants chinois s'approcha de moi. Ils me dévisagèrent comme si j'étais un réfugié des *Nuits d'Arabie* dont le chameau se serait perdu sur la route de l'oasis. Mes mains tremblaient. Je leur fis un signe de tête sans m'arrêter et continuai jusqu'au bas des marches, hésitant un instant sur la dernière.

Le mauvais élément n'était pas là, bien entendu, pas plus que ses copains. Je commençais à me sentir légèrement ridicule. Si Yen était aussi intelligent que je le pensais, il ne répéterait jamais deux fois le même exploit, et surtout pas au même endroit ni avec les mêmes personnes. Il avait certainement dû payer pour ses services celui que je cherchais et s'en était tenu là. De toute façon ces tractations devaient être menées par des intermédiaires. Même si je trouvais le mauvais élément, je n'en tirerais sans doute pas grand-chose. Dans une société comme celle-ci, le moindre lacet défait pouvait vous faire trébucher jusqu'en Mongolie-Extérieure.

Mon expression perplexe ne devait pas être très discrète car une femme vêtue d'une tunique grise s'approcha de moi, me désignant un endroit derrière une turbine à vapeur, et se mit à débiter un flot de paroles dans une langue étrange qui n'était pas du chinois. Je compris de quelle langue il s'agissait quand une poignée d'Arabes, portant tous une kéfia palestinienne semblable à la mienne, émergèrent de derrière la turbine. Mon regard passa alternativement des Arabes à leur guide trop zélée et je pris le temps de me demander où elle avait bien pu apprendre l'arabe. Ensuite je fus pris de panique. Je remontais trois marches à reculons, puis fis demi-tour et commençai à courir.

J'entendis des cris et ce qui me parut être une sonnerie d'alarme. Je n'osais pas regarder en arrière. Je traversai le hall à toute allure et ralentis brutalement en débouchant dans la rue, faisant de mon mieux pour sourire innocemment aux gardes en faction. Je passai devant eux et me retrouvai dans le patio. Apparemment, personne ne m'avait suivi. J'accélérai un peu l'allure, dans la ferme intention de mettre le plus de béton possible entre moi et le Hall d'Exposition, mais ma route fut soudain bloquée par un car. Ses occupants commencèrent à me faire des signes, retroussant leur lèvres pour émettre ce sifflement aigu et perçant qui, je le savais pour avoir vu *la Bataille d'Alger,* était un salut. Encore des Arabes.

Je fis demi-tour. Les Palestiniens se tenaient à l'entrée du Hall, en compagnie de Chinois, et me montraient du doigt. Je contournai le bus, évitant de justesse un camion. Puis je m'enfonçai dans une allée, de l'autre côté de la rue, et courus pendant une centaine de mètres avant de me plaquer dans l'embrasure d'une porte. J'enlevai immédiatement la *galibya* et la fourrai dans un incinérateur. Quelques secondes plus tard, les Palestiniens passèrent à un mètre de moi, accompagnés par deux officiers de la Sécurité publique. C'étaient les premiers gardiens de l'ordre armés que je voyais en Chine.

Je descendis dans le sous-sol et me cachai sous les marches. C'est à ce moment seulement que je remarquai que je tremblais de la tête aux pieds. Je dus m'accrocher à la rampe pour ne pas tomber.

Je restai là jusqu'à la nuit, planqué derrière une chaudière hors d'usage, pensant à Liu. Tard dans l'après-midi, des gosses vinrent traîner dans les parages, jouant à un jeu qui ressemblait à cache-cache dans le sous-sol. Je dus me renfoncer le plus loin possible dans mon coin pour qu'ils ne me voient pas. Je les écoutai rire et songeai à mes enfants. Je me demandai ce qu'ils faisaient à cet instant — ils devaient se préparer à aller à l'école, si mes calculs étaient corrects, dévorant les pancakes de Suzanne tout en prétendant qu'elle avait mis trop de lécithine ou de je ne sais quoi dans la pâte. Un autre monde.

Cette nuit, je sortis de ma tanière et me dirigeai vers la rivière. Je dus me fier à mon instinct. Ma carte s'était évaporée en fumée dans l'incinérateur, avec la robe. Les habitants de Shanghai étaient sortis en masse. Ils jouaient aux cartes et bavardaient sur les trottoirs comme au cours de mon premier séjour, mais cette fois-ci leurs regards me paraissaient soupçonneux, leurs remarques lourdes de menaces. Je me demandai si tout le monde était au courant, si l'on avait fait le rapprochement entre le faux Arabe et l'Américain disparu, et si la Milice du Peuple était sur la brèche, armée jusqu'aux dents et prête à défendre l'Etat à tout prix.

Je sentis une main sur mon épaule.

— Comment allez-vous? dit quelqu'un.

Je me retournai et vis un jeune Chinois d'une vingtaine d'années qui arborait un pâle sourire.

— Comment allez-vous? répéta-t-il.

La foule commençait à se rassembler autour de nous. Les Chinois, très curieux, n'hésitaient pas à dévisager sans vergogne les étrangers.

— Bien, dis-je, je vais bien.

— Où allez-vous?

Le jeune homme articulait avec le soin du type qui connaît cinquante mots d'une langue mais entend les mettre à profit. Il fallait que je lui réponde.

— Au Grand Monde, dis-je. Je vais au Grand Monde.

— Au Grand Monde? (L'homme secoua la tête et fit un petit bruit de langue. Puis il se mit à rire.) Le Grand Monde est fermé.

Il se tourna vers ses concitoyens et leur dit quelques mots. Certains badauds sourirent, mais la plupart semblaient troublés, presque contrariés.

— Je sais qu'il est fermé. Mais je voulais tout de même le voir.

— Vous voulez voir le Grand Monde? (L'homme scruta brièvement mon visage puis parla aux autres.) Nous vous conduisons au Grand Monde.

D'un signe de tête, il m'invita à le suivre.

Au bout de cinquante mètres, je m'aperçus que nous n'étions pas seuls. Toute la foule des badauds nous suivait. Et ils ne décrochèrent pas quand nous tournâmes le coin de la rue. J'accomplissais une mission secrète en Chine talonné par six douzaines d'observateurs qui marchaient à dix mètres derrière moi. C'était comme de prendre un suspect en filature avec une cloche de vache autour de la cheville et un signal d'alarme qui tintait à chaque pas. J'eus envie de leur faire peur pour les disperser, de jouer au démon blanc ou un truc de ce genre, mais je savais que c'était inutile.

Nous traversâmes deux rues étroites puis un grand boulevard. De nouvelles recrues se joignirent à notre défilé. Il ne devait pas y avoir grand-chose à faire le soir dans le voisinage. J'étais de toute évidence la principale attraction. J'aurais ri si je n'avais été vert de trouille.

Nous dépassâmes un grand marché couvert et nous nous retrouvâmes de l'autre côté de la rue de Nankin. Je reconnus le bâtiment, sombre et barricadé, comme la première fois.

— C'est le Grand Monde, dit mon guide.

— Je sais.

— Grand Monde mauvais endroit.

— Ah?

— Ancienne société. Très mauvaise. Jeux. Mauvaises femmes.

— Je sais... Eh bien, à un de ces jours. Merci du coup de main.

J'adressai un salut de la main à la longue file de Chinois. Ils ne bougèrent pas.

Je haussai les épaules et traversai quand même la rue, évitant le flot de bicyclettes, m'arrêtant une seconde sur le trottoir pour jeter un coup d'œil à mon escorte. Ils souriaient, et j'eus la sensation bizarre qu'ils voulaient me protéger. Moi aussi j'eus envie de les aider, de prouver ma solidarité, de déjouer ce nouveau complot tendant à présenter la Chine sous les traits du monstre totalitaire de l'Asie.

Je me rendis compte que j'étais près du portail du Grand Monde, à quelques mètres seulement de l'endroit où nous avions été attaqués pour la première fois par les mauvais éléments. Curieusement, le cadenas de la chaîne avait disparu. Je poussai la porte et entrai dans la cour.

Soudain, tout devint calme. La circulation dans la rue de Nankin paraissait très lointaine et mes soixante compagnons semblaient ne jamais avoir existé.

Je regardai autour de moi. Les fenêtres étaient toujours barrées de planches, les portes fermées et repeintes. Pas un bruit alentour. Pas le moindre craquement.

Puis j'aperçus une faible lueur émanant d'une fissure dans un battant de bois, à l'autre bout de la cour. Je m'avançai, mes pas résonnant bruyamment sur le pavé.

Je m'arrêtai, passai sans bruit sous le portique conduisant à la porte. Un bourdonnement étouffé provenait de la grille près du mur. De la musique. Je fis un pas en avant et écoutai. Le son provenait d'un électrophone, mais il y avait tellement de grésillements qu'on aurait cru que le saphir avait été remplacé par une lime à ongle. Malgré tout, je reconnus immédiatement le morceau. Les gémissements de la guitare me renvoyaient vingt ans en arrière. C'était Elvis qui chantait *Don't be cruel*.

Je poussai la porte. Elle était fermée mais le crochet qui la bloquait céda facilement. J'entrebâillai le battant, tout en gardant le dos au mur. Un escalier branlant menait à une zone souterraine qui avait dû être un night-club, à en juger par le tissu des murs et le chintz qui entouraient les lampes. Je commençai à descendre, écoutant le bruit de mes pas sur les marches. Quelque part, plus bas, la musique changea. Elvis avait été remplacé par un bon vieux groupe noir, les Flamingos ou les Charts.

J'atteignis le bas des marches et pénétrai dans une

petite antichambre aux murs décorés d'affiches de films américains. Une porte entrebâillée donnait sur un couloir, menant à une vaste pièce en forme de L, d'où provenait la musique. Un couple dansait un twist guindé. La fille portait une robe imprimée, le garçon un pantalon avec une raie sur le côté. Dans un coin, d'autres jeunes riaient et jouaient aux dés. Le mauvais élément — celui que j'avais vu à l'établissement de bains — était appuyé contre un juke-box cassé et tapait du pied en rythme. Abasourdi, je contemplai cette faille temporelle, moitié Chine prérévolution-naire, moitié be-bop années cinquante, quand je sentis un objet de métal froid contre ma cage thoracique. J'avais déjà éprouvé cette sensation, pas assez souvent cependant pour pouvoir deviner le calibre par ce simple contact.

— Enchanté de vous avoir parmi nous, monsieur Wine, dit Yen. Les détectives américains sont toujours les bienvenus au Grand Monde.

D'un hochement de tête il désigna un poster corné de Bogart dans *le Grand Sommeil*, fixé sur un écran par du ruban adhésif.

— J'aimerais pouvoir vous remercier de votre hos-pitalité, Yen.

— Vous êtes trop sentimental, monsieur Wine.

— A propos de l'hospitalité?

— A propos de tout..., des gens..., de la Chine.

— Ouais. Je crois que vous avez raison.

— Vous oubliez l'endroit d'où vous venez. L'Amé-rique. C'est le plus beau pays du monde.

— J'aime bien l'Amérique aussi, Yen. Peut-être pas de la même façon que vous. Mais je l'aime bien.

— Vous ne comprenez pas. Ce n'est pas une ques-tion d'amour. C'est une question de vérité. Et la vérité n'est pas chinoise. Elle est américaine. (Il enfonça le

revolver un peu plus profondément dans mes côtes.)
Vous ne comprenez pas comment est la vie ici. Aucun
d'entre vous ne comprend ça. Vous ne savez pas ce
que ça veut dire. Tous les jours la même chose, se
lever et travailler heure après heure, de la même
façon, au même endroit, comme un esclave, tout ça
pour un mythe, le Service du Peuple, qui n'existe que
dans les haut-parleurs.

— Comment vous est venu cet... amour... de
l'Amérique, Yen?

— Il y a des années de cela, quand les premiers
hommes d'affaires sont arrivés ici et m'ont montré des
photos de votre pays — Baltimore, Dallas, Las Vegas.
Vous êtes fous d'abandonner tout ça!

— Qui a dit que nous l'abandonnions?

— Je sais ce que vous voulez, vous les gauchistes
américains. Vous vous ressemblez tous. Des enfants
qui rêvent!

Il me saisit l'épaule et me poussa contre le mur.
L'un des mauvais éléments se tourna et fit un pas vers
moi, un cran d'arrêt à la main. Dans le coin, les
danseurs s'étaient arrêtés et nous fixaient. L'électrophone jouait *Be-Bop a Lula*.

— A présent, vous devez accomplir une tâche pour
nous, monsieur Wine.

— Pour vous?

— Oui. Votre arrivée tombe à point, monsieur
Wine. Un membre de votre groupe devait nous apporter de l'argent pour notre travail.

— Qui est-ce?

— Vous le savez. Quoi qu'il en soit, il ne nous a
apporté qu'un bien maigre salaire — deux mille dollars alors qu'on nous en avait promis dix mille.

— Pas de chance.

Le mauvais élément rapprocha son couteau de mon
cou.

288

— Que me voulez-vous?

— Ramenez-nous le reste.

— Vous plaisantez!

— Pas du tout, monsieur Wine.

— Comment comptez-vous m'obliger à faire une chose pareille?

Yen sourit et se tourna, rangeant le revolver, un 45, dans sa ceinture. Il alla jusqu'au juke-box et caressa sa coquille de plastique.

— Gene Vincent et les Blue Caps, vous aimez?

— C'est pas mal.

— J'aime toute votre musique. Gene Vincent, Arthur Haley et les Comets, Buddy Holly.

— Il est mort il y a dix-huit ans.

— Oui. Avec le Big Bopper. Vous pensiez que j'étais stupide, n'est-ce pas? (Il fit un signe au mauvais élément qui retira son bras et me décocha une méchante manchette de Kung-fu dans le plexus solaire. Je me pliai en deux, m'étreignant l'estomac.) Je ne suis pas stupide, monsieur Wine. Si je vous demande d'accomplir une tâche pour nous, c'est que je sais que vous aurez de bonnes raisons de le faire.

Yen m'observa un moment, puis se dirigea vers l'écran, qu'il releva d'un coup de pied. Le corps de Liu était étendu par terre.

— Espèce de salaud! Fumier! (Je plongeai sur Yen, le plaquant contre le juke-box.) Vous l'avez tuée!

Je cherchai le revolver. Immédiatement, le mauvais élément et un de ses comparses se jetèrent sur moi, me tirèrent en arrière et me coincèrent les bras dans le dos. Le couteau était de nouveau sur ma gorge.

— Vous l'avez tuée, espèce de sale fils de...

— Je ne l'ai pas tuée, monsieur Wine, dit Yen en s'époussetant. Ça n'aurait rimé à rien — pour le moment en tout cas. Vous devriez le savoir. (Il prit une seringue sur une table, près du juke-box.) Quoi qu'il en soit, je crois que c'est un savant de votre pays qui a inventé le pentothal.

Je regardai Liu. Elle avait bien été droguée. Dans ma rage, je n'avais pas vu qu'elle respirait encore. J'éprouvai un soulagement intense, bientôt balayé par la haine que m'inspirait Yen.

— Vous êtes vraiment sentimental, monsieur Wine. Liu Jo-yun, bien entendu, ne l'est pas le moins du monde. C'est une révolutionnaire confirmée..., bien que... (il ricana) même Mme Liu soit sujette à l'erreur.

— Vous êtes une larve.

— Peut-être à cause de son zèle excessif. D'abord pour le gauchisme extrémiste de Mme Chiang Ching, et maintenant...

Il eut un sourire narquois.

— Riez tant que vous le voulez, Yen. Je ne suis pas venu seul ici. Le bâtiment est cerné. Il y a trois cents hommes qui attendent dehors.

— Monsieur Wine, ne soyez pas stupide. Ça fait quatorze ans que je travaille comme guide au Service de Voyages internationaux. Vous croyez que je ne sais pas que le peuple chinois opprimé a l'habitude de suivre les étrangers dans la rue ? C'en est pathétique. (Il s'approcha de moi.) Par ailleurs vous ne savez rien de ce qui se passe réellement ici, sous la surface. En trois ans, la Chine pourrait redevenir capitaliste, le Bund serait bordé d'hôtels et de stands de Coca-Cola. Et les gens comme vous se sentiraient totalement trahis.

Il eut un sourire radieux. Je voulus le cogner, mais le mauvais élément faisait toujours du yoga avec mes bras.

— Je pense, monsieur Wine, que la situation doit vous paraître claire à présent. En échange de l'argent que nous doit l'agent de votre groupe, Mme Liu sera libérée.

— Fabuleux.

— Autre chose encore.

— Quoi ?

— Le canard.

— Le canard ?

— Bien sûr, monsieur Wine, le canard. Je suis sûr que vous ne me croyez pas assez naïf pour rester en Chine ? (Il désigna son entourage.) Cette opération se termine… Mais avec le canard, notre avenir est assuré. Un objet de la dynastie Han aussi rare et aussi beau que celui-ci devrait valoir au moins quatre millions de yuans chez les antiquaires de Taiwan.

— Je me disais aussi que vous ne vous seriez pas donné tout ce mal pour huit mille malheureux dollars. Même au taux du tiers monde.

— Vous aviez raison, monsieur Wine.

— Donc vous vous attendez à ce que je trouve le canard ? Et comment vais-je faire, s'il vous plaît ?

— Comment ? Allons, monsieur Wine. Etant donné le degré d'intimité auquel vous et Mme Liu êtes parvenus, vous ne pensez tout de même pas me faire croire qu'elle ne vous a pas avoué avoir volé le canard — en admettant que vous n'aviez pas déjà découvert ça vous-même ?

— Oui, mais elle ne m'a pas dit où il se trouvait.

Je regardai Liu à nouveau. Elle n'avait pas bougé d'un millimètre. Sur la table, derrière elle, la seringue était maintenant appuyée contre le flacon de pentothal vide.

— Mais je pense que, *vous,* vous n'avez pas eu grand mal à le découvrir.

— Non, effectivement.

— Alors pourquoi avez-vous besoin de moi?

— Parce que le canard est entre les mains de votre tante.

CHAPITRE VINGT-NEUF

— Je ne comprends pas comment tu fais pour l'avoir. Ils ont fouillé nos chambres *et* nos sacs!

— C'est ce que je te dis, *schmendrick,* Elle me l'a donné après!

— Quand?

— Après le dîner. Au restaurant. Nous avons pensé que ce serait plus sûr.

— Nous?

— Oui, nous.

Je détournai mon regard. Mon cerveau ressemblait à des œufs brouillés et mes tempes irradiaient une douleur qui ne voulait pas s'estomper. Shanghai, Pékin, je ne savais plus où je me trouvais. Si on était mardi, c'était *l'Archipel du Goulag.*

Dehors c'était le 1er mai au mois d'août. Plus d'un million de manifestants envahissaient la place Tien-An Men, célébrant le Onzième Congrès du Parti. Une musique martiale entrait par les fenêtres de la chambre d'hôtel, et on voyait disparaître, dans le ciel d'un bleu lumineux, de grosses grappes de ballons rouges. Au-dessous, les effigies géantes en papier mâché de Chiang Ching, Wang Hung-Wen, Chang Chun-chio et Yao Wen-yuan étaient trimbalées et insultées par la foule. La bande des Quatre avait peut-être été écrasée d'un seul coup, mais la bataille continuait jusqu'à la fin, l'amère fin.

— Tu n'as pas une bonne opinion de moi, Sonya, n'est-ce pas ?

— Je n'ai jamais dit ça.

— Non, tu n'as jamais dit ça. Tu n'as rien dit du tout !

— Hé ! c'est pour toi qu'elle a volé le canard. Pour que tu sois obligé de mener l'enquête.

— Merci bien.

— Ecoute, tu crois que c'est ta bonne conduite qui t'a valu une place dans ce groupe ? Tu n'es jamais allé à une seule réunion de la Société des Amitiés et pourtant je t'ai envoyé une invitation à chaque fois.

— D'accord, d'accord. Je n'ai plus de patience. Où est-il ?

— Je l'ai enfermé en lieu sûr.

— Donne-le-moi.

Je commençai à fouiller dans ses valises.

— Attends un peu. Ne pars pas sur tes grands chevaux.

— Ils vont la tuer, Sonya.

— Ils la tueront de toute façon.

— Peut-être. Mais c'est la seule chance qui nous reste.

Elle me jeta un drôle de regard.

— Moses, pourquoi es-tu venu ici ?

— Quoi ?

— Pourquoi es-tu ici ?

— Qu'est-ce que tu racontes ? Je suis ici parce que Yen m'a fait monter dans un jet de la CAAC, soi-disant pour que je rejoigne le groupe, mais en réalité, pour que je rapporte ce foutu canard !

— Je ne te parle pas de ça. Je voulais dire : pourquoi es-tu venu en Chine ?

— C'est quoi ? Le jeu de la vérité ? (J'ouvris son sac de voyage et le fouillai. Le canard n'y était pas.) Maintenant, tu vas me dire où il est, sinon je commets un tanticide !

— Pas avant que tu m'aies raconté tout ce que tu sais.

— Je sais qu'on est tous dans la merde. Elle, surtout !

— Tu sais très bien de quoi je parle, Moses !

Je jetai un rapide coup d'œil dans la sacoche de son appareil photo. Une énorme bannière rouge, fixée au milieu de la façade de l'Hôtel de Pékin, voltigea devant la fenêtre.

— Je ne sais rien du tout, Sonya. Je devine simplement.

— Alors, devine.

— D'accord, essayons ça... Depuis ta première visite en Chine, il y a huit ans, tu n'as pas arrêté de te vanter d'être la seule étrangère à avoir gardé le contact écrit avec un guide du Service de Voyages.

— Non, pas la seule.

— Okay, pas la seule, mais *une* des seules. Ça n'a aucune importance. Ce qui est important, c'est la personnalité de ce guide qui était, j'imagine, la jeune et bouillonnante interprète de Chiang Ching, une nommée Liu Jo-yun.

Sonya hocha la tête.

— Donc, Liu et toi vous êtes devenues très amies, très intimes même, d'après ce que tu m'as dit, et, à un moment donné, elle a réussi à te faire comprendre, dans ses lettres, que les choses n'étaient pas complètement « casher » au Service de Voyages. Quelqu'un s'en servait pour saboter les relations sino-américaines. Je ne pense pas qu'elle ait accusé Yen nommément, pas par courrier en tout cas.

— Comment aurait-elle pu le faire?

— Ensuite, tu as découvert que de l'argent allait être versé à ces Chinois contre-révolutionnaires. Alors, tu as décidé de mettre ton petit neveu chéri sur l'affaire, seulement tu ne voulais pas lui dire tout ce qu'il aurait dû savoir, parce qu'on ne pouvait pas lui faire confiance...

— Idéologiquement.

— Tu l'as dit, idéologiquement. Incroyable, non?

— Je ne trouve pas.

— Ça ne m'étonne pas de toi.

— On n'en dit pas plus aux gens que ce qu'ils ont besoin de savoir.

— Sonya, nous ne sommes plus en 1930! Plus personne ne croit à ces conneries!

— Plus personne?

— Plus personne!

— Eh bien, c'était pour ta propre sécurité.

— Oh! arrête!

— Et regarde ce qui est arrivé.

— Quoi, qu'est-ce qui est arrivé?

— Tu le sais très bien.

— Qu'est-ce qui est arrivé?

— Tu es tombé amoureux, comme un idiot, de quelqu'un que tu ne pourras jamais revoir!

— Oh! merde! Au moins, je ne suis pas tombé amoureux d'un agent de la CIA!

— Quoi?

— Staughton Grey.

— Moses! (Sonya s'assit sur le lit et me regarda fixement.) Je ne vois pas quel rapport ça a avec...

— Tu ne vois pas?

— Non!

— Et moi qui croyais que tu voulais savoir la vérité!

— Eh bien...

— Tu veux ou tu ne veux pas?

— Je…

Elle me jeta un regard plein d'appréhension.

— Que dirais-tu de ça: flashback-1934…

— Oh! mon Dieu!

— Allez, Sonya. Flashback-1934!

— Je t'en prie.

— Ecoute, Sonya, je connais un bout de la vérité maintenant. Veux-tu l'entendre, oui ou non?

Elle hésita.

— Bon. 1934. Le mouvement coopératif du Bronx s'étend comme un incendie jusqu'aux moindres recoins du quartier. De jeunes organisateurs idéalistes, parmi eux Sonya Liberman, sont sur le point de faire du Bronx une commune!

— Moses, qu'est-ce que tu racontes?

— Tu le sais très bien. J'ai entendu cette histoire un million de fois, sur tes genoux et sur ceux de ma mère! Flashback-1935. Encore une autre histoire: Sonya Liberman est amoureuse d'un bel organisateur. Ils vivent ensemble, sans se marier parce qu'ils sont socialistes, mais c'est le grand amour. Tonnerre, éclair, et tout le bazar! Flashback-1936…

— Moses!

— Laisse-moi finir. 1936… quelque chose de bizarre se produit. Un outrage politique. Au seuil du succès, le mouvement du Bronx est dénoncé comme front communiste et écrasé par les flics. Les jeunes organisateurs sont arrêtés, insultés, ridiculisés, marqués au fer rouge. Ils perdent leur travail. Le grand jeu, quoi. Que s'est-il passé? Qui les a dénoncés? Il devait y avoir un agent provocateur, un traître parmi eux. Mais qui? Sûrement pas Sonya Liberman, que Dieu me frappe du haut du Sinaï! Hélas! secret de famille. Je ne le sus jamais. Ma mère ne m'en a pas parlé. C'était une tragédie cachée dans l'armoire, comme un oncle devenu fou ou une cousine prostituée, jusqu'à ce que...

Sonya s'était écroulée, le visage ravagé, les épaules racornies comme les citrouilles une semaine après Halloween. Elle paraissait avoir cent ans.

Je m'assis près d'elle et l'entourai de mon bras.

— Je suis désolé.

— Ce n'est rien.

— Tu comprends, ça n'avait pas de sens autrement. Je ne voyais pas pourquoi tu avais décidé de venir avec ce groupe plutôt qu'un autre, ni pourquoi Liu et toi saviez que quelqu'un, toujours dans ce groupe, apportait de l'argent à Yen.

— Jusqu'à ce que tu devines qui était Staughton.

Je hochai la tête.

— Je n'ai jamais pu me résoudre à en parler pendant toutes ces années. Et il continuait, il nous espionnait. Je le savais. Dans les mouvements pour la paix, les droits civiques, partout. Je voyais son nom dans les journaux. Je ne pouvais pas... parler.

— Parce que tu l'aimais, Sonya.

— Non, non, c'est faux !

Elle était en colère brusquement.

— Si, Sonya.

— Sentimentalisme bourgeois. Je n'ai pas de... (sa voix se cassa...) sentimentalisme bourgeois.

— Sans ce sentimentalisme bourgeois, nous serions tous morts... Sonya.

Elle baissa la tête.

— Je sais.

— Où est-il maintenant ?

— Dans sa chambre. Il y a passé les deux derniers jours. Seul. Je crois qu'il a des soupçons, Moses. Max Freed lui a parlé de ces allumettes de l'hôtel Peninsula.

C'est peut-être pour ça qu'il n'a pas donné tout l'argent à Yen. Il s'est dit qu'il en aurait sans doute besoin pour s'enfuir.

— Il a des potes au Bureau de liaison. Ils l'aideront sans doute.

— Qu'est-ce que tu vas faire, Moses?

— Donne-moi le canard.

— Tu ne vas pas le passer à Yen, n'est-ce pas?

— Donne-le-moi, Sonya. Arrête de faire l'idiote. Ton histoire avec Staughton est vieille de quarante ans, mais Liu Jo-yun n'en a que vingt-neuf.

— Dis-moi simplement ce que tu vas faire.

— Me faire prendre.

— Quoi?

— Je ne vois pas pourquoi tu t'inquiètes. C'est toi qui as foi en la Cour du Peuple! Maintenant va me chercher ce canard avant que je ne change d'avis.

Sonya prit une profonde inspiration et se leva. Elle se dirigea vers le placard et chercha quelque chose au fond. Elle en sortit un sac à provisions en plastique de chez Ohrbach.

— Je les emmène toujours avec moi, dit-elle, on ne sait jamais quand ça peut servir.

Je pris le sac et l'ouvris. A l'intérieur se trouvait une boîte laquée, comme celle qu'achetaient les touristes pour un prix modique, avec une illustration de la Grande Muraille sur le dessus. Elle était fermée par des clous et je dus la forcer avec la lime à ongle de Sonya. Des copeaux de bois me sautèrent au visage et s'éparpillèrent sur le sol. En dessous se trouvait le canard. Je ne voulais pas le regarder, mais il y avait quelque chose dans cette vision de la magnificence de la dynastie Han, un art vieux de plusieurs siècles que nous ne pourrions jamais reproduire, qui me poussa à baisser les yeux, fasciné. Je dus me forcer pour refermer la boîte.

Je la glissai sous mon bras et me dirigeai vers la porte. Sonya me suivit.

— Sois prudent, dit-elle.

— N'oublie pas de refermer à clé.

J'ouvris la porte. De l'autre côté du couloir, se tenait Staughton Grey.

— Qu'est-ce que vous voulez? demandai-je.

— Je pensai que vous désireriez me parlez.

— Un peu tard pour ça, non?

— J'espère que non, Wine. J'espère qu'il n'est trop tard pour personne. Ni pour vous, ni pour moi, ni pour elle.

Mon regard allait de Staughton à Sonya. Elle tremblait.

— Oh! laissez tomber ça, dis-je.

— Vous n'allez pas me dénoncer, n'est-ce pas?

— Ça se peut.

— Il me reste de l'argent. Peut-être...

Il glissa sa main dans sa poche.

— Vous voulez rire!

— Vous allez au-devant d'ennuis, Wine. Vous ne savez pas dans quoi vous mettez le doigt!

— C'est mon problème, n'est-ce pas?

— Votre tante est une femme âgée. Ça va la tuer!

Je regardai à nouveau Sonya. Elle était en train de pleurer. Il me vint à l'esprit que je ne l'avais jamais vue comme ça, que je n'avais jamais aperçu de fissures dans son masque dur et ironique.

— Espèce de méprisable salaud! Vous vous servez encore d'elle. Vous prétendez vous faire du souci pour cette femme, mais je suis sûr que vous ne vous êtes jamais inquiété pour qui que ce soit, même pendant dix minutes, dans toute votre vie!

— C'est faux! (Il se tourna vers Sonya.) Dis-lui. Dis-lui que c'est faux!

Sonya sanglotait, ses mains couvrant son visage.

— Pourquoi ne laissez-vous pas ma tante tranquille ? Vous trouvez que vous ne lui en avez pas fait assez pour une vie ?

J'avançai d'un pas dans le couloir, poussant Grey en avant et refermant la porte derrière moi d'un seul mouvement.

— Au moins, laissez-moi m'expliquer, dit-il en me suivant. Vous comprenez, j'étais obligé de faire ça. C'était mon devoir de patriote. J'aimais Sonya. Mais elle était leur dupe, vous comprenez ? Leur dupe... Ne vous laissez pas abuser par ces gens, Wine. Le pacte Staline-Hitler, les procès, les purges, c'est une trahison. Toujours une trahison !

Je laissai la porte de l'ascenseur se refermer sous son nez.

Elle s'ouvrit dans le hall. J'attendis quelques instants avant de sortir, puis je m'élançai, traversant l'entrée à toute vitesse, sans un regard pour les hommes du camarade Huang qui m'appelèrent à grands cris quand je franchis la porte de l'hôtel.

Dans la rue, je me glissai entre deux cars de touristes et me mis à courir vers Tien-An Men. La fête battait son plein. Je ne m'étais pas trouvé au sein d'une foule aussi dense depuis la marche pacifiste sur Washington en 1967. Au bout d'une centaine de mètres, elle devint si compacte que je dus me mettre de côté et pousser de l'épaule, comme un demi arrière, pour passer.

Bientôt, je me retrouvai en plein milieu de la manifestation. Les banderoles virevoltaient autour de moi, les drapeaux claquaient. Un escadron de jets chinois déchira le ciel, s'écartant en formation au-dessus de la Cité interdite. Devant moi, un orchestre jouait sur une estrade érigée pour la circonstance, derrière une chorale d'environ mille personnes, chantant les louanges du Parti, du Congrès et du Président Hua. Derrière eux encore des gymnastes s'étaient rassemblés pour former une tour humaine, en une impressionnante démonstration de solidarité. Je me forçai un passage vers eux, la foule s'écartant pour faire place à l'étranger.

En quelques minutes, j'atteignis les marches de l'estrade et commençai à monter. Les gens autour de moi parurent troublés. Certains se mirent à pousser vers l'avant, essayant de m'arrêter. Un officier de l'ALP s'interposa, mais je l'écartai et continuai mon escalade jusqu'en haut. Puis je me plantai bras et jambes écartés, devant la chorale, et, tenant le canard bien au-dessus de ma tête, me mis à crier:

— Vive Chiang Ching! Vive la bande des Quatre! Vive Chiang Ching! Vive la bande des Quatre!

CHAPITRE TRENTE

Je savais que Nick Spitzler serait content d'avoir finalement l'occasion de regarder la Cour du Peuple en pleine action. Il était assis au premier rang, réprimant un sourire, les mains plaquées sur les écouteurs qui lui transmettaient la traduction simultanée.

Non loin de lui se trouvait Max Freed, heureux lui aussi parce qu'il tenait un scoop, triturant deux magnétophones posés sur la chaise près de lui. Il était assis à côté de Ruby Crystal, qui m'avait confié, un peu plus tôt dans la journée, qu'elle avait déjà pris contact avec des producteurs pour la version cinématographique de notre aventure.

A vrai dire, la plupart des membres du groupe étaient ravis, soulagés de savoir que c'était moi, et non eux, qui allais être jugé cet après-midi dans le sous-sol de l'Hôtel de Pékin. Ils étaient aussi soulagés de savoir qu'un avion les attendait le lendemain matin pour les amener à Canton, d'où ils pourraient prendre un vol pour Hong Kong le surlendemain. En fait, mis à part l'inquiétude sincère de mes compatriotes en ce qui concernait mon sort, l'atmosphère de la cour n'était pas très éloignée de celle d'une fête d'adieu.

Seul Staughton Grey ne partageait pas cette humeur

joyeuse. Il était assis au fond de la salle, empli d'un sombre pressentiment que je partageais. Durant les deux jours qui avaient suivi mon arrestation, j'en étais arrivé à penser que j'avais commis une erreur, pour moi comme pour Liu.

Je n'avais aucune nouvelle d'elle. Je ne savais pas où les mauvais éléments l'avaient emmenée, en admettant qu'elle fût toujours en vie.

Je me tournai vers Yen, scrutant le visage du guide dans l'espoir d'y trouver un indice sur le sort de Liu. Mais je ne vis rien. Debout près du camarade Huang, il observait l'auditoire d'un air confiant.

En plus de notre groupe, plusieurs Chinois avaient été admis à l'audience. Certains faisaient partie du Service de Voyages, les autres étaient ceux dont le travail dépendait du tourisme — serveurs, femmes de chambre, gardiens d'étage, liftiers, conducteurs de car, etc. C'était la méthode chinoise : inviter les personnes directement concernées à assister au procès, à commenter la culpabilité ou l'innocence de l'accusé, ou même à proposer une sentence.

J'avais passé la soirée précédente à apprendre le plus de choses possible sur la Cour du Peuple. Le déroulement des séances était uniquement inquisitorial. Il existait deux sortes de procès — l'un réservé aux « contradictions au sein du peuple » et l'autre aux « contradictions entre le peuple et l'ennemi ». Le premier servait à régler des affaires au niveau du quartier, et insistait sur l'éducation de groupe, la critique et l'autocritique. Les délits mineurs étaient le problème de la communauté. Les sentences restaient légères. La réhabilitation comptait plus que la punition.

Les contradictions entre le peuple et l'ennemi étaient une autre affaire. Elles concernaient les forces qui résistaient et sabotaient la Révolution, et étaient sévèrement sanctionnées. On menait une enquête approfondie et l'Etat convoquait un tribunal de trois personnes. Les sentences, indéterminées, n'avaient pas de limites. Les implications étaient terribles.

Je n'avais pas besoin de voir le tribunal pour savoir que j'étais dans la seconde catégorie. Quand les trois membres de la cour entrèrent je reconnus le camarade Tseng, du Service de Voyages et le camarade Huang, de la Sécurité publique. La troisième personne était Mme Gwo, plongeuse à l'hôtel. Elle faisait office de juge.

Un autre représentant de la Sécurité publique donna lecture des charges retenues contre moi : sortie non autorisée de l'Hôtel de Pékin en quatre occasions différentes ; déplacement non autorisé de Pékin à Shanghai ; vol d'un objet d'art de la dynastie Han occidentale et autres activités de nature contre-révolutionnaire. Cette dernière charge étant un euphémisme pour désigner le fait d'avoir crié devant une assemblée de millions de personnes : « Vive la bande des Quatre ! » — crime passible de soixante-quinze années de travaux forcés consistant à transporter le contenu de pots de chambre de Mandchourie au Tibet.

A en juger par les réactions furieuses de l'assistance pendant la lecture des charges, j'avais peut-être sousestimé la sentence. Un groupe de travailleurs, au fond de la salle, se mit à crier tout en agitant le poing dans ma direction. La femme qui était assise derrière moi me siffla des injures à l'oreille, agrippa le bras de mon fauteuil et le tira en arrière sans ménagement, me forçant à m'arrimer à la chaise voisine. Sa voisine m'avait attrapé la manche et la secouait d'avant en arrière en un geste de mépris.

— Avez-vous des commentaires à faire sur ces accusations ?

J'imaginai que la question qui venait de résonner à mes oreilles avait été posée par Mme Gwo. Elle venait juste de dire quelques mots à l'interprète.

— Pas pour le moment, répondis-je.

— Désirez-vous qu'un citoyen chinois vous assiste dans votre défense?

— Non, je ne crois pas.

— Désirez-vous faire votre autocritique?

— Non.

L'interprète fit son rapport à Mme Gwo.

— Ainsi vous ne niez pas avoir quitté l'Hôtel de Pékin sans autorisation, vous être rendu à Shanghai sans autorisation, avoir volé un objet d'art de la dynastie Han et vous être livré à d'autres activités contre-révolutionnaires?

— Je ne nie pas les deux premières charges. Mais je n'ai pas dérobé le canard Han, du moins pas à l'origine, et si par « activités contre-révolutionnaires » vous faites allusion à mon attitude au cours de la manifestation célébrant le Onzième Congrès du Parti, j'ai agi de cette manière dans le seul but d'attirer le maximum d'attention sur mon cas.

— D'attirer l'attention sur votre cas?

— Oui. Afin de m'assurer un jugement public le plus rapide possible.

Il y eut des murmures confus dans la salle. Sonya, assise de l'autre côté de la pièce, me dévisageait avec une expression inquiète.

— Et pour empêcher le meurtre de Liu Jo-yun, du Service de Voyages internationaux.

Il y eut un hoquet de surprise collectif, discret mais nettement perceptible. Je jetai un coup d'œil à Yen qui ne trahit aucune émotion. Le camarade Huang prit un air sévère, chercha quelque chose dans sa serviette et posa un dossier devant lui. Je l'entendis me poser une question en chinois.

— Qui se préparait à assassiner Liu Jo-yun ?

La question parvint en anglais à mes oreilles.

— Elle a peut-être déjà été assassinée.

— Par qui ?

— Par ceux qui travaillent pour le camarade Yen Shih. Ce procès devrait être celui du camarade Yen, pas le mien.

Encore des hoquets de surprise.

— Le camarade Yen est membre depuis cinq ans du Comité révolutionnaire du Service de Voyages internationaux !

— Quelle différence cela fait-il ?

— Le camarade Yen est un ami de longue date de la Révolution chinoise. Son père a participé à la Longue Marche sous la glorieuse direction du Président Mao.

— N'est-ce pas Lénine lui-même qui a dit que la dialectique de l'histoire est telle que la victoire théorique du marxisme oblige ses ennemis à se *déguiser* en marxistes ?

Huang parut furieux.

— Ne vous moquez pas de cette cour, monsieur Wine. Nous avons l'habitude, dans ce pays, des agents étrangers qui se familiarisent avec la rhétorique de notre société pour la renverser !

— Vous croyez que je suis un agent étranger ?

— Comment, sinon, expliquer l'irrationalité apparente de votre comportement ? (Il ouvrit le dossier posé devant lui.) Le camarade Yen a eu la bonté de nous fournir des photographies qui vous montrent en train d'espionner les citoyens de la République populaire de Chine.

Il leva un cliché qui me représentait dans l'île de Shamien, en train de jeter un coup d'œil par la porte entrouverte. La silhouette floue de Natalie Levine apparaissait à l'arrière.

— Ce n'était pas de l'espionnage, dis-je. Il s'agissait d'une école maternelle.

Il tendit une autre photo de moi, penché sur un corps. Je reconnus Ana Tzu.

— Qu'est-ce que c'est censé signifier ?

— Une heure plus tard, cette femme a été admise à l'hôpital de Canton pour trois jours. Pourtant les médecins n'ont pu établir de diagnostic.

— C'est parce qu'elle faisait semblant d'être malade. Elle voulait rester à Canton pour voir sa famille. N'est-ce pas, Ana ? Dites-le-leur.

Je me tournai vers Ana, mais elle évita mon regard et cacha son visage dans ses mains.

Huang tira une autre photo du dossier. Elle me montrait en train de me glisser dans Wang Fu Ching. L'assistance la contempla avec une extrême attention. Huang remplaça ce cliché par un autre. Il était sous-exposé, mais on me voyait nettement, derrière une rangée de portemanteaux, près d'une piscine d'eau savonneuse.

— Je suis sûr que vous reconnaissez les bains « Clair et fleuri » de Pékin, monsieur Wine, dit Huang.

Il me fixa d'un air menaçant.

Je commençai à transpirer. Ainsi Yen avait tout préparé depuis le début. C'était lui, ou un de ses complices, qui avait téléphoné pour m'envoyer à l'établissement de bains. L'idée consistait à me discréditer à l'avance, avant que je puisse être d'une quelconque utilité à Liu. Et, de toute évidence, Yen avait réussi. Je le regardai. Un sourire complaisant s'étalait sur son visage tandis qu'il parlait à Huang. L'interprète ne se donna pas la peine de me rapporter ses propos. Huang reprit la parole.

— Nous sommes déjà au courant du chèque que vous a envoyé M. Arthur Lemon, de Newport Beach, Californie, monsieur Wine. Etes-vous prêt, maintenant, à confesser vos crimes et à faire votre autocritique?

— Non.

Huang écrasa son poing sur la table.

— Monsieur Wine, vous ne réussissez qu'à empêcher cette cour de faire jouer les circonstances atténuantes dans le jugement d'un étranger!

Un travailleur au fond de la salle se leva et hurla quelque chose.

— Le camarade Wu du personnel de l'hôtel, dit l'interprète, souhaite exprimer sa colère pour la mort de son frère, cultivateur de riz, qui est décédé durant le bombardement des territoires chinois par les Américains au cours de la guerre de Libération du Viêt-nam.

Une femme se leva.

— La camarade Chiu — médecin aux pieds nus — souhaite élever une protestation contre le soutien des Américains aux gangsters de Taiwan, qui ont exploité notre peuple pendant de nombreuses années.

Une vieille femme se dressa.

— La camarade Li — agent de propreté des rues à la retraite — souhaite protester contre la mort de sa mère, Chen Ming-hsien, travailleuse du textile, qui décéda après avoir inhalé des vapeurs toxiques dans une usine appartenant à des Américains, où un tiers des ouvriers ont péri.

Deux autres personnes se mirent debout.

— Dites à ces gens que je déplore ces événements, criai-je à l'interprète. Et que j'en porte la honte au nom de mon peuple... mais je ne suis pas coupable de ces crimes!

L'assistance se mit à taper du pied furieusement. Huang donna un second coup de poing sur son bureau.

—Vous n'avez pas changé d'avis, monsieur Wine?

— Où est Liu Jo-yun?

— Ça ne vous concerne pas.

— J'exige de savoir où se trouve Liu Jo-yun.

— Elle est allée rendre visite à son mari dans la province de Yunnan.

C'était Yen qui venait de répondre directement en anglais. Un mauvais sourire déformait son visage et je savais qu'il mentait.

— Monsieur Wine, si vous n'avez rien de substantiel à dire pour votre défense, nous allons commencer à discuter de la sentence.

Lentement, je me levai et jetai un coup d'œil autour de moi. Mon regard passa des Chinois présents dans la salle à mes amis américains. Ils semblaient gagnés par la confusion, presque soupçonneux. Y avait-il une quelconque validité dans ces accusations ? Après tout, j'étais détective privé. Le gouvernement m'avait peut-être engagé. C'était logique, non ? Et puis, d'abord, ma présence dans ce groupe était déjà assez invraisemblable. Quelques-uns d'entre eux détournèrent leur regard. Je fis face au tribunal.

— Tout d'abord je voudrais dire que je suis venu ici en ami de la Chine et que je resterai, en dépit de tout, un ami de la Chine.

— C'est un mensonge, dit Huang. Vous n'êtes pas un ami de la Chine.

— Comment pouvez-vous savoir ce que je ressens ?

— J'ai vu ce que vous avez fait. C'est...

— Laissez-le parler, dit une voix — celle du camarade Tseng.

Je lui adressai un signe de tête et continuai :

— La plupart des choses que j'ai vues dans votre société m'ont impressionné — les enfants, l'esprit qui anime le peuple, fier de ses communes et de ses villes. Il y a certains problèmes internes, comme la lutte contre la bande des Quatre, que je ne comprends pas, et d'autres

310

choses, comme les restrictions faites sur l'individu, qui, je dois l'admettre, me troublent profondément. Mais comme je l'ai dit, je suis un ami de la Chine et je le resterai, quelle que soit la décision de cette cour.

Je m'arrêtai et laissai passer quelques secondes. L'assistance les mit à profit pour m'étudier, essayant de décider si j'étais honnête, ou bien s'ils avaient en face d'eux un de ces diables étrangers venus leur vendre de l'huile de serpent.

— De nombreuses forces divisent le monde. Et parmi celles-ci se trouvent d'autres forces qui nous éloignent de nous-mêmes et des autres. L'Iran combat l'Irak, Israël combat la Syrie, l'Ethiopie combat la Somalie, la Chine combat l'Union soviétique, l'Union soviétique combat l'Amérique et ainsi de suite. Ces pays sont eux-mêmes déchirés par des luttes qui reflètent les débats extérieurs. Ici, en Chine, vous avez eu onze affrontements entre les deux lignes politiques. En Union soviétique, certains ne jurent que par Staline et Lénine, d'autres par Khrouchtchev, Brejnev. Aux Etats-Unis, nous avons aussi nos débats internes, dont le plus important prend racine dans les années soixante, du moment où nombre d'entre nous ont pensé que notre pays avait dépassé les bornes en se lançant dans une guerre impérialiste.

« Deux nations, en effet, se sont développées à l'intérieur de notre pays. L'une en faveur de la paix, de la justice pour les minorités et de l'égalité économique. L'autre en faveur de la domination, du statu quo social et de la croissance économique à tout prix. Nombreux sont ceux qui, extérieurs à notre pays, ont mal compris nos luttes, tout comme nous avons, sans aucun doute, mal compris les vôtres. Il faut beaucoup d'efforts à un individu pour en comprendre un autre, rien n'est plus difficile pour une culture que d'en accepter une autre.

311

Vous, par exemple, vous avez mal jugé l'importance de l'affaire du Watergate et de la désaffection des Américains progressistes pour Richard Nixon. Dans votre impatience à nous voir défendre le monde contre les Russes, vous oubliez de considérer qu'un pays qui a livré une guerre à dix mille kilomètres de ses côtes doit passer un certain temps à digérer la futilité d'une aventure. Le manque de compréhension des Américains envers la Chine est encore plus grand. Je ne sais comment nous en sommes venus à considérer comme une menace pour notre sécurité un pays situé à l'autre bout du monde qui n'a pas un seul soldat basé sur une terre étrangère. »

Soudain je sentis l'auditoire se calmer. Les membres du tribunal avaient fermé leur dossier et leurs yeux ne me quittaient pas.

— Ainsi la confusion pactise avec la confusion, et communiquer est aussi dangereux pour nous à la Cour du Peuple qu'à ce que nous appelons chez nous « la cour de l'opinion publique ». Il nous faut une patience extrême pour parvenir à nous comprendre, et peut-être une ingéniosité dont aucun d'entre nous ne s'est encore jamais servi. C'est pour cette raison que Liu Jo-yun a volé le canard, qu'elle n'a jamais eu l'intention de garder, pour me faire comprendre sa société. Et c'est aussi pour cette raison que j'ai adopté au sujet de la bande des Quatre une attitude que je suis loin de revendiquer, afin de vous forcer à comprendre ma société.

Silence. Les membres du tribunal se regardèrent.

— Vous affirmez que c'est Liu Jo-yun qui a volé le canard? dit le camarade Tseng.

— Oui.

— Pourquoi aurait-elle fait ça? reprit Huang.

— Pour empêcher le Groupe d'étude n° 5 de quitter la Chine et pour démasquer Yen Shih.

— Le démasquer ! Il n'a rien fait !

Huang serra les poings d'une façon menaçante. Il y eut un murmure dans la salle. Quelqu'un poussa un cri de colère.

— Vous avez porté de nombreuses accusations non justifiées contre le camarade Yen, monsieur Wine, dit Tseng.

— Je sais.

— Vous vous rendez compte que ces accusations aggravent votre cas au lieu de l'alléger.

— Je m'en rends compte. Et je n'aurais pas agi de la sorte si M. Staughton Grey, de notre groupe, ne m'avait fait un récit détaillé des activités du camarade Yen. (Je regardai Grey qui se redressa brusquement sur son siège. Je repris avant qu'il ne puisse protester.) M. Grey sait tout cela mieux que quiconque puisqu'il a été, à l'origine, complice de M. Yen.

Les membres du tribunal parurent surpris. Tseng se tourna vers Yen, qui sourit et lui dit quelque chose en chinois. Yen regarda Grey.

— Etiez-vous mon complice, monsieur Grey ?

— Oui, il l'était, dis-je. Avant de comprendre la nature de la Chine et de se rendre compte qu'il n'avait pas à intervenir dans ses affaires internes.

— J'ai posé une question à M. Grey, dit Yen durement.

— Il m'a dit le jour où je suis revenu à Pékin...

— J'ai posé une question à M. Grey ! répéta Yen.

— Et moi je vous dis ce qu'il m'a répondu. Qu'il voulait faire son autocritique, qu'il avait apprécié beaucoup de choses en Chine...

— Est-ce vrai, monsieur Grey ? demanda Tseng.

— Bien sûr, vous pourriez dire qu'il adopte cette attitude pour sauver sa peau, continuai-je, regardant Grey fixement. Qu'il ne voudrait pas que des membres de ce groupe fassent savoir aux Chinois qu'il est un agent de la CIA venu ici pour apporter de l'argent à un réseau de contre-révolutionnaires chinois. Et s'ils le savent déjà, qu'ils se rendent compte au moins que M. Grey a changé d'opinion sur la Chine, *sincèrement* changé d'opinion, et qu'ils le laissent retourner dans son pays, en homme libre, afin qu'il puisse travailler dans son organisation pour l'amitié sino-américaine, en déboutant les réactionnaires qui s'opposent encore à l'amélioration des relations entre nos deux pays. Voilà pourquoi M. Grey désirait faire son autocritique. N'est-ce pas, monsieur Grey ?

J'attendis, retenant mon souffle, espérant que Grey prendrait la bonne décision. Je devinai ce qu'il était en train de se demander ! Pouvait-il compter sur l'aide de ses petits copains, les subalternes du Bureau de liaison ? Sonya témoignerait-elle contre lui ? Etait-elle assez respectée en Chine pour être crue ? Sonya ne le quittait pas des yeux et ses mains tremblaient.

Grey se leva.

— C'est exact, dit-il. Je souhaite faire mon autocritique.

Yen bondit sur ses pieds, hurlant quelque chose en chinois, mais Grey l'ignora. Il se tourna vers Sonya.

— Il y a beaucoup de choses dans ma vie qui mériteraient d'être critiquées. En fait ces quarante dernières années... mais la plupart de ces faits ne sont pas liés à l'objet de ce procès et risqueraient de plonger l'assistance dans la confusion. (Il fit face au tribunal.) Je dirai cependant que tout ce que M. Wine vient d'expliquer est exact, que Yen Shih est un agent de Taiwan et que la camarade Liu Jo-yun court effectivement un grand danger. Pour prouver mes dires, je vais vous donner la liste des personnes suivantes, complices de Yen Shih à Shanghai et Taipei, membres d'une branche souterraine de propagande des services secrets de Taiwan : Wang Ching-chu, Wu Hsi-lien, Fang Tzu-yang, Hsu Muhua...

CHAPITRE TRENTE ET UN

— Six cent trente-huit dollars? Friederich, c'est la première fois que j'entends parler d'un support de transmission.

— On en apprend tous les jours quand on achète une Porsche, monsieur Wine.

— Ouais. La semaine dernière j'ai tout appris sur le conduit d'alimentation du starter à trois cent vingt-huit dollars, et, il y a quinze jours, j'ai découvert la synchronisation servo-lock pour quatre cent trente-deux dollars. Vous dirigez une école plutôt coûteuse, Friederich!

Il haussa les épaules.

— Elle est exclusive, monsieur Wine.

Je hochai la tête et grimpai dans le cockpit du Messerschmitt.

— Je vais la vendre, dis-je à Simon qui avait étalé son Lego sur le siège avant.

— Oh! papa!

Il paraissait bouleversé.

— P'pa, fit Jacob, levant le nez d'un exemplaire d'*Oliver Twist*. Tu n'as plus envie de t'amuser. Depuis que tu es rentré de Chine, tu es dans le trente-sixième dessous.

Je démarrai sur le Cienega Boulevard.

— C'est mon droit, dis-je.

— Tante Sonya dit que les gens ont un éclat mystérieux quand ils reviennent de Chine.

— Un éclat? Le sien, c'est en regardant son ancien petit ami s'embarquer pour l'Amérique du Sud qu'elle l'a attrapé.

— Tante Sonya a un petit ami? demanda Simon.

— Elle en avait un. Tu as oublié? Je t'en ai parlé. C'était il y a plus de quarante ans. Ça n'a jamais marché.

— Et il est en Amérique du Sud?

— En Amérique du Sud. Quelque part. Il est allé en Chine, mais il n'a pas voulu revenir.

Simon semblait patauger dans une confusion noire. Je tournai dans Sunset et abordai Laurel par les collines.

— Plus vite! cria-t-il.

— Tu veux que j'attrape une contravention? Je t'ai dit que j'allai vendre cette suceuse!

— Je sais pourquoi tu es aussi déprimé, dit Jacob.

— Pourquoi?

— Tu as une petite amie.

— Ah! ouais? Qu'est-ce qui te fait croire ça?

— Oh! je ne sais pas.

— Allez, arrête de faire le malin. Avoue.

— J'en ai juste entendu parler.

— Par qui?

— M'man.

Il avait un sourire béat.

— Qu'est-ce qu'elle t'a dit?

— Rien... jusqu'à ce que je l'oblige.

— Comment as-tu fait ça?

— Je l'ai menacée de te parler de Sydney.

— Qui est Sydney?

— Je te le dirai quand tu m'auras parlé de ta petite amie.

— Je n'ai pas de petite amie.

Nous nous arrêtâmes à un feu rouge près du Canyon Store. Jacob me regarda. Il y avait une expression compatissante sur son visage. Du genre de celles qu'arborent parfois les gosses quand les rôles du père et du fils sont inversés.

— C'est okay, p'pa, dit-il.

Je hochai la tête.

— C'était la femme qui a eu des ennuis ? Celle qui voulait démasquer le camarade Yen.

— Hou, camarade Yen ! fit Simon.

Je lui avais raconté toute l'histoire trois fois.

— Tu avais peur qu'elle meure, hein ? Ou qu'elle aille en prison ?

Je hochai à nouveau la tête.

— Elle s'appelait Lou Joe John ou un truc comme ça, non ?

— Oui... comment le sais-tu ?

— Maman voulait que je te donne ça.

Jacob tenait une carte postale à la main.

— Comment se fait-il qu'elle soit arrivée chez vous ?

— Je pense qu'ils avaient ton ancienne adresse.

— Ouais.

Je pris la carte. Elle représentait un drapeau rouge flottant au-dessus d'une rivière. Le feu passa au vert mais je ne bougeai pas. Je retournai la carte et commençai à lire :

Cher monsieur Moses WINE,

   Le camarade Hu du Service de Voyages internationaux de Chine m'a informée de la résolution de votre affaire. Voilà de bonnes nouvelles, n'est-ce pas ? Cela vous intéressera peut-être de savoir que je me trouve à l'école des Cadres de la Récolte d'automne du sept mai, dans la région du Sinkiauy près de la frontière russe, où j'étudie avec acharnement le cinquième volume des œuvres du Président Mao Tsé-toung, afin de combattre ma nature individualiste et de continuer la lutte contre la bande des Quatre. Dans quelque temps, à ce qu'on m'a dit, je pourrai me joindre à nouveau au Service de Voyages en tant que guide. J'espère que, vous aussi, vous pourrez revenir un jour en Chine, en tant que camarade Responsable.

Amicalement,

LIU JO-YUN.

ACHEVÉ D'IMPRIMER SUR LES PRESSES
DE COX & WYMAN LTD. (ANGLETERRE)

N° d'édition : 2045
Dépôt légal : décembre 1990